小葉花
千話一話

<ruby>おばか せんわいちわ</ruby>

加藤美菜子

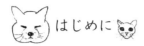 はじめに

これは小説でも自叙伝でもありません。
見る猿、聞く猿、話す猿のNonfiction ！
眠れてしまうyouの為のお薬です。

順番はありません。
開いたpageの黒猫粒が、今日の１錠。
右上の白猫は、読んだチェック。
色を塗るなり、目鼻を描くなり、
ひとり１冊、ぜひ枕元に！！

注）文章の「て・に・を・は」は意識的に省きました。横書きで字数の調節もあり、
漢字を使用したり、しなかったり、不統一はご容赦を。

目次

第1章 大志をいだかず

Without Ambition

109636 C

5552

2 ПЕРЕВОЗЧИКОВ
CARRIERS

ВЫДАЛ ISSUED BY
АЭРОФЛОТ
AEROFLOT
УПРАВЛЕНИЕ:
СССР, МОСКВА 125167
ЛЕНИНГРАДСКИЙ ПР. 37
HEAD OFFICE:
Moscow 125167, USSR
LENINGRADSKY PROSPEKT 37
ПАССАЖИРСКИЙ БИЛЕТ
И БАГАЖНАЯ КВИТАНЦИЯ
PASSENGER TICKET
AND BAGGAGE CHECK

🐱 パリに決めた

1973年6月末、美術館廻り3ヵ月というだけで計画もなく
ローマに拠点を置いて……と旅行会社の方に話をすると、
「ローマへ行くのはパリ経由しかなく、パリに滞在していればヨー
ロッパ中、四方八方ダイレクトにAirlineがあり、どこへでも行ける」
との事。
「ああそう、じゃあ」と、一瞬でパリ行きが決まり……
さて、パリに全然、知人はいない。
もちろんローマにもいない……
誰かひとりでも、困った時に助けてもらう連絡先はないものか？
と、仲良くしていただいていた先輩女流版画家に相談しに行く。
「知ってる人はいるけれど　迷惑かけるといけないので紹介できな
い」と断られる。
ああ、そんなものかぁー？　知人の縁故は諦め、
「ホテルの予約とお迎えをしてくれる人はいないかなあー」と
チケット屋さんを紹介してくださった友人につぶやくと、
チケット屋さんが、パリの知り合いに頼んでくださる事になった。
ほっとして、その方からチケットを買う事にした。
　私は、運良く何も知らずに飛行機でパリまで行ったけれど、
私が行った1973年に、羽田からモスクワ経由パリの
全行程を飛行機で行く事ができるようになったのだそうだ。
その頃の安いヨーロッパ行きの手段はほぼ1年ごとに変更されて、
1971年頃は新潟港からナホトカまで船で行き、列車で1週間かけて
シベリヤを横断、ヨーロッパにたどり着く。
次の年は、新潟港から船→ナホトカから飛行機でウィーンへ→ウィー
ンからヨーロッパの都市へという具合に、何年もかけて時間短縮の
方法が認められ、旅行が楽になった事を現地で知った。

それでも、ソビエト航空のモスクワ経由パリ行きは15時間かかり、
アンカレッジ経由は20時間以上かかったような気がする。
成田空港はまだ無く、飛行機もタラップを上る搭乗の仕方で、
空港ビル屋上から手を振ってる見送りが結構いて、
機内から友人グループや家族が見えた。
3ヵ月で戻って来るのに、照れ臭いし大げさに感じ、
私は見送りを断ったけれど……
その頃はまだ海外旅行は珍しく、
ヨーロッパは、それこそ農地を売ってお金持ちになった人達が行くような
所だったから、一般人家族としては大きなイベントで、
甥がまだ小さいので飛行機を見せたい事もあり、
沢山の見送りに送られて日本を発った。

　飛行機は小さく、左右各3席。
千歳まで乗った事がある国内線の機内は、もっと綺麗だった。
国際線は初めてで、ぼろっちいのか？　ぼろっちくないのか？
比べようがないけど、ぼろっちかった！
飛び立ってすぐに窓側に座った私の足元から……
「キャーッ！　煙が出てるぅー、穴があいてるぅー」
「蒸気、蒸気」と他の乗客の落ち着いた声。
ああ～、そんなもんなの？

＊

　東京からモスクワ12時間＋トランジット2時間、
それからパリまで1時間だったか……
モスクワのトランジットは薄暗く看板はロシア語のみ。
たとえ英語やフランス語であっても分からないものの、
せめてアルファベッドで書いてあれば、
あんなに不安はなかったと思う。
日本人は今ほどいなかった。
何となく皆がぞろぞろ行く方向について行き、目が合った外国人に
「パリ？」と話かけると「パリ」と答えてくれる。
それでもじっと座っていられず、うろうろと不安な2時間を過ごした。
乗り換えではなく給油と言っていたような……
　同じ飛行機に乗り、無事パリに着く。
そういえば、お迎えの人が誰なのか？　ホテルはどこなのか？
何も聞いていなかった。
何も知らずに空港の検問扉を出る。
考えると、とんでもない事をしていたんだなあーと、
今さらながら恐ろしく思われる。
名前も顔も分からないが、迎えの人が遅れているようで、
それらしき人は見当たらない。
どうしたら良いのか不安になっている時、
「どうしました？　他の人を迎えに来てますけど、パリまで一緒に
行きましょう」と声をかけてくださった方がいて、
多少落ち着いた頃、お迎えらしき男性が声をかけてくれた。
先ほど親切に声をかけてくださった方にお礼を言い、
お迎えの車でパリ市内へ。

🐱 ホテル着

「うわーッきれい！　あれがエッフェル塔ですか？」などと道中、
ウキウキ話かけれど無言。表情もない……
そしてホテルに到着、会ってから1時間以上たって、
「有り難うございました。週刊誌見ます？」
と聞いたその時、初めてニコッとしたのだ。
そして名刺を置いて帰っていった。
その男性も何も聞かされずに迎えに行ったら、ブスだった。
それでブスッとしていたのかも。アハハ。
それにしても1時間以上もよく黙っていられるものだ。
その頃は、ネットも衛星TVもない時代。
週刊誌が唯一、日本のニュースが分かるもので、
誰かが手に入れると仲良しで回し読み、何年も捨てない。
どこかの家で見てない記事があると、時間差でニュースを知る。
住んでみて彼のニコッを理解して、
私も姉から送られてきた雑誌を読んで笑顔になり、
何年も大切にしたものだ。

＊

　ホテルに着いてホッとして、
トイレに入ろうとすると電気のスイッチがない。
ドアの外周辺、内周辺、見回すけれど見つからない。
懐中電灯を取り出して、安心して中に。
鍵をしめた途端、パッ！　と明かりがつく！
すばらしい節電システム！
　もう一つ驚いたのは、トイレットペーパーがベージュ色で
パラフィンの様につるつるして硬く、使ったら傷がつきそうだった。
つかなかったけど……

　私はどこ？　状態で、
パリ市内のどの辺にホテルがあるのか分からない。
帰り際にもらった名刺を見て、
初めて免税店で働いている営業のBさんとわかった。
鼻の下に髭を生やしていたけれど20代の中頃だろう。
若く見える男性は髭を生やして営業をする人が多かった。
ホテルは職場の近くと言っていたので、
とりあえず名刺の住所へ歩いて行ってお礼を言い、
隣のカフェでお知恵拝借。
　　　先ず地図を買う。
　　　そして1週間くらいパリ見物。
　　　それからフランス語の学校へ行ったらいい。
　　　その後、部屋探し。
……と、無表情に教えてくれてその通りにする。

🐱 そしてコロンブへ

　何日か後。
「北西の郊外に、大家さんへ返そうと思っている部屋があるけど使
う?」とB氏が言ってくれて、即ホテル暮らしから脱出!
後で気付くのだが、
B氏は車通勤なのでこの郊外の場所でいいのだけれど、
いざ私がパリ中心まで行こうとすると
最寄駅コロンブまで20分歩き、
郊外電車で3駅くらい乗ってサンラザール駅、
そこからメトロ。
トータル50分くらいかかった。
それでもパリ市内に住むまで、
日本の通勤・通学事情を考えれば、
なんて事ないと思っていた。
パリ郊外のマンション暮らし。
毎日フランス語学校通い、美術館廻り……
もろもろあった日本の生活から一転、
精神的な面で
黒から白以上、
心が金ピカの
生活になっていく。

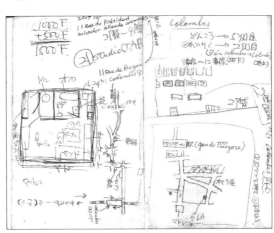

コロンブの部屋まで
B氏がメモしてくれた。

＊

　一応、生活リズムが決まったので

日本出発にあたりお世話になった方々へ連絡の便り。

高校時代の親友の松ちゃんから出発直前、

フランスに住む遠い親戚を紹介すると手紙が届いた。

女流版画家の言葉を思い出し、ご迷惑かけるといけないし、

お迎えとホテルの予約をしてくださる方が見つかったと、

お断りしたままだったので、

松ちゃんに無事落ち着いたと礼状を書いたら、

またまた、心配だからと紹介状が日本から届いた。

放っておく訳にいかず、

彼女が紹介してくれたパリのAさんに

（紹介状をいただきましたけれど、とりあえずこれこれこういう状況

で落ち着きましたので大丈夫です。有り難うございました）

とお便りして終わったつもり。

ところが、パリに住んで日本人に飢えている状態になっているのか？

即日、送った手紙の万年筆の乱筆がお気に召したとかで、

「会ってみたい」と、こちらは凄い達筆でお返事いただき、

結局会う事になった。

字から想像するに、どんなおじいさんかと思ったら

同じ年頃の目が綺麗で小柄な、ソルボンヌ大学の学生A氏だった。

B氏の周りは毎日日本人だけ、A氏は毎日フランス人だけ、

周りの環境で接し方がこうも違うかとおかしかった。

会えば仲良くなるから、色々お世話になり、

以後お互い様の連絡を取り合う事になり、

松ちゃん、A氏、Tさん、旅行会社へと道がつながっていく。

🐱 もう1通の手紙

　もう一人すぐ手紙をいただいた方がいた。

女流版画家からだ。

こんなに早くお便りいただいて……と嬉しく思いながら、

封を開けてびっくり！　ウッソー？

「知人がパリに行くのでよろしく頼む」という内容だった。

パリに着いて1ヵ月も経っていないのに、

どうやって面倒をみれるのだろう……

本人ならともかく、見ず知らずの人を……

それも『知っている人はいるけれど　迷惑かかるから紹介できない』

と断られた人から……頼まれごと？

断った相手によく言ってきたもんだ！　笑ってしまった。

相当ばかにされてるのかな？

どうしろと言っているのか？

意味わからん。

長い事考えた。そして、まだ考えてる。

いまだにわからない。

結局、返事は出していないけれど、どうしている事やら……

（パリを引き上げて帰国して、女流版画家を美術家名簿で探してみた

が、名前を見つける事はできなかった）

🐱 働く事に

　そして１～２ヵ月くらい経ち、「また借り」していた部屋をキャンセルするとＢ氏が言いに来た。

　少し前にＡ氏に会った時、
「パリ市内に部屋ないかしら？」とつぶやくと、
友人の女子学生が出るという屋根裏部屋を紹介してくださっていた。
まったくタイミング良く環境最高６区のルクサンブルグ公園前、
高級建物の６階の部屋を、彼女が出る時に借りる契約をしたばかり。
何も困る事なくスムーズに引越し。

＊

　Ｂ氏がキャンセルの話をしに来た時、
いつも相談に行っていたのを見ていた免税店のオーナーから、
「夏だけお店を手伝ってくれないか？」
と聞いてくれと頼まれたといっ。
「お店ったって、いらっしゃいませって言う仕事した事ないし」
「とにかく忙しいから、商品を包むだけでもいいから」と。
彼のおかげでパリ着から今まで問題なく生活できて感謝！
かつ、お礼のつもりで、
「包むだけなら……」と承諾。
心の中では１ヵ月働けば、１ヵ月滞在が延びて４ヵ月パリにいられる。
シメシメくらいに思って返事をしたのだ。

　ところがどっこい、忙しいの忙しくないの。
2014、15年頃の日本での中国人爆買い状態が、
1970年代にパリで起きていた。
「お昼ご飯たべていいわよー」
時計を見ると、夜の８時半。
「何がお昼よーネェ」とブツブツ言っても、

誰もがお昼を食べられなかったの。
それも、商品包むだけなんてとんでもない、
伝票書き・商品の説明・免税の説明・声をからして
10人20人をテーブルの回りに座らせて、
教えられてもいないのに古くからのベテランと同じように、
見よう見真似でやっている。
"何だ、自分でもできるじゃない"と気付いていない。
そう、今思えば、すごい！
フランス語で伝票に商品名を書いていた。
スペルを短時間で覚えた様だ。
ひと事みたいだけど。

　面白い事に、一番話を聞いてないのは小学校の50歳位の先生！
「香水2分の1オンスが2個で1オンス。12分の1が12個で12分の
12＝1オンス」
「算数ですよーーーッ、分数ッ」と叫ぶ。
「それで1オンスだと何個買えるの？」
ばかばかモーーッ！　さんすうのおべんきょう！
何の団体か聞かされなくとも……これ先生の団体？
「パスポート見せてくださーい」と、
免税の書類に職業欄など必要ないのだけど、
ついつい見てしまう。
……小学校教諭。

🐱 労働許可証

　そんなこんなしているうちに　オーナーシェフの（チーフと言うのかな？　フランスではコックさんだけではなく、トップの人をみんなシェフと言う）T子さんが書類を持ってきて、

「これに記入して」と言う。

「何これ？」

「労働許可証の申請の書類」

「そんな……3ヵ月の観光に来ているのに……いらないでしょう」
と、断っていると、

「何を断ってるの？　労働許可証をお店で取ってくれるってお店側から言われるなんて信じられない！　皆が〝お金を出すから取って"と頼んでも取ってもらえる許可じゃないのだから、取った方が得よ。お金も出してくれるというなんて信じられない……」

「信じられない！」の連発。

お店で仲良くなった友人達がそろって言う。

「へーッ　そんな貴重なものなの？　それじゃあ取ってもらっちゃおうか……」と書類に記入。

　その時代、今もだが、労働許可証のない人を働かせているお店は罰金、本人強制送還！！　なのだそうで、

滞在許可証がないと労働許可証は取れないとの事。

必然的に両方が手に入る。

何もかもが、何も考えずに流れに沿って進んでいく。

サインをして提出したけれど……フランス語の書類。

何が書いてあったのか？　なかったのか？

読めません、分かりません、知りません。

「はい、これ持って警察行って」

「はい、これ持って区役所行って」

「はい、これ持って……」等々。

言葉もできないのに　あちこち行けという。

「ついて来て」と忙しい時期なので友達にも言えず、

まあ、行ってみて分からなければ出直して通訳でも頼めばいい、

くらいの気持ちで行ってみた。

　何が何だか本当は分からないのだけど適当！

列の後ろに行って書類見せ、位置を指さす、見せた人のウンウン。

それで場所が分かり、順番が来て、窓口の公務員のおばさんに

（お店でくれた）香水見本と書類を渡す。

ひと言ふた言、何か言ってたけど分からず

英語で簡単な言葉を言ってくれたので、

『ウンウン』と首を縦に振って帰ってきた。

それでだめなら、だめだべさあー。

アハハ……どうでもいいから適当！

　後で知る事になるけれど、その書類提出すると、1年間フランスの

国外に出てはいけないんだってサ。アララ……

という事になって、3ヵ月後、4ヵ月後の帰国はなしになった。

そうか1年滞在できるのか……

別に嬉しいとも悲しいとも感情の変化はなく、淡々としたものだった。

日本出発時になるべく長く滞在したいと思っていて、

チケットも1年オープンだけど、

持って来たお金でできるだけ長く滞在するつもりで、

働く事になるとは考えてもいなかった。

免税店が在る事すら知らなかったのだから、

運命というか、成り行き、時の流れ。

すごいなあ、と今さら思う。

そして、10年近く……滞在する事になる。

🐱 そこの免税店

　労働許可証を取ったお店は地下にあった。

日本人の団体専門の免税店。

店内が混雑しないよう、営業の人が観光の前や後に時間を調節して、

1日中大きなバスが、入口に着く。

オーナーはユダヤ系フランス人で、日本人を好きだった。

というか商売上、好きなのかもしれないが、日本人の習慣を

よく研究して、日本人向けの免税店の先がけだったと私は思う。

日本人の奥さんがいて、一緒に日本に行くたびに、

色々新しいシステムを始める。

例えば普通、買い物は立って歩き回ってするものだが、

先ずテーブルの回りに椅子を置いて、

「お疲れ様でした。おかけになって、お茶をどうぞ」と日本茶を出す。

お客様は日本出発以後、初めての日本茶に涙する……

そして、義理堅い日本人は買い物をする。という筋書き。

どこまで彼の計算かは分からないけれど、すごい！

意識して地下に店舗を設けたかどうかは聞く機会もなかったし、

私が働く前からだったので知らないけど。

お客様はゆっくり降りてくる訳ではなく、

団体でドドドッと来るから、

階段を降りたかどうか分からなくなっちゃうんじゃないかな？

それにお茶のんじゃうし。

「買い物したから、外に出してくれーッ」

と袋を持ち上げて、叫んでいる人が時々いた。

「アハハ、監禁してる訳ではないのよ。こちらです」

と案内すると、ほっとしている。

また、オーナーが日本に行った別の時、

スーパーで販売促進のバッグミュージックが流れていたと、
即取り入れ、パリ免税店で最初に音楽をかけた。
何度も脱税してお店が大変になった時もあったけど、
考えている事は凄いと思う。
　その奥さんがＴ子さん（私達はＴ子さんと呼んでいた）。
細かく言うと奥さんじゃあないけれど、
のちに奥さんになった人としておこう。
と言っても、一緒にいる悩みで、２人はいつも喧嘩してて、
周り中が迷惑していた。
Ｔ子さんは色々公私、大変そうだから、私はかわいそうに思えていた
けど、一緒にいなきゃいいのに。
一緒にいるからしょうがないよ、アハハ。
従業員にいつも怒ってる。
内容を聞いていると、当たり前の事で怒っている。笑える。
毎日遅刻する人に毎日、同じ事で怒っている。
分かって遅れて来るのだから、ほっとけばいいのに、
八つ当たりするな！　ってとこかな？
それもストレス解消だったかも。
でも、日本で感じる女の、偉そう、嫌み、捨てゼリフ、イジメはなかっ
た、理屈は通ってた。
時々、仲間でプールや食事に行く時に誘うと、
楽しそうにして、笑える人だと分かる。
トップにいるのは大変よね。
「あれッ、また円形脱毛症になったの？　神経使って……」と言うと、
「うん」とうなずいていたわ。
たまには息抜きしないと。

🐈 日本人の好むもの

*数の子
　免税店の店先にまで売りに来ていた。
バケツに入れて……。
その頃、ヨーロッパではニシンの卵は肥料だった。
それを、日本人が食べるという事を知って売りに来る。
さすがに私はどう処理したらいいか分からず、
買わなかったけれど。
バケツよ、バケツ。
そのうち、パリでも高級品になっていった。

*まつたけ
　誰かが知恵をつけたのだろう。
日本人が好むものを見つけては、売りに来た。
松茸も……小さなものだったけれど、形は松茸だった。
「どうなの?」　買った人に聞くと
「匂いがない。香りが……ない」
モロッコ産だったらしい。

＊トロ

　さすがにトロは売りに来なかった。

フランスでは生魚は食べなかったし、トロの部分は捨てられていた。

私は生魚を食べる事ができなかったけれど、

パリに来て食べられるようになった。

私達がお寿司やお刺身を口にするには、

お料理を勉強しに来ている人や、日本で魚をさばく事ができた人が

マグロならマグロ１匹買って来てさばかないと、

美味しいものは食べられなかった。

「お刺身を食べにおいで」

と皆を集めてくれて、ひょいひょいと個人宅へ食べに行っていた。

とにかく地中海から冷凍しないで直送なので、

美味しいのなんの、絶品よ。

レストランじゃなく自宅で切るから、切り身が口の大きさ。

今、日本で庶民の私が口にできるお寿司は……回っているお寿司、

冷凍のマグロがシャリの上で反っている。

　今でも１年に１度パリに行くけど、

90年代のある時、急にSUSHIの字が目につく様になった。

フランスの中心街の１本の道に、２軒はSUSHIレストランがある。

「変な日本料理と書いたお店が目につくけど、あれ何？」と聞くと、

中国人の経営で、お寿司のしゃりごと全体が冷凍されて送られきて、

それを解凍して出しているとか。安い、とのこと。

それを日本人以外は満足し、

それが日本料理と思っているから困る。

私は私で、本当のお寿司を知っているフランス人達が行く

友人経営の高級お寿司屋さんに会いに行き方々食べるけど……

回っていないと落ち着かない。

握っている友人に、「そこで回ってよ」なんてね。

🐱 大好きなミャーコ

　お店に入って一番先に話しかけてくれた、
私がパリで一番大好きな猫好きの彼女を、
今、家にいる猫・ミャーコの名を借りてミャーコと呼ぼう。
まだ、友達もできず、といっても初日だから
こちらの方で、様子を伺っていたのじゃないかな。
でも隣のカフェに来ては、B氏と話をしてすぐ帰る。
B氏の顔を見ても私の顔を見ても、恋人のような様子はなく、
何なんだ、と働いていた人達は思っていたと思う。
そんな私が休憩時間にカフェでコーヒーを独りで飲んでいると、
ミャーコがそばに来て、突然！
「どこの大学出たの？」
「？？？……ええッ！　大学？　小学校も出てないのに？」と、
間髪入れず答えた。
笑いもせずに、それだけ聞いてどこかへ行ってしまったけれど、
私の答えが気に入ったらしく、
それから、色々と面倒を見てくれて、一番のお友達！
この人が毎日遅刻して怒られている人、
天下泰平の性格でマイペース！
いまだに分らないけれど、いつパリに来て、
私より歳は上なのか下なのか。
分るのはお互いの現在。
私は仲良しと思っているけど、仲良し契約をした訳ではない。
目が大きくて美人！　背が高く、スタイルが良い！
街中をくわえタバコで歩く姿はパリジェンヌ！
街に溶け込んでいるので、聞いた事もないけれど、
長い事パリにいるのだろう。

私は彼女の事を苗字にさんをつけて呼んでいたが、
彼女に私は呼ばれた事なかったんじゃぁなかったかな？
そばに来て大きな目で、何する？　かにする？
どこどこ行くよ、来る？　食べに行く？　みたいに。
そして私は、日本語でイエス、ノーを言っていればよかった。
　レストランで夕食をして帰る時は、いつも彼女と一緒だった。
私ひとりいろんなグループに誘われて面倒を見てもらっても、
嫉妬や拘束するでもなく、
女性達もミャーコを嫌いな人はいなかった。
来たければ誘わなくても来るだろう、
そんな放し飼いの猫、状態の人だった。
ミャーコの家にはよくいろんな人が集っていて、よく行った。
Kさん、後にテレビによく出ていたコックさんと仲良くなったのも
ミャーコの家。
Kさんの仲間も集まって、お料理を作ってくれた。
パリ郊外のコロンブに住んでいた頃は、
遅くなると、彼女の家には部屋がいくつもあったので泊まる。
夜中に苦しくて目を覚ますと、
昼間は見かけなかった豚猫が3匹も胸の上に……
部屋から出して扉を閉める。
朝、サロン（だって他に呼びようがないから…）に行くと犬が。
「いつも遅く帰って来るのに、散歩はどうしているの？」
「してない！」
何か飼う事になった理由があったのかもしれないけれど、
言いもしないし聞きもしないで、
それからは時間を作っては鍵を貰ってダックス（？）の散歩！
猫人間が猫3匹と犬飼って、部屋ぐちゃぐちゃ……もオー！

🐱 いろんな人がいた

　「私、田園調布に住んでるの」と言う人がいた。
今考えると突然言う訳ないので、
日本ではどこに住んでるのと聞かれたのかもしれない。
ただ私は田舎から直接パリに来て、
日本では周り中、田畑や雑木林だったので田園に興味なく、
「ふーん」と言ったものの、どこの田園とも聞かず、
話は広がらなかった。
ある時、でんえんちょうふ、とよく耳にするので、
「でんえんちょうふ、って何？」と他の人に質問。
「関西の芦屋の様な高級住宅地の事」
「じゃあ、あの人もしかして、自慢で言っていたの？　あれ、分らなくて悪かったなぁ……芦屋なら親戚がいるから、どういう所か理解できるけど、田園って言うから、田舎でのんびり住んでいるのよ♪、と言いたかったのかと思った」
その人はさすがに、お金持ちのお嬢様、
有名なフランス料理の学校に通っていた。
勉強家だ！！　月謝が高そうだから、普通の人は通えない。
お家から出してもらっている、と言っていた。
だから卒業したら家に帰らなければいけないと、2・3年で帰ったかな？
パリにいる間は、勉強をしてきたお料理をしょっちゅう作って
皆にご馳走してくれた。
私はお風呂にも入れさせてもらって、出たら、高級フランス料理！
なんと贅沢！
まだまだ、お礼はできてないけれど……今も仲のよいお友達。

ある日本の宗教の地域班長さんもいて、
お客様のいない時はいつも分厚い宗教の本を読んでいた。
上品な奥様で彼女もお食事会にいつもいた。
あれっ家庭はどうしていたのかな？
お食事会のグループのなかには、
我が家の代々のお墓がある四谷駅前の有名なお寺の、
そのすぐそばで生まれ育った
英語ペラペラでバリバリの都会育ちの人や、
ブランド品をよく知っていて、
親の仕事の関係で大物の芸能人達に知り合いの多い人もいた。

　免税店には他にも、ご主人が絵描きの奥さんや、お金持ちのお嬢
様と同じ月謝の高い料理学校へ、帰国後にレストランを開くために
ご主人を通わせている奥さんも働いていた。
フランスの地方の大学に通い、休みの時だけアルバイトしている人。
それと、訳あって当時の大統領に手紙を書き、国の指示で労働許可
証を取る為に働いている人もいた。
彼女共々今も仲良し。
免税店で働いている人達は、みんな、粒ぞろい。
パリにいる事の意味ある人ばかりだった。
夕食を一緒にできる、独身女性達は日本脱出の覚悟をして来た人が
多く、結構落ち着いた年令で、聞いた事はないけれど30歳前後でま
とまっていて、話の内容も楽しかった。
私だけかもしれない。
早く美術館廻って帰ろう、帰ろう、と思っていたのは……
パリが居心地悪い訳ではなく、居心地があまりにもいいので怖かった。

🐱 食事事情

　ウィークデイは仕事が終わって食事をして帰るのが常、
遅くなるので自炊している暇がないのだ。
仲良し達と行くのだけど、長期滞在している人達なので日本食か中華。
「せっかくフランスに来ているのだからフランス料理を食べに行こうよ」と案内してもらう。
かなりの頻度で食べていたら、フランス料理もワインも体が受け付けなくなってしまった。
嫌いじゃあないの、楽しく食べて飲んで……
でも、家にたどり着くまでに気持ちが悪くなってしまう。
1年程でフランス料理は卒業というか、
ワインを飲むとダメみたいだし、イタリア・スペインいわゆるワインとセットのヨーロッパ料理から遠のいていく。
日本では「夕食、何食べる？」と言うと、寿司・つまみ・ラーメン・カレー etc. と料理名だけど、パリでは、韓国・ベトナム・カンボジア・ギリシャ・トルコetc.に行こうという会話になる。
そう、クスクスは美味しかったけれど、アフリカに行こうとは言わず、それだけは独立してクスクスへ行こう、と。
そうやってグルグル国を回っているうちに、大体は東南アジア料理に落ち着き、最終的には日本料理なのだけど、それは高いから……
ベトナム料理に毎日通う事になる。
たまに家に出入りの金持ちの友達にくっついて行く時は、
「あそこの韓国なら行く」
「ああ、カンボジア？　行く行く」という具合。
私には払えない高級レストランを指定する。それに「迎えに来てー」
だから、私と食事するのは大変なのによく食べさせてくれたなあ。
パリの日本人、バブル期だった。

何故、私がわがままを言うのか？　本当は行きたくないの。
どうにかして断われないかと、色々考えて言うのに効き目がなく、
出かけなきゃならなくなるの、参ってるのよ。
でも、高級韓国料理は美味しい！
しかし、自分で払えないとはいえ、
「高級日本料理に連れてって」と言った事はなかったなあ。
美味しいのは分かるけど、馬鹿高かった。
見た目と折り合わない値と言うのかな、日本人が吊り上げて商社の
接待に使われていた。日本通のフランス人か日本人だけ。

　　　　　　　　　　　　　　＊

　日本から何度も来るお客様がいて、夕食をつき合う。
やな人じゃなかったので、
「あれ、また来たの？」なんちゃって３度食事したかな？
興味がないので何も聞かないから、どこで何して何しに来てるか、
家族がいるのか、何歳かも知らない。
スナックのカウンター、その人の左側で飲んでいたら、
左隣に旅行中の若い男の子が２人座っていたので、
「どこ回って来たの？」とか色々長い間、話し込んでいたら、
なんだか右側が不機嫌になって……
そういえば右側にいたっけ、と気付き、「帰りましょ」と帰って来た。
１人じゃぁつまんないからと言うからつき合ってあげてたけど、
一応支払いしてもらってるのに、と後で反省しておかしかった。

　その後、またやって来たけど、その時は仕事を休んでいたのに、
電話がないから友達がわざわざ知らせに来てくれた。
以前は職場の帰りだからまだしも、今は家にいる。
わざわざ家から出かけないよ。
パリに住んでる人は暇だと思っているんだろうけど、時間をつぶさ
れてホント迷惑。ご馳走にならなくても自分で食べられるもの。

B氏

　コロンブの部屋を借りていた頃、B氏の冷蔵庫がまだ置いてあり、
私のお金の隠し場所としても使っていた。
そんなある日、帰宅すると冷蔵庫がない！
他の場所が荒らされてなかったのでB氏だなと思う。
中に入っている物も出さずに持って行ってしまった。
男だなあ……
B氏の名義で借りているとはいえ、住んでいる私は一応女性なのだから
「取りに行くよ」と普通の人なら連絡するし、
連絡する暇がなければ中身置いて行くよネエ。
「中にお金が入っているから職場に持って来て」と連絡して、
翌日受け取る。すると……
「しばらくの間お金を貸してくれないか？」と。
「いくら？」と聞くと、
「20万円」と言う（1973年の価値。結構あったんじゃないの？）。
今までB氏が言葉少なに的確に私の質問に答えてくれたので、
不安なくパリ生活していることだし、
良かったか悪かったかは別として
彼に頼まれて仕事をして収入もある。
急に必要なお金ではないので、
「いいわよ」と貸す。
そして、毎月分割で返してもらうことになった。
そんなもんだろう、くらいにしか思ってないから驚かないけど、
催促しないと返ってこない。
ほら、飛行場からホテルまでひと言もしゃべらない人だから、
私からは今まで用件以外話しかけたことはない。
職場でも、他の男の子たちと食事に行ったり、

ドライブに行ったりするけど、
B氏は全然面白い人ではないし、
売り場と営業とは働く時間や部屋が違うので、
会う機会もあまりなく、お互い無感情状態。
周りの人も仲がいいとは思っていない。
それがおかしなことに、1ヵ月に一度通りすがりに
「今月のお手当て」とふざけて催促していたら、周りの人が
「B氏とどう言う関係?」と聞く。
「B氏がいなければ、いまだに飛行場にいるという関係」と、
彼を立てたつもりで、お世話になった表現をしていたら、
ある時、遠くで本人に
「どんな関係?」と聞いている人がいる。
なんて答えるのかと聞き耳立てていると……
「僕がいなかったら、いまだに飛行場にいるという関係」と
真面目にすまして答えている。
お、ば、か?
そう、今考えると、
私は世の中の誰よりも早く、
AIロボットと会話していたのかもしれない。

🐱 マダム、マダム

　夏の陽差しは高く、パリの緯度は北海道と同じくらい。
サマータイムなので、夜は11時くらいまで明るかった。
始めはコロンブからの通勤。
夕食後カフェでおしゃべりして帰るのが常で
「暗くなったから帰ろう」と、時計も見ずに家に着くと11時。
そんなある日の帰り、コロンブ駅を出た所でアフリカ系の男性に
声をかけられ、何を言っているのか分からず
「ノン」と言って家に向かって歩き出すと、その人もついて来る。
「マダム、マダム」……「マダム、マダム」……「マダム……」……
5mくらい後ろをいつまでもいつまでも同じ間隔でついて来る。
家まで20分。
ぞーっとしながら早足で歩く。
後ろも早足。
なかなか家にたどり着かない。
左側は向こう側の見えない塀がえんえんと続き……
右側は広い庭の分譲地の様で、
道から声が聞こえない程の遠くに、家がぽちぽちあった。
人通りはなく、急ぎ足の私と相変わらず
「マダム、マダム」
とついて来る、その人だけ。
20分の道を歩き、家に着いても家が分かってしまう。
他の家に飛び込もうにも、道沿いに家も商店もない。
やっとの事でマンションにたどりつき駆け足で階段を上がり、
ガチャガチャとあわてて鍵を開け、戸を閉めてホッとする。
翌日もついて来るのか。
家が分かってしまったので、家の周りで何か起こらないか……

しばらくの間不安だったが、その後何も起こらなかった。
あの20分の恐怖は忘れられない。
長いパリ生活での恐怖はこれだけかな。
人のいない怖さ。
人のいる怖さ。

　これはずーと後の話。
50年くらい後（あれ？　まだ50年経っていない40年後でした）。
当時のマンションを探しに行ってみた。
長く続いていた塀の向こうは大きな木が茂っていて、
昔の住所はこのあたりと思うけれど住所が見当たらない。
道に面して家が沢山建っていた。
自動車修理店があったので聞いてみると
「50年前？　僕生まれてない！」と笑い、
「母親に聞いて来てあげる」と言って奥に行き、
この辺で間違いない事、
昔はそういう名前の道だった事が分かった。
道の名前が変わっていて、住んでいた建物も建て替えられていた。
以前は塀と空ばかりで道が広く感じていたけど、
道の両側に並木の大木、道がこんな狭かったか？
並木の太さを見て年月を感じた。
そして、あの向こう側の見えない長い塀……向こう側は……
あの頃見えなくて良かったのだ！
お墓でした。
ジャンジャン。

テキーラ！ ん？ テメーラ？

　私が初めてパリに降り立った時、お迎えが遅れて戸惑った。

その時、親切に声をかけてくださった方が、

お客様とお買い物にいらした。

2・3ヵ月は経っていたと思う。

今考えれば、向こうは一瞬だったので覚えている訳はなかった。

私は不安状態の時だったので、『助かった』と思った、あの方だと

気が付き、声をかける事のできる“間”があったので、

「先日は飛行場でお世話様になりました」と挨拶をしたところ……

「テメーラの様な人間なんか、知らねーよ！」

大きな声の、もの凄い汚い言葉で返事が返ってきた。

「ん？」何を言われたのか？　キョトンとして、アレマ！

ずいぶん下品な人だなぁー、それで終り、と思っていた。

しかし、そばにいた売り場の女性が泣き出してしまった。

私が入社して、皆の名前を覚える頃に入社したらしく、同期、

まだ何ヵ月かの仲良し。

「どうしたの？」と聞くと、

「そんなヒドイ所で、私は働いていない」と泣いていたのだった。

私が言われたのに、他の人が傷ついてしまった。

働いている人達は、結構、お嬢様が多く、そういう言葉に慣れてい

ないようで……私だって、まさかの言葉に絶句。

彼女が涙して、

「えッ？」そうか。馬鹿にされ、見下されたのだ。

何で？

何で、見下されるのか、全く意味が分からなかった。

とにかく、免税店の存在すら知らなかった雑木林育ちの人間だから。

そして、何ヵ月かして、
日本からの週刊誌に免税店の話が載っていた。
内容を要約すれば、免税店の女は街角に立って客引きをしている。
という話だった。
皆で大笑い。
お昼ご飯も食べる暇がないのに、街に立ってる暇ないし、
お客なんかこれ以上いらないし……すごいね、週刊誌って。
読む人はパリにいないのだから信用するよね。
ワッハハ、ワッハハ、大笑い。
こういう事を記事にするから、
男どもは調子に乗って、その気になって声かけたりする。
お客に週刊誌に書いてあった、と言う人がいた。
「そんな人がいるわけないよね。ズーッと声かけて回ってみたら
……馬鹿にされるわよ。アハハアハハ」

　その頃の免税店で働く女性達は日本で面接をして、
飛行機代を出してもらって来ているとの事。
フランス語、英語のできる志のある人が多かった。
また、現地採用で東大を休学してフランス語を勉強しに来た人も
夏だけアルバイトしていた。
実際にフランスに来て取材をしていたら、
あんな記事は書けない。たじたじよ。
どこの免税店も人手が足りず、必死になって働いていた。
女性を馬鹿にした様な所ではない。
元に戻るけど、だから泣く事は何一つない。

チンプンカンプン

　お店の客足も少し落ち着き、
お昼ご飯をお昼に食べられるようになった。
夕方もお客がいなくなって（団体客しか入らないお店で、お客様の
入る時間が営業の人達によって振り分けられて）、
普通に帰れるようになり　語学学校へ行く時間もできてきた。
以前パリに来てすぐに行った時には、ab（アーベー）もできず、
「本を開いて、閉じて」と
先生に言われても分からなくてポカーンとしてた。
教科書は漫画形式になっていたけど、
もちろん日本語なんて書いてある訳もなく、全部フランス語。
月謝を何度も何度も払いに行ったけれど、上達しないものだなぁ。
結局、遠のいていた。
　滞在が延びるにつれて、周りの人に聞いているうちに少しずつ
"開いて閉じて"以上の事が分かるようになり、
再度、学校に行くと、多少理解できるようになっていた。
だんだん生活に困らない程度になると　勉強すると頭が痛くなる。
休みがちになり、またまた月謝ばかり何度も払いに行った。
すぐ日本に帰るのだから、
「1年に1度2ヵ月以上帰国しているから」と理由にならない理屈で
フランス人の若い女の子が話しかけてきても、
「日本語覚えな」などと日本語を教える。
しかし、彼女らは覚えるの早いのよ。
　教会のシスターの個人教授も受けたけれど、
まあ、不勉強の一番の理由は
「通訳や翻訳する訳でなし、仕事に使う訳でなし」という言い訳。
そして再びフランス語が遠のく。

交通事故に遭ってからは、
なおさら仕事の帰りの夜の学校は体力的に無理になった。
　そうそう。
のちに半日勤務になって、ソルボンヌ大学へ通ったよーーッ！
ソルボンヌだよーー！　卒業はしなかったけど……
アハハ　話の種。
どの大学も、入るのは簡単。
卒業は難しいという事。
ソルボンヌの教室は最上階にあり、
西向きでお天気の日の夕焼けは、本当にすばらしいものだった。
ボッシュの絵そのもので、いつも皆が帰ってしまったあと、
立ち上がる事もできずにボーッと眺めていたものだった。
　そんなある日、クラスの男性が話しかけてきて、
「カルダーの券があるから行かないか」と展覧会に誘ってくれた。
多分、別の日に出かけたのだと思うけれど、ちょっと記憶がない。
しかし、カルダーの作品を観るのは初めてだったので、
はっきり素晴らしかった事を覚えている。
モビールだった。
招待してくれたのはカナダ人。
で終り、と思っていたら、ある日、コンシェルジュのおばちゃんが、
その名前も忘れているカナダ人を案内して来た。
何でここが分かったのか、びっくりした。
その時、Tさんがいて
「ちょうどいいや。話してて」と、結構ゆっくりしていったけど、
その後は二度と来なかった。
多分Tさんを私の恋人と間違えたみたい。
笑っていいのか悪いのか。

🐱 イタリア旅行

　お店の忙しさがひと段落した。

古い人順に休暇をとることができるけれど、新人の私はいつになる
か分からない。何度お願いしてもお許しが出ない。12月に入って、
「もういい！」とイライラ解消に、私にとっては高価なものを
「えい！！」と買った。

すっきりしたとたん……

「休暇とってもいいわよ……」とＴ子さんが言う。

「買い物しちゃって旅行のお金使っちゃった。もーーーッ」
と言いつつ旅の計画。

ミャーコと２人で１週間イタリアへ行くことにした。

ミャーコがチケットや宿を手配してくれて、

パリから初めて旅に出ることになった。

　まずローマ！　念願のローマ！　イザッ！　美術館廻り

ミャーコは美術館に興味がないので、

昼間は自由行動で夕食を一緒に、ということにした。

ローマには美術館がたくさんあるので、ハシゴ状態。

とにかく初めてパリ以外の所をひとりで動くので

美術館を見つけるまでに乗り物や何やらで時間がかかり、

やっとたどり着いて中に入っても、あまりのスケールの大きさに

圧倒され、その結果、ホテルへの約束帰着時間に遅れる。

ミャーコの方は暇を持て余して、早く戻っているようだった。

不機嫌……

「なにしてたの？」

「ゴメンゴメン」毎日のように謝っていた。

　そんなある日、ミャーコが

「すごいチェスを見つけたからやろうよ」と上機嫌！

「ウワーースゴイ！」

結構大きな大理石の素敵で高価なチェスを買ってきた。

「ゲームをしよう」と言う。

「ルールを知らない」

「教えるから」……で

ゲームが始まる。

教わり教わり、

初めてなのに勝つ。

翌日は覚えて勝つ。

負けようと努力はしな

かったけど何故か勝つ。

彼女は不機嫌を増して

いく。

負けようと思っても

負け方を知らない。

手前がミャーコ。上の男性
は知らない人。偶然、ドラ
マの様な写真。

ルールに添って駒を置くと勝ってしまう。

ゲームに機嫌をとる必要もスベもなく……

私は夕食に遅れるは、彼女はゲームが思うように勝てないは、で、

「先にパリに帰る」と言い出した。

「そう」と止める事もなく、独り残る事になる。

外国語は何一つできずに日本を発ったけれど、

何故か言葉の不安は何もなかった。

彼女が全部チケットを手配してくれて、ローマまで連れて来てくれた。

それだけで充分ありがたかった。

　その先の予定は決めてなく、

予約もしてないのに、どうにかなる気分。

それより彼女には本当に申し訳なかったけれど、

まだ見てない美術館がいっぱい残っていて、約束の時間を気にせず

絵を見ていられるので、毎日ゆっくり鑑賞する事ができた。

　早めに美術館を見終わった日に、姉の友人の妹ご夫妻（日本人）
の住所をいただいていたので、訪ねてみようと
住所の近くまで行き、素敵なイタリア人に道を尋ねた。
こういう人なら、もてるからサラッと去ってくだろう、私なんかに
ついてこないだろうと安心な顔（？）を選んだつもりが、どっこい。
連れて行ってあげるとついて来る。
「大丈夫、分かるからもういい。ありがと」
と、言っても言ってもついて来る。ポチみたい……
そのうち薄暗くなり気持ちが悪く、どうしたら良いやら……
もの凄く不安。
急ぎ足で、やっとその建物に着いて振り向くと、まだ後ろにいる。
あわてて部屋のナンバーを探しあて、初対面にもかかわらず、
「すみませーーん　開けてくださーーい！！」と叫んで飛び込んだ。
姉の友人が連絡しておいてくたさった事もあり、
訪ねる日は言ってなかったけれど、
「ごめんください。こんにちは」
の挨拶もないのに開けてくださり、本当に助かった。
怖かった！　今、思い出しても怖いローマの話。
その怖さがピークだったので、
どんな話をしてどうやってホテルに戻ったかも記憶にないけれど、
ご夫妻とはその後も何度もお目にかかるような
良いお友達になりました。

　その日、ホテルに帰ってガイドブックのないのに気付く。
日本から持って来た本、こちらに売ってない。
絵葉書を買った時、そこに置いたような……
あわてて翌日一番に前日の美術館を訪ねると、

「カメラは何のカメラ？」と係りの人に聞かれ、
この人、日本のカメラに興味があるんだなと思いつつ、
「私のは、ええと……オリンパスペン」と世間話のつもりで話す。
「うんうん、当たり」って顔で壁の裏側へ行き、
カメラとガイドブックを持って来てくれた。
「えっ！　カメラも？」信じられない！　カメラも忘れてたーーっ。
その頃、かの国は盗難が多い事で有名だった。
実際その旅でひとり、公園のベンチに座り地図を広げていたら、
ジプシーに囲まれ、横に置いてあるバッグに手が入っていて、
あわてて抱えて大丈夫だったけれど、音もなくやって来ていた。
イタリアでの忘れ物など出てこないのが常識。
ガイドブックを取りに行ったのは、それがないと旅を続けられないし、
他の国の人には利用価値がないから残ってる、と思った。
運良く、取りに戻れる滞在時間があったこと、その日が美術館の休
館日じゃなかったこと。そして一番は国立の美術館だったこと。
そこでカメラが戻ってこなかったら、パリまで気付かなかったと思う。
ジプシーのせいにしていたんだろうなぁ。
　その後、フィレンツェに寄り、初めて自分でホテルをとり、
戻ったガイドブックを見ながら美術館廻り。1週間有意義に過ごして、
モスクワ同様、「パリ？　パリ？」と周り中に聞いて列車に乗った。
ちなみにイタリアでは、パリの事をパリジと言うので
チョット不安はあったけど。
　パリに帰り、職場に戻るとミャーコは置いてきた責任を感じて
心配するし、友人達は皆で言葉もできない私を心配していてくれて、
ああ、とんでもない事をしたのだと実感！
ローマでの忘れ物の話をすると、
「うそ！　本当にイタリアに行ってたの？？？」
と、全員が声をそろえた。

🐱　ピサのお兄さん

　　フィレンツェのホテルに泊まったまま日帰りで、
シエナとピサへ行った。
シエナは分かりやすい町で人に聞かずにのんびりと観光できた。
ところがピサは駅からバスに乗らなければならず、
若い男の人にバスの乗り場を訪ねてしまった。
そして考えもしない事が起きる。
後から同じバスに乗って来るから、同じ方向だったんだと、
なるべく離れて乗っていた。
それでも気持ちが悪いので、終点まで行かずに、手前で降りた。
すると次の停留所で降りて待っている。
　　雨が降り出して、傘をさした。
並んで歩き出したので傘を盾にしばらく濡れて歩く。
ひと言も口をきかず、しかし、しつこくしつこく、
くっつくようについて来るのだ。
そこで、私は急にくるッと向きを変えた。
すると、その人もくるッとついて来る。
もう一度くるッとした。
それでも隣でくるッ、またくるッ。
くるッ、同じ所でくるッくるッ……
ダンスじゃないんだから……
とうとう私は、プーッと噴き出してしまった。一緒に笑う。
もう無視して観光を続けるしかない。
くるッとピサに向き、歩を進める。
　　そして教会に飛び込むと中には入って来ず、ほっとする。
大きな教会なので優に30分かかった。
教会を出ると、そこにいる。

もう驚かない。
次はピサの斜塔にゆっくり登って、お土産屋さんでゆっくり、
ここでも入り口で待っている。
お昼過ぎたのでお茶ぐらい飲みたかったけれど、
そんな気にはなれず、バスに乗って駅に向かう。
そのバスに乗っている。
ピサ駅の構内に入って、やっとどこかに消えた。
もーっ　いやっ！

＊

　ところが何年か後、小学生の甥を連れてイタリアを廻った時、
誰ひとりついて来なかった。
それと、知人の女性30歳くらいかな、彼女はいい年こいて、
背中のリュックにぬいぐるみのくまさんをおんぶして
イタリアを一人旅。
誰ひとりとして、声をかけたり、ついて廻ったりされなかった、とさ。
恥ずかしい……そのぐらいしなきゃ、ひとりで廻れないのかあっ。
私だって声をかけたくないよ、ほんとなの！　ほんとに。

　なぜ、男の人ばかりに道を聞いていたのか？
今、自分で不思議に思って考えてみると、
女性で立ち止まっていたり、暇そうな人はいないのよ。
買い物籠持ったりして、さっさと歩いてたり……
どこの国も女性は偉い！

スペインのおじさん達

＊ホテル ガウディ

1974年11月。日本から絵の仲間がスペインに滞在している、
と連絡受けて、休暇をとって何泊かホテルの予約を頼み、
マドリッドへ行った。
若かった友人は長期滞在を望み、できるだけの節約をしていたので、
頼んだホテルは彼の水準、確か1泊700円くらいだった。
マドリを歩き疲れてベッドに横たわった私。
びっくり！　私はどこ？
首を上げて足元を見ると、ベッドメイクしたままの平らなモーフ状態。
ベッドのバネが柔らかく完全に体が沈んで、私は垂れ下がっていた。
天井が高く窓がない物置の床に寝ている感じだった。
中心街だったのか、壁の向こうで町の騒音がガヤガヤとうるさい。
夜中2時3時なのに子供の人声が聞こえる。
翌日になって聞いてみると、シエスタと言う昼寝時間があるので、
レストランが開くのは夜の8時だという。
それで子供達も2時3時まで起きていて、
大声は子供達の新聞や宝くじ売りだそうだ。
窓がないから朝がこない。遅れそうになって、
マドリを中心に日帰りでトレド、白雪姫のモデルになったセゴビア城、
ちょうど牛の市をやっていたアビラへ行った。
　友人と別れて独り、バルセロナ経由で戻る事にし、
ホテル ガウディに泊まり、ガウディの建築物を、精力的に見て廻る。
日本では、テレビのコマーシャルで一般的に有名になる10年位前、
ガウディの作品、建物の周りは静かだった。
そのホテルの向かいのホテルの屋上にガウディの作品があって、
インフォメーションのおじさんにお願いしたら、

最上階の部屋に案内してくれた。

触れるくらいの近くで、向かいの屋根の建築物を見る。最高だ！

　　　＊ガウディの小教会

　電車に乗って、郊外にあるガウディの大聖堂の基本になった

小さな教会も行った。

半地下になってとても落ち着く教会で、明るい感じだったと思う。

他に人がいなく、ゆっくり、あちこち建築の造りなど見ていると、

どこからか男の人が湧いてきて、という感じで……話しかけられ、

フランス語だってままならない
のに、スペイン語だ。

「2階にガウディのデッサンが
あるけど見る？　見せてあげる」
そんな感じだったと思う。

「こっちこっち」と言われ、
ついて2階へ行くと、
広いギャラリーになっていて、
そこの教会の物とバルセロナ大
聖堂の考案デッサンなどが沢山
飾ってあった。

ガウディが描いた半地下教
会のデッサン。

こんな貴重なものを見せてくれた管理しているおじさんに、感謝！

　　　＊闘牛（これは何年か後、2回目のスペイン夏だった）

　話の種に闘牛も観ておこうと、ひとりで観るのは気が進まないけど、

今度いつ来られるか、

来られたとしてもその時に闘牛をしている季節かどうか……

思い切ってチケットを買いに行く。

日本の競輪、競馬の様にあの種の男どもが群がっていると思い、

安心を買おうと一番高い席を奮発！

早めに入場して建物などの写真を撮っていると、

おじさんがやって来て、

よくおじさんやって来るなあ……アハハ。

「こっちについておいで、いいもの見せてあげるから」と言う。

日本にいた時の近所の八百屋さんのおじさんに似て、

人が良さそうだったのでついて行くと、

開場前の騎馬隊の練習やら、

本日出場して殺される運命の興奮させてある闘牛やらを、

ず―と闘牛場の建物の内側をひと回り案内してくれて、

座席まで連れて行ってくれた。

「これから、僕が出るから観てて。観てるんだよ。終わったら一緒
にビールを飲もう」と言って消えて行った。

　最高の席……強い日差しなのに、さすが高級席だけ日陰だった。

そして、目の前で牛が殺される。

かわいそうなのと気持ちが悪いので、ずーと横を向いていると、

向いた隣の席の旅行者らしきお金持ちそうなご夫婦が、

「あっちだよ、あっちだよ」と前をゆび指して、笑っている。

「知ってる、知ってるけど向けないのよ」

ガハハとはいかず、ウフフとにこやかに返答。

しかし、さっきのおじさんを見届けないと……

何の役で出て来るのか、と真剣に探した。

あのおじさんの体型からいくと、

お腹が出てたからマタドールではないし……

と考えながら観ていると、いました、いました。

牛が殺された後、男の人がぞろぞろ出て来て、

その牛を引っ張って退場する役の中に見つけた。

　100％牛が殺される筋書きで、見る目は覚めているけれど、

闘牛は賭けごとや博打ではなく、演技、芸術の域に達していた。
死んだ牛を引く役でさえ、
「出るから、出るから。観てて、観てて」
と言える仕事なんだなぁ。
プライドをもってする
舞台なのだと、このお
じさんに教えられた。
ゆっくりビールを飲ん
でる暇がないし、
おじさん来ちゃったら
断われないので早々に
席を立った。

闘牛場を案内してくれた
のは、この中のひとり。

　独りで動く旅も
現地の人との心のふれあいがあって、楽しい。
闘牛は一人で観ても大丈夫。今は禁止ですか？

　　　　＊闘牛のおじさん似
　近所の八百屋のおじさんで、思い出したけれど……
私が20代の頃、野菜を車で売りに来ていた。
家の前に停まった3輪の小型トラックに、
沢山色々な種類の野菜が積まれていた。
いつも冗談ばかり言って、面白い、おじさん。
レンコンを持って
「これさ、穴だらけだから、安くしてぇ……」と、冗談を言うと、
「ハスはそう言うモンなんだよ」と教えてくれた。
私が知らないみたいな言い方をしたけど、
本当に知らないと思っていたのかなぁ。

🐱 バラの花

　お花屋さんで花束をよく買った。

部屋に切花は欠かさなかった。

日本では、庭に何かしら咲いていたので、

買うという事はしなかったから値段は分からないけれど、

パリでは1束10本10フラン＝700円くらい。

手頃なお値段だった。

多分、生活必需品なのだろう。

私にとっても欠かせない物。

そのうちに、職場の店先にバラを売りに来るようになった。

新鮮、20本で同じ値段、安い。

何で？　と思ったら……トゲ、がある。それだな安いのは。

初めは、花瓶に入れる前にバラ20本のトゲを取っていたけど、

触わらなければいいのだと気付いてからは、花瓶にドサッ！

　ある時、真っ白な大きな八重のバラをドサッとテーブルに飾った。

豪華！　ワーきれい！

翌日、仕事場から帰ってきて部屋に入って電気をつけた瞬間、

ドキッとするほど淋しい気分になった。

マーガレットでも小菊でも、名も知らない花々でも白い花はいくら

でも飾った事がある。

でも、それらが飾られた空間を、

「こんな所に入って来ちゃった」と思った事はない。

何故なのか。考えるに……わかった！

他の花はみんな一重二重で花芯の黄色があった。

その差！

以後、白い八重のバラは他の花と一緒に買う事にしている。

第2章　妻敦子さんのお城

🐱 左岸6区へ引っ越し

　サルトルとボーボワールで有名な左岸。
女学生と約束した時は、どこの地区とも知らず、
気にもしなかった。
引越し先の地域……パリの6区。
最高の住宅地、そしてD'ASSASという長い道の中心近く、
向かい側がルクサンブルグ公園の入り口という
すごくロケーションの良い所。
屋根裏部屋を借りている人は、階段を日本で言う7階まで上がる。
要するに昔の女中部屋なので、
ご主人様の玄関のエレベーターは使えない、だと思う。
そういう所に住む事になった。

住んでいた建物と
D'ASASS通り

住めばまずトイレでしょう。

屋根裏住民使用の共同トイレ。

開けてみると、それはなんとただ穴があいていて、

両側に足を乗せるコンクリートの台があるだけ。

どちら向きにしゃがんだら良いのか？

どうやって使うの？？？

研究課題だ。

上には水の溜まる箱。

周りは木でできていたけれど、中は金属じゃないとね。

そこから下に向かって、太い金属（見た目は鉛の質感）のパイプが

下りていて、上の箱に付いている紐をひっぱると……

まあ！　とんでもない勢いで、その足台の敷石まで水がかかる。

もーッ！！　1回目は知らないから　両足びしょびしょ！

トイレから出た廊下は、石の建物だからいいけれど……

部屋のドアまで濡れた靴跡。

ちょっと考えて隣のドアまで行き、ピョンとわが部屋へ。

屋根裏に住んでいる人は何人もいなかったし、

多分毎日コンセルジュがお掃除していると思う。いつも綺麗だった。

長い事住んでいたけれど、1度も私がお掃除した事はなかった。

以後、学習してトイレのドアを開けてから紐……

のちに知るけれど、トルコ式なのだそう。

　友人が来た時に説明するのを忘れた。

なのに靴が濡れてない。

どうやったの？

素早いッ！

とっさにパイプへ飛び乗った！　とさ。

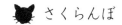 さくらんぼ

　日本を出発する時、友人が
「ちょうど、サクランボの時期だから食べたらいいわよ。安いから」
と教えてくれた。
パリに着いて間もなく、ホテルに泊っていた頃、
どこに売っているのか探したが、見つからなかった。
食料品のお店も見当たらない、まあそのうちに……
食事は、観光途中にセルフサービスのレストランが結構あったので
そこで済ませ、
食料品を買うためにスーパー等を探さなくても困らなかった。
セルフでは言葉が分からなくても好きな物を取れたが、
ハンバーグを食べたくてお金を支払えども、切ると生。
真っ赤な血がにじみ出る、食べられない。
翌日、黒焦げのハンバーグにする、生、だめ。
翌々日、ステーキにする、切るとまた血がしたたる。
お金を払ってもお肉にありつけない。
4日目、真黒なステーキを取る。
それでも中は赤く、にじんではいなかったけれど生だ。
4回とも生で、どれを取っても生なら、フランスではこういうものな
のだろうと覚悟を決め、口にする。
すると、美味しいのなんの。それから生肉に病みつき。
　そう、サクランボの話でした。
気にはなっていつもどこかに、と目では探していた。
ホテルのそばに人のあまり出入りしない、入りづらいお店があった。
薄暗いガラスの向こうで何か売っているような気配と、
まばらだけれど買い物客がいる気配。
思い切って入ってみると、色々な野菜・果物・缶詰め・ビン詰め・

乾物…etc.

サクランボもあるじゃないの！

やっと買って抱えてホテルへ。

黒いさくらんぼを、美味しい美味しいと食べた。

食べながら日本円に換算……んん？　なんとなく高いんじゃない？

ま、いっか。

フランスではこの値段で安いのかも……と、すぐ考えるのをやめた。

　ルクサンブルグ公園のそばに越してから　ちょっと歩くと朝市が

週2回、曜日が決まって出ていた。

それと、もう少し先にモンパルナス国鉄駅があり、

そのそばに大きなスーパーがあった。

そこで　さくらんぼを買って、あふあふ食べた。

私は、日本の黄色っぽいのはスッパくていまだ食べられない。

その頃、黒いサクランボは日本になかったが、

今はアメリカから入っているようだ。

何年か経ったある日。

サクランボを食べていて、そういえばホテルで食べたのは

結構高かったなあ、と思い出した。

今なら分かる。あのお店はフォーションでした。

日本から来た、いなかっぺが

お買い物するお店ではなかったのであります。

ホテルはマドレーヌ寺院の裏、フォーションはマドレーヌ寺院の横、

生活地域ではなかったのです。

スーパー等はありません。

高級食材店フォーションでお買い物する方々の住む地域でした。

日本からの客

　引越して住所変更の連絡を兼ね、
毎年年賀状をやり取りしている方々に葉書を出す。
しばらくした夜遅く、葉書が着いたか着かないか、着いたのだろう
人が来て、ドアをたたく音。今頃、何？
「どなたですか？」
「Hさんの紹介で来ましたXです」と男の声。
「エエッ？ Hさん？　そういう人知りませんけど……」
「ああッ結婚前はIさんでした」
「ああッIさんなら知ってますけどーッ　結婚したんですか？　知り
ませんでした。とにかく、今、11時近いですし……申し訳ありませ
んがドアを開ける訳にいかないので、あしたの夕食の時間にいらし
てください」
「分かりました」と帰って行った。
こんなに夜遅く非常識な人だなぁと思う。
翌日Iさんの紹介なので、ありあわせだけど夕食を一緒にする。
Iさんからメモの1枚もなかった。翌々日……
「近くにホテルを取りました。暇だから……」と夕食時にやって来る。
「私は暇じゃあないけれど、いらしたならどうぞ」
いやな顔もできないので食事を出す。
変だなあと思ったのは、おとといも、きのうも、その日も、
何一つ持って来ない。知らない人だよう〜〜〜ッ
きのうは、夕食時にと言ったのだから食べるつもりだっただろう。
その日はその日で、呼んでもないのに、
夕食時に来たのだから夕食をアテにしてきたと思う。
物が欲しい訳じゃあない、高価な物じゃなくていいの。
きのう食事したのだから、

自分が飲むビール1缶ぐらい持って来ても罰当たらないんじゃない？
面白くも話題のある人でもないのに、ご飯食べさせなきゃなんないの？
時間はつぶされるし、はっきり言って迷惑……
貧乏旅行のたかりか？
4日目の夕方も足音が聞こえる。
下から部屋の明かりは見えず、
7階に上がってもぎりぎりの所で曲がらないと見えない。
靴音は7階に上がった時から聞こえるので明かりを消す。
今日はもうやだ！　それ以降は知らない。
本人からもIさんからもHさんからも、葉書1枚届かなかった。

　後日、ナベちゃんに話すと
「僕の時にはしないでよ」だって。
ちゃんと気持ちを表現している人は大丈夫。
楽しい話題と共にいくらでも召し上がれ、アハハ。

　そして10年後、個展の案内状をHさんに出した。
ご夫妻でいらしてくださった。
ウワーッと思い出し、10年前の、その失礼な話をする。
「友人が来るなら来るで、はがき1枚連絡くれたらよかったのに」
「だって、宛名の書き方、分からないもの」という返事。
「Xさんに、住所書いて渡したんでしょう？」と言うと黙ってしまった。
「迷惑かけて御免なさい」でも「面倒見てくれて有り難う」でもない。
びっくりしたのは、
「頼みもしな事」と言われ、唖然！！　だめだこりゃ……
そりゃそうだ！　IはXに住所を渡しただけ。私は何も頼まれてません。
余計な事をしたようだ。
翌日、顔も名前も忘れてしまっていたXが、
個展会場に菓子折りを持ってやって来た。来ないより、ましか？

強引なお客さん

　あら、あら、玉葱の芽がでてしまった。そんな事で、
パリ6区に、引っ越してすぐやって来た友人達を思い出した。
彫金教室のひとりが、パリを真っ先に友人とヨーロッパを廻るので
女性2人泊めてほしい、と手紙がきた。
屋根裏の狭い部屋だから、泊められないから、
近くにホテルを予約してあげる。　と返事を出した。
また手紙がきて、狭くていいから、泊めて欲しいと書いてある。
何言ってるんだか、狭くていいからもないもんだ。
私が嫌なのに、泊められない！　と、また返事。
教室が一緒というだけで、
そんな親しい人ではなし、それに知らない人が付いて来る訳で、
何度か繰り返していたが、とうとう来てしまった。
会話の楽しい人達だけど、とにかく泊まると言い張る。
こんなに断わっているのに、強引！
旅費を浮かせるつもりのようだ。
　追い出して感情を害しても……と
ミャーコに事情を話し、私が泊めてもらいに行く 。
なんでそんな事まで しなきゃならないのか、本当に迷惑なんだけど。
それに、翌日は絵の学校だから、と言っているのに、
「学校休んで、どこかに連れてってと言う」
「ええッ休むの？」
「いいじゃない、1日ぐらい！」
なんなの？　訪ねて来るのは自分だけと思っている。
その後もズーとそういう人ばかり。

だけど、私もまだ観光をあまりしてないので、すぐ折れて、
ヴェルサイユへ、おにぎりを作って電車で行った。
ツアーは行かない、広い庭園の一番遠く田舎家まで、ゆっくり観光。
お天気が良くて、芝生でおべんとうを食べていると、
沢山の観光客に固まれて、真っ黒な三角を見つめられる。
めずらしそうにながめている。何だ？　何だ？　という顔。
少し割ってひとりにあげた。食べていた。
美味しいのか？　美味しくないのか？　美味しそうな顔じゃなかった。
あんなに人が集まらなくたって……
　そう、なぜ玉葱の芽かと言うと、朝のお味噌汁の中に、
部屋の隅で、芽を出していた、玉葱の葉を青味代わりにポンと入れた。
それを、日本で会うたびに、「あんな芽を入れて」と
楽しそうに言うならいいけど、軽蔑した笑い顔で幾度も言う。
あんなに断わっているのに、
旅費を浮かせて、人の家に強引に泊まった人に
言われたくない！！
でも、いまだ仲良し！！

*

ちなみに、パリには、筒状になったネギはその頃なかった。
ヤブカンゾウ、日光キスゲの葉の形で、葉の色が深緑のものがある。
私はそれを葱と言いたくないが、根から茎の間の白いところは、
ネギそのもの！

その後、大使館に納める日本人農家の方をＫさんと訪ね、手に入れよ
うとすれば入手できることを知ったけど、一般市場にはなかった。

🐱 他に日本人

越した建物の階段を上がって行くと、降りて来る日本男性。
「あのう……日本人ですか？」恐る恐る声をかけられる。
「そうよ」
「ぼく、5階に住んでいるんだけど……6階？」
「そう」
「今度、遊びに行ってもいいですか？」
「いいわよ」と即答。
「6階に行けば分かりますか？」
「美人のカトーさーんと叫べばわかるんじゃない？　そんじゃ」
それだけ。名前も聞かず上と下へ（後のナベちゃん）。
　と言ったもののすっかり忘れ、
だいぶ経ってから階段を降りかかると下からもうひとり、日本人。
「あら？　Aさんの友達？」
「はい。そうです」
「以前から彼の友達がこの建物に住んでるって聞いてはいたけど、
なかなか会わなかったわね。5階に調子のいい人が住んでいるみたい
だから、今度一緒に遊びにいらっしゃい」と言うと、
「ああ……今、下から来る人じゃないですか？」と、
気まずそうにぼそぼそと言う。
「あら？　今？　上がって来るの？　それじゃあ聞こえたかしら？
　アハハ」とTさん（後で分かる名前）に聞いたのに、
階段に空間はないので見えない下から、
「聞こえました。図々しいヤツって……」と声がする。
「ワッハッハ。そんな事言ってないわよ。調子のいい人って言った
の。本当に調子がいいんだもん。会ったとたんに遊びに来るって言
うからさ。あれからだいぶ経ったけど来ないじゃない」

「6階（日本の7階）に行ってみたけれど、どの部屋か分かりません
でした。名前書いてないんですか？」と言うので
「美人のカトーさーんと叫んでみたー？」
「ううん……叫びません」
「じゃあ分からないわよ。アハハ　あした家で夕飯食べよう。3人で。
じゃあね」と別れる。

＊

　6階は、階下の住民の数以上あるはずなので部屋数は多く、
20〜30のドアがあった。
その中で貸し部屋にしてあったのは3〜4軒位じゃなかったかなあ。
翌日、2人が来るまでに
"美茅子さんのお城"　と
日本語で書いた紙をドアに貼った。
その後、
越すまで何年もそのままに。
皆、来る人来る人、
「お城だって！」
「お城だって！」
と笑う。
いまだに会えば、
思い出話に言う男の人がいる。
「だってお城だもん」
アハハ。

お城の中。

🐱 スズメのおうち

　その後、同じ建物の住民3人仲良く我が家で食事する事が多くなって、何十年たった今でも仲の良いお友達。

ナベちゃんは持ち金を使い果たしたら帰るつもり。Tさんは奨学金でアメリカ留学〜北欧に少し滞在しパリへ。で、英語もフランス語もペラペラだった。

2人共10歳くらい年下に見え、学生上がりのプータロー。

私だけ働いていた。

私は痴呆の祖母を10年あまり抱えていたため出足が遅く、30歳。

周りの人達が皆、ガキに見えた。

「何だよう一、ツバメじゃなくてスズメ達」と言っても、

「ただいまあー」と毎日のように来て、

「ただいまじゃないの。ここは私の家！」なんて言いながら、男の子なのにおしゃべり好きな2人で、素直な楽しい人達だった。

　ある日、私の職場にナベちゃんがやって来て、

「カトーさあん」

と、大勢の従業員のいるなかで、遠くの入り口から呼んでいる。

「ああッ、来たの？」と近づいて行く前に、

「夕飯に魚買っときまあす！」と叫んで帰っていった。

帰っちゃった方はいいよね。

残された私、あっちナベちゃんとこっち私と眺められて、

誰も何も聞かない。ニヤニヤもしない。

どんな組み合わせなんだろう？　と不思議な顔してる。立場ない……

　　　①一緒に住んでいると思われた？

　　　②男の子を囲っている？

　　　③男の子に囲われている？

どれも当てはまらないと思ったような顔ばかり……キョトンとしてる。

言い訳すると余計ややこしいので黙っていたけれど、気の小さそう
なナベちゃんと自分をくっつけて見たら一人でおかしくなってし
まった。

家に戻り、
「職場まで来て夕飯のおかずの
話をすんなよなあ」
と笑って言うと、
「いつもご馳走になってるから
さぁー。帰りに買って来るとい
けないと思ってさぁー」と。

手乗りスズメ。

どっち男？　で、どっちが女？　字だけ見てたら分からないわね。
お、さ、か、な、美味しかった！！

「他にも友達、連れて来ていいですか？」と、沢山出入りしだした。
とにかく人が来る。
男も女も、呼んだ人も呼ばない人も、入れ替わり立ち代わり……
　　ズーッと後、日本に戻ってから、パリ時代、電話のない頃、
ドアノブに焼魚1匹をかけておいてくれたり、いろいろ私の
おもりをしてくれたよう子さん（ミャーコやKさんの仲間）から
「麻布まで来て！」と連絡をもらった。
そして、高級うなぎをごちそうになる。
「いろいろパリでお世話になったから」という。
私としてはお世話になったと思っているのに。まあいっか。
おいしいものごちそうになるのはいいことだ。
思い出話をしていたら
「いつ行っても人がいたね」と言われた。それはそうだけど
「男より男らしかった」と……
アハハでいいのかなあ？

Tさん

　　＊Tさんのお部屋
　「ただいまー」と帰って来ちゃうTさん。
同じ建物の同じ7階の向こう側に住んでいた。
パリのだいたいの古い石の建物は、
18〜19世紀頃、馬車がひと回りした中庭がある四角い大きな建物だ。
「部屋が狭いから、カトーさんちに来ちゃう」と言うので、
「どんな？」と見に行った。
「ワハハ　ワハハ　ええっ？　ドアを開けたら外に出ちゃうじゃな
い。これ部屋って言うの？　アハハ　アハハ　こんな部屋があるの？
と言うより、よく持ち主が貸し部屋にと考えたわね」
顔の位置に屋根に沿った斜めの天窓、そこには四角い空しか見えない。
天窓の下に幅の狭い小さな机、ベッドが右側にズーと長く置いてあ
り、どっちが頭か知らないけと、寝られる事は寝られる。
ベッドの幅が部屋の幅、全体で、床は横長に1畳半（半間×1間半）
くらい、上を見れば天井は1本線。よく見つけたなあ。
「これじゃあ、うちに来たくなるわねェ」
屋根裏の基準はわが家と思っていた。
こちらは、日本の6畳弱の広さがある。ベランダがついていて、
天井の高い両開きドアがあり、外に出られる。
ゼラニウムやシクラメンの鉢植えがいつも咲いていて、
って私が買ってくるのよ。
その花の向こう、四角い建物の中庭を越えた向こう側の屋根から遠
くにモンパルナスの塔の上部が見えていた。
何度かその塔から花火が上がったのを見た事がある。
思い出せば、部屋は建物の最上階なので空がすごーく広かった。
お天気のいい日は部屋の中まで太陽がいっぱい……

選んだ訳ではなかったけれど、
南向きだったんだなぁーーとなつかしい。

　　　＊私には住めない部屋
　Ｔさんの部屋とは違った意味で住めない所があった。
「新しい所に引っ越ししたので遊びに来て」と、優雅な生活をして
いる女性に言われて、市内の外れの新築ビルに行った。
立派な入り口は豪華だけど、
間取りが、日本のマンションによくある細長い"うなぎの寝床"。
何階だったか高い所の部屋で、玄関の反対が幅の広いベランダ。
太陽が入り、住みやすそうだった。
彼女がキッチンで用事をしている間、ベランダに出て景色を眺め、
離れた向かいの工場のような建物の大きなガラス窓の中で、
人が動いているのをボーッと見ていた。
と、箱らしき物を造っている、なぬー？
目をこらすとドラキュラの入っている箱、棺桶工場！
私は話題にしなかったけれど、
越したばかりだから気が付いていなかったかも……

　　　＊日本酒
　　許可証を取ったがために
朝9時から夜9時まで働いて目的の美術館廻りができない。
自分にご褒美として買ったグリーンのドイツ製高級カットグラスと、
日本酒1升ビンをテーブルに置いて、
チビリチビリしながら生活していた。
パンと水だけで暮らしていた貧乏学生だったＴさんは、
出入りし始めた頃、そんな状態のテーブルを見て、
私を大金持ちだと思ったと言う。

そんな金持ちが屋根裏に住んでいるかー？　てーの。
　その頃、パリで日本酒を買うと日本の3倍、
本当は金持ちじゃないと飲めないシロモノ。
金持ちと思うのも無理ない飲み物だ。
それでは、何故にわが家にあったかと言うと、
日本から来る知人は日本酒を持って来たら面倒を見る事にしたり、
日本に一時帰国する人の帰パリのお土産を「日本酒ね」と言ったり。
そうやって常に、わが家のテーブルの上に鎮座していた。
それに日本ではコップ酒、
一升なんてすぐなくなったけれど、
さすが私もケチケチになり、
大きなカットグラスに、お猪口1杯分くらいを入れて
チビリチビリだから、長持ちする。
パリに来て日本酒の呑み方を確認した。

　日本で毎日飲んでいたのでなく、何かの集まりやお正月くらいで、
年に何日も飲んでいた訳ではないが、1回に1升呑んで平気だった。
その時だって美味しいと思って呑んでいたけど、
チビリチビリはもっともっと美味しかった。
貴重品という味がプラスされている。
「呑む？」と、Tに未成年じゃあないと思うのでお猪口1杯勧めた。
彼は初めて日本酒を呑んだようだった。
そうよねェ、考えてみたら18歳でアメリカに渡ったのだから。

　今では、たまに会って一緒に呑めば同じ事ばかり言ってる酔っ払い。
輸入貿易会社の社長さんだけど、
「お酒の飲み方をカトーさんに教わった」といつも言うおじさん。
お酒がなければ居られない呑み方、教えていないのに……？

一番うれしい贈り物は

　電話を引く前だったと思う。
どういう連絡できたのか……葉書でだったかなあ。
知人のご主人がパリに来て、
"○○ホテルに泊る。お土産にお煎餅を持たせたから取りに行って"
という内容だったかな。
パリと言っても、どのくらいの広さだと思っているのだろう？
東京と比べれば世田谷区くらいと言われている。
車だったらすぐだけど……
おせんべ……？　好きじゃないから食べないし。
会った事もない人の所に、いつ行ったらいいのか……
タクシー使って何千円かけて食べないものを取りに行くの？
それで「ありがとうございました」って葉書を書いたり、
帰国時にお土産を持って帰ったり……
せめて「何が欲しい？」と聞いてくれて、欲しいものをお願いしたの
であれば、知らない方の所へでも喜んで行く。
まあ、お願いすると思わないけど……まだフランスに行ってすぐの、
自分の事でいっぱいいっぱいの時の話です。

＊

　私がパリで一番うれしかった、いただき物は、小学校時代の親友、
有名スポーツ新聞社社長夫人から毎年送られてくる、会社の、字の
大きな絵のないカレンダー。
絵を描いている私には、カレンダーの絵がじゃまなのです。
大安など書かれたカレンダーはパリに売ってないし、帰国の飛行機便
を決めるのに見ていたので、届くのをいつも楽しみにしていました。
10年以上もいただきっ放し、まだお礼が出来てません。どうしよう。
本当にありがとうございました。

お風呂事情

　その当時、どこの貸し屋根裏部屋も、
お湯は出るけれどシャワーやバスはなかった。
週に1度、友人の家に皆で集まり、
食事会方々お風呂に入れさせてもらって帰ってくる。
週に2度、朝市の日に近所のお風呂屋さんに行く。
あとは空気が乾燥しているのでバスタブに浸からなくても、
お湯で体を拭けば充分だった。
便利な生活地域で、朝市に行く途中にお風呂屋さんがあった。
日本の銭湯と違い、沢山の個室があり、6畳くらいの1部屋1部屋に
大きなバスタブがある。
日本の大衆浴場に慣れてない私は大助かり。
　ある時お風呂のドアをドンドンとノックされ、ハアーイと返事す
ると、当たり前だけど何やらフランス語でブツブツ（わからないブ
ツーの！）30ミニッツとだけ聞き取れ、もう1時間もゆっくり浸かっ
ていたのであわてて出た。
その部屋を出る時、初めてドアに貼ってある注意書きを読む。
30分までと書いてあるようだった。
　のちに、そこを引っ越して何年か経って、法律が変わり、
貸し部屋はバスかシャワーをつけなければ許可されなくなり、
そのお風呂屋さんはなくなっていた。

＊

　お風呂屋さんの帰りに朝市に寄り、
何でもかんでも1kgと指1本立てて、黙ってニッ！
痴呆の初期の様に、お札を出すと、
いくらなのか分からないお釣りがきて、小銭がたまっていく……
けれど、黙ってニッ！　で買い物ができた。

ただ、全部1kgだから10種類買うと10kg。
10種類以上の時もある。
雀達の分もと思うから多くていいとしても、
7階まで階段を、
10kg以上の荷物を持って上がるのはきついよ。
「買い物に一緒に行って」と言えば、
行ってくれるの分かっているけど、買い物はひとりがいい。
カキフライを食べたくて買ってきた時は、
あとで捨てる殻もついた10kg位に感じる量を、
（足を長く見せるための）10cmのヒールを履いて階段を上った。
だけど、よく捻挫しなかったなあー。
　そうそう、その階段、最初はきつかった。
雨に気付かず下まで降りてしまって、傘を取りに戻る力なく
雨の中出かけた事もあったけど、
慣れって凄い！
いつの日か、簡単に7階に戻る
ようになったもの。
もちろん、
その時には体重は減り、
余分なお肉もなくなっていた。

重宝した日本のカレンダー
のある屋根裏部屋。

🐱 国際電話

　今ではネットで一定料金に含まれるけれど、当時パリから日本に
電話して3分以内で（1秒でも通話になると）5,000円。
例えば相手側が「いません」と返事して切る、それで5000円。
……1970年代の5000円！　5000円以下はない。
　夜中に、トントンとーん、とノック。
「タダで国際電話できる公衆電話がある！」と、友達が呼びに来た。
「行こう！！」と何人かでそこに向かうと、長い列で順番待ち。
日本に用事もないのに電話する。
並んでいるのは、フランス在住の外国人。
アラブ人やアフリカ人が多く、旧植民地からの移住や出稼ぎの人達だ。
そういう事が度重なるうち、皆がうまく通じるように壊そうとして、
完全に壊してしまい、まともに使える屋外の電話器はなくなり、
公衆電話自体もなくなっていった。
ホテルの中やカフェを探さなければならず、とても不便！

＊

　ある時、大金の使い込みに巻き込まれ、私は馬鹿だからタンカ切って
「返せばいいんでしょう！」と全額返し……
買い物に行った肉屋さんで財布の中を見たらお金がない（タンカ切っ
た金額は財布に入る額ではないけど）。入れてなかっただけだけど。
「なんで仕事がないと言って来た人に、一生懸命に仕事を紹介して
こうなるの？　涙が出た」と出入りする仲間に情けない顔をしたら、
家に遅く帰ると時々ドアノブに血の滴るステーキ肉がぶら下がって
いる（もちろん袋に入っているので、血は床にはたれていないけど）。
かと思うと、焼き魚がまるまる1匹下がっている。
Kさんとよう子さんだと思うけど、お礼の電話もできない。
それよりも留守なのにあの階段を上がって来てくれて申し訳なく、

大屋さんに内緒で電話を引いた。

屋根裏に電話のある部屋はどこを探してもない。

「いけない」と言われたら困るので、

見つかったら謝ればいいと勝手に引いた。

気付かれず何も言われなかった（でもでもやっぱり屋根裏には電話
を引いてはいけなかったと後々知る）。

　電話があると便利な事と大変な事が結構ある。

便利な事は普通に便利。大変な事は本当に大変。

出先から部屋に着替えに戻る。30分しかないのに電話が鳴っている。

「何で帰ってきたの分かったの？」と聞くと

「ずーっとかけ続けていた」と言い、話が終わって切るとすぐ鳴る。

別の人。出て切る。また鳴る。

とうとう着替えられずに、そのままの服で出かけた事があった。

今頃気付いたけど、電話に出なきゃあ良かったんだ。

　友達と思って出れば「何々バンク？」と男性の声。とっさに

「バンク？　ノン私はお金持ってないー」とフランス語でやっと言う。

「わはは、ワハハ」笑って切れた。

と思ったら、またかけ直してきて「友達になりませんか」と言う。

「なりません。アッハッハ」「ムニュムニュ、アハハ」

何か一生懸命言っている。

「フランス語しゃべれないから」と断わっても断わっても、お互い
笑いながらでもあり、電話を切らない。どうやって切ったか忘れた。

ウイとノンしか言ってなかったと思うけれど、なんだか楽しい電話。

美術学校・仕事・語学学校とびっしりで、

人と会っている暇がなかった。でも会話の勉強になったかも……

「カトーはウィしか言わないけどわかっているの？」

と、大家さんに言われたことがある。

「ウィ、○○でしょ」と答えると、「ああ、わかってるか」と喜ぶ。

🐈 車事情

　その頃の道路は両側に駐車されていて、
バス通りでもバス1台の幅を残して両側にびっしり。
停め方も車間なく、くっついてる。どうやって出すのか？
見てると前後の車にぶつけて車間を作って出て行く。
だから、サイドブレーキは厳禁。
バンパーはペコペコベコベコにへこんでいて、そんな車ばかり。
当然、どこかしこオンボロ車が走っている。
　ある時、日本出発時に羽田まで見送りに来てくれた友人から
「アメリカからパリを回って帰国する友人2人が行くのでよろしく」
との連絡があり、初対面ながら、近くにホテルをとってあげた。
10歳くらい年上の大金持ち（有名なパンメーカーのお嬢様）で、
さすがにきちんとした女性達を、ちっぽけな屋根裏に夕食のご招待。
すると、とても喜んでくださり、会話もはずみ楽しかったので、
「私の休みの日まで滞在できるならロワールへ行きましょう」
とお誘いしたら、「行きましょう」ということに。
それで、Kさんに「連れてって……」とお願いすると
「いいけどさぁ。車、貸しちゃってないよ……！」
「分かった。私が車を誰かに借りるから、運転してくれる？」
「いいよ」てな訳で、別の友達に車を借りて、使った事もない車で
出かけた。朝早くからいくつもお城を回って……
　帰り道、もの凄い雨に遭った。どっしゃぶり。
今まで必要じゃなかったワイパーを作動しようとしたら、動かない！
壊れてる！
雨はバンバン勢いよく前のガラスに当たり、滝の真下にいるようで
全然前が見えない。
まあ、車の流れが少なかったので前方見えなくて走ったけれど。

コワッ！ ワイパーって大事なのねえ。
何かトラブルがあった方が心に残り、
その後もずーっと旅人お2人とKさんも一緒に仲良し。

＊

　その後、70年代後半になってもパリの車事情は変わっていない。
「車買ったからシャルルドゴール（パリの飛行場）まで送って行く
よ」と、子供連れのご夫婦。奥さんがフランスで初運転だと言う。
「ええッ？　コワッ！　大丈夫？」
「大丈夫だよ」
乗せてもらった。だけど走行中、床に動く物を発見！
サーッ　サーッ　スーッ　スーッ。ジーッと見てると道路だ！
「もしかして穴あいてるの？」
「……」
「すのこでも敷いたら？」　乗せてもらって、いいかげんな……
「安かったから買ったんだ。パリでは車は動けばいいんだよ」
まあ、そういう所だからいいけれど、分解しないか心配だーッ。
何年か経って、思い出して笑い話で話そうとしたら
「シーッ」と口に指を当てていた。
昔のパリの状況だからいいじゃんねェー。

＊

　車の話をもう一つ。
少し言葉が分かるようになると、職場のフランス人の会話が気になっ
てくる。ある日、疑問に思って聞いてみた。
「あの人、電話をとると、毎回、車の事聞くんだけど、なんで？」
「わはは、ワハハ。元気？　という親しい人との挨拶よ」
「コモン　ボァチュウ？」　どんな車？
「コモン　バ　チュウ？」　元気？
聞きとれないよネェ。

🐱 応接間 兼 台所

　我が家がうるさくて、とうとう隣のめがねのお姉さん（どこの国の人だったのか？）が越して行った。

私も人の出入りを断われなくて、彼女に申し訳ないと思ったけれど、仲良くしたいと思える感じの人ではなかった。

その空いた背中合わせにシンメトリーの部屋を、私の部屋とは違う大家さんから借り、台所兼応接間にして人の出入りをフリーに。

自分一人のアトリエ用の部屋を確保した。

「ご飯できたら呼んでね」と、

自分の部屋へ引っ込む事ができるようになった。

大丈夫なのよ。

皆日本レストランなどでアルバイトしながら世界中を回ったり、フランス料理を勉強しに来ている人達が何人もいたので、

私より料理は上手！　上手！

＊

「材料は冷蔵庫にあるから今日は餃子ね」

Tさんに言って、我が部屋へ。

皮は売ってないので小麦粉を一生懸命練る事から始めて、しばらくたって覗いて見ると、ご飯のおちゃわんで丸い皮を作っていた。

フーンそうするんだーッ。

感心しながらソーと戻る。

「できましたぁー」

それが、美味しいのよ……うふふ……

　急にカキフライを食べたくなって、

よいこらよいこら階段を殻つきのカキ何人分かを持って上がった。

捨てる殻を持ち上げるのは体力の無駄だけど、

むいたカキなど売ってないし、
階段を上がる前に殻をあける訳にもいかず……
くやしいけど食べたい一心。
「カキフライ作れる？」とTさんの顔を見て、自分の部屋へ。
しばらくして、どうやるのか覗いたら、殻をあける道具がないので、
その辺にある適当な物で苦戦して、手が血だらけになっていた！
かわいそうーー！
「大丈夫？」
知ってるよ、だいじょぶじゃない事。深く追求せずに部屋に戻る。
でも、しばらくして
「できたよう〜」と言う声。
「ヒヤー上手ねぇ！　美味しい！　美味しい！　日本以来……」
日本の様なコロッとしたカキではなくて、
殻にへばりついたペチャンコで平らだったけど、でき上がりは
ちゃんとカキフライの形をしていて、ふっくらと素晴らしかった。

　皆に開放した方の部屋は、その後、日本に帰るために家を引き払って
飛行機に乗るまでの何日間とか、日本から来て部屋が見つかるまでの
１ヵ月近くとか、日本から来て地方のレストランへ働きに行くまで、
または地方の学校が始まるまでなど、
その他、男性も女性も色々な人がホテル代わりに泊って行った。
部屋代を支払った人は誰ひとりいなかったけれど、
食事の用意をしてあげた記憶もない。
今なお、何か言えば助けてくれる。
　ありがとうが言えない人、表現できない人も沢山通り過ぎて行った。
もちろん、そういう人達は泊めないし２度と会わないけれど……

🐱 日本食の作り方

＊糠みそ

　ミャーコにパンとビールでヌカミソができると、
パリに着いて早い頃に教わった。
半信半疑で作ってみた。すごい！
漬かると、糠漬けと同じ味のものができる。
食べ残しの硬いフランスパンをビールにひたしておくだけ。
あとは日本と同じコブや唐辛子を入れたり、味付けは好み。
ただ、毎日かきまわす時の手の肌触りが糠より細かくて、
手にまとわりつく。
それが嫌で毎年帰るたびに日本から糠を持って来ていた。
それなのに、40年も経って、
「カトーさんのうちのヌカミソはパンだった」
とTさんとかKさんに言われてびっくり！
「うそーッ、毎年日本に帰っているのに、それはない！」
と言うと別々の時に2人が言うので、1年目は、そうそうパンだった、
と思い出した。

　私がパンでできると驚いたので、1年目に会った人に、
「すごいよ、すごいよ」と見せていたのだ！　その翌年には
「日本から糠を持って来た」と報告しなかったからね。アハハ。
40年そう思っていたかーッ。

　以前から住んでいた日本人社会に伝えられていた知恵で、
ミャーコも誰かに教わったらしい。
私達の時代になってやっと、飛行機だけで行き来ができるようになり、
食料も運べるようになった。
しかし、その頃は品数も少なく、日本のものは目の飛び出る値だった
けれど、今は何でも手の届く値段で売っている。

＊わらび

「蕨を取りに行こう！」と、Ｎさんが車で来た。

友人を誘って行く。

蕨の生えている地域に行くと蕨しか生えていない！

1ヵ所に座っているだけで、簡単にレジ袋いっぱいになる。

びっくりして眺めていると、

「とらないの？」とＮさん。

「だってこんなにあると思わなかったから……後の処理するの、私でしょう？」

そう考えると、摘む気力が失せるし、見つける楽しみもない。

フランス人は蕨を食べない。

多分、何百年何千年そこに生えていたのではないか？

直径1cmはある。

その後、観光で気付く様になったけれど、丈1m50cmはある大木！

とにかく土は蕨の枯れたものが腐葉土となり、

アクもなく、柔らかい。

「さっと茹でて、細かく刻んで生卵でよくかき回すと、蕨納豆ができて美味しいよ」

と、九州のコックさんに教わる。

ただ、日本人が採った所だけ、大木の蕨ではなくて、草を刈った様な穴が開くのですぐ分かるらしい。

これはどうかと思う。

人の背丈ほどになるワラビ。

＊アジのひもの

　こんなに簡単にできるとは思わなかった。

2枚に開き、塩を振って吊るすだけ。

朝市で買って、夕食には食べられた。

ふっくらして半生でおいしい。

7階なのでハエも来ず、網をしなくても大丈夫だった。

＊大根

　食べたくなって朝市で探した。

大根らしきものは、これなのかなぁ、と探し当てたものは……形は

大根なのに外皮が黒かった。

買って帰って切ったらスが入っていて、不透明な白。真っ白。

こりゃタメだと捨てて、またの機会に同じものを買ってみた。

切ったら同じスが……。

あきらめて、ある時、友人に聞いてみた。

「そうそう。こっちの大根は黒くてスが入っているのが普通なの」

「普通？」

「普通」

「普通って、あれ食べるの？」

「そうだよ」

「どうやって食べるの？」

「ぐつぐつ煮て食べるのよ」

「……」

以後、買わないから、フランスで大根を食べた事がない。

＊ヴェルサイユのゴボウ

「イタリアで車の免許取ってきたからドライブに行こうよ」

急に仲間が迎えに来た。

「エエッ、イタリアで免許取れるの？」

「取れるよ。お金だせばくれるよ」

「エエッ、何それ。お金で買ってきたの？」

「そうだよ」

「日本でも使えるの？」

「使えるよ！」

「イタリア語、できるの？」

「できないよヨーッ」

「何？　その免許？　コワッ！　アハハ」

と言いながら車に乗って、ヴェルサイユの裏側を散歩。

　そこで私が、フランスでは売っていないゴボウを見つけ、

「それ、ゴボウよ。葉を採って匂いをかいでごらん！」

「ほんとに？　アッ！　ほんとッ！　ゴボウだッ！　掘ってみようか」

と、掘り出した。

土は硬いし、道具はないし、長い時間をかけて

細いエンピツ位の太さのものを持ち帰った。

友人夫婦が食べたようだ。

「ゴボウだった」

と翌日、連絡あり。

「あら？　生きてるの？　アハハ」

変な客人

　知らない女性が訪ねて来た。

「貴子さんとここで待ち合わせしてるんだけど……」

「貴子さんは知ってるけど、何も連絡ないですよ。私、出かけるからごめんなさい」

「中で待たせてください」

「エエッ？　初めて会ったんだし紹介状もないし、それはできない」
と出かけて、夕方戻ってくると、2人がドアの前に立っている。

約束もしてないのに、夕飯を食べて出て行く。

知ってる方の貴子さんも、Aの友達でストラスブルグの大学生（フランスで大学を卒業するのは難しいが、彼女はきちんと卒業した）。

ご飯食べさせる義理はない。

そして翌日も夕飯時に来る。おいでとも言ってないのに。

きのうも今日も夕飯時に来て、手ぶらだ。

自分達の食べ物を多少でも持ってきていれば別だけど、

「今日はお友達が来て夕飯食べるけど、2人分しかないから外で食べて」と、そこまで言っているのに、用事もないのに……

「いいんです」「いいんです。私達食べないから」と。そんな事言う？
その後どうしたのか記憶はないが……彼女達が出て行った記憶もない。

まさか見ている2人の前で、

訪ねて来た友人と2人だけで食べられない。動物園じゃあるまいし。

「何だったの？　礼状も来ないよ」と、後に貴子さんが来た時に言った。

その後、貴子さんがその友人に礼状の事を言ったら

「住所が分からないと言ってた」だって。

「だってここにひとりで訪ねて来たんでしょう！　会った時、また住所教えたんでしょ！」「うん」「その後も来てないよ」「……」

思い出すとムカつく。

童顔青年

日本出発からアメリカ経由1年間の旅で、
日本語に飢えた青年が最終地パリにたどり着いた。
久々の日本語でリラックス。
「辞めた会社に、世界一周するって挨拶に行ったらサァ『ぼんぼん
おやじ！』って上司に馬鹿にされたんだ。頭にきた！」と、
溜まっていたストレスを吐き出す様に口を尖らせる。
ああッ、どちらかと言えば坊っちゃん顔だからねと
納得したものの、しばらくして、ハッとした。
「もしかして　Bon Voyage！　じゃないの？」
「何それ？」
「行ってらっしゃい！　良い旅を！　ボンヴォワヤージュ！　ボン
ボヤージ！　ボンボンオヤジ！　あなたの上司はおしゃれにフラン
ス語を使ったのよ。」
「エエ……ッ」　口を開けたまま、目が点。……ボーッと天を見る。
　現在のようにCMなどでフランス語が一般化しておらず、上司の教
養について行けなかったのだ。
ちなみに私がその1年後に一時帰国した時、駅の＜売店＞がフランス
語の＜キオスク＞になっていて、どした？　売店でいいじゃんネェ。
そんな時代。
1年間、英語ばかりで緊張し、日本語がしゃべれる！　と、
真っ先にウップンばらしをしたのに、調子が狂ったようだ。
わはは、ワハハ、ワッハッハ……逆回りで先にパリに来ていたら、
上役に対し緊張して張り詰めた1年はなかったはず。
　あれから、ウン十年。
彼は今、立派な社長になって頑張っているけれど……今じゃあ、本当の
ぼんぼん親父！！

🐱 毎日が3年ぶり

　夕方からフリーの部屋（応接間？　台所？　時には作業所？）で
ミシンを踏み、ジャンプスーツを縫っていた。
油がのって一気に縫い上げようと下唇を噛みながら、何時？
夜の11時頃だったか、トントンとノックの音。
「どなた？」
「ナベです」弾んだ声に戸を開ける。
「ああッ、カトーさん！　今着いたとこ！　ホテルに荷物を置いて、
すぐ飛んで来たんだ！」息せき切って言う。
「ああ、そう。こんにちは」
と中に入れ、再びミシンを踏む。
ダダダダダ。
「あれから3年、一生懸命お金をためて、やっと来れた……」
「そっ」
ダダダ。

隣とシンメトリーなフリーの部屋。

彼が入って来てから顔もゆっくり見ず、手元だけを見ていたのだ。
彼の表情にも気付かなかった。

「ねえ　カトーさん」と言う声。

「なあに？」手も休めず返事。

「3年振りの感動ってないもんなの？」

「？……ああらそうねえワッハッハ。感動ねえ、ないない。私は毎
日3年振りだもの」はじめて顔をあげる。

「……？　アハハハハ、そうだよねェ。カトーさんのとこお客が多
いものね」

「だからこんな夜遅く電話もなく突然来ると、男が夜中にかち合う
わよ。アッハッハ」

そうなのだ。毎日のように感動の人がやって来て、私は感動に麻痺
してしまっている。

そこにいる人を無視して
自分のしたい事をしなけ
れば、私の時間がないの
だ。

そうやって私の無視に耐
えうる人だけが、友人と
して残っていく。

私の友人達は、忍耐力が
あるぞーッ。

「ねえ」と声がする。

「……？」

顔を上げる。

「お茶ぐらい、いれてよ
～」

「何言ってんのよ。ここ

フリーの部屋。

は来た人がいれるのよ。私にもいれて」

「もおう……しょうがないなあ」動き出してガス台に向かう。

「ハイ、お茶」

「ありがと。お客様にいれてもらったお茶は美味しいわね」

そのうちにレストランの終わる頃になった。12時過ぎ。

トントンと同時に男の声。

「ほうらね、かち合ったでしょう？　アハハ　ドア開けてやって」

「ハイ。わかりました」いそいそ……

「ああ疲れた……」と、Kさんの友人の男の人が入って来る。

＊

　フランス料理を勉強しに来ているコックさんの友人が多く、

私が2時頃まで起きているのを皆知っていて、入れ替り立ち替り、

毎日のように仕事が終わると息抜きにやって来る。

今、考えると、まっすぐ家に帰らないビジネスマンの様なものだった。

皆、独身。＜屋根裏すすめ＞とか名付けて、

スナックでもやっとけば良かった。アハハ。

普通の人間にとっては　夜中なのに……

「まったく夜中に男がかちあっちゃって。なんちゅう家なの。アハ
ハ」相変わらずミシンかけ。

「それじゃあ　先に来たよしみで　お茶いれます」初対面同士。

「どうもどうも」なんて2人で、仲良くおしゃべりがはずむ。

私の手は休まず口だけ参加。

だいぶ話をして、ナベちゃんは

パリに着いたばかりの疲れも出てきたのか

「先に来たから、そろそろ失礼します。じゃあ、ごゆっくり」

と出て行こうとする。

「あら、ごゆっくりされたら困るのよ」とドアの方に目をやる。

「じゃあ、早々に……」と、ナベちゃんは出て行った。

ほんと回転いいでしょう？　教育か？
後から来た人は早々に帰って行ったのだろうか？
何を言われても平気な人間しか来ないから、
のんびりしていったんじゃないの？　私はミシンが終わると
隣の部屋に行って寝てしまうので……記憶にない。
台所と言うか応接間と言うかフリーの部屋は独立しているし、
ドアをバタンと閉めたら鍵がないと開かない。
帰りたい時にバタンと帰ればいいので、朝までいる人はいなかった。

*

　そして、ズーとのち、日本をベースにした生活になった時、
都庁まで歩いて40分くらいの所に生活拠点を置く。
都心に住んでいるとあっちからもこっちからも、近くで飲んでいる
から出て来い出て来い、ドンドコドンなんてなかった？
その調子……パリでは誰彼なく15分で車のお迎えが来てたので
外食は楽だったけれど、日本は都心を車でという所ではないので、
断わる理由を考えるのにひと苦労。一番効いたのは、
「行ってもいいんだけど、今、お風呂上りでトクホンべたべたよ！」
「もう〜色気ないなあ。もういいよ！」貼ってなかったけどサ……
やった、やった！　うまいな、うまいな！
自分を自分で誉めて喜んでんの、アハハ。

*

　それがある年の暮れ。
「食事しようよ！」とナベちゃんからTELあり。
「だめ、貧乏してるから外で食事できない！」
うれしいけど出かけるのが面倒。
「違うよ。ご馳走してあげるから出ておいでよ……」
「交通費ないもん」とっさによく出てくるなあ〜〜
我ながら感心しつつ返事。

「もう……しょうがないなぁ〜　それじゃあ、何か買ってくよ！」
電車賃がない訳ネーベ。小金持ちなのに。
やったやった！　出かけなくてすんだ！
　そしてナベちゃんが
白いスーパーの袋と黒い液体の入ったビンを提げてやって来た。
「これ、年越しそば。買ってないだろう？」
「うん。わあー！ありがと」茹でた日本そばパックと数の子のパック。
「数の子まであるの？やったやった！」
「はい　これ！」と黒い液体。
「？？？　何それ？」日本の便利さについていけない。
「そばつゆ……」日本に長い間いないとカマトト状態。
「アッハハ、なあんだ、さっきから何持ってるのかと考えていた
の。墨汁じゃなさそうだし、新しいドリンクだと思った。日本には
そんな便利なものがあるんだ……飲んだら大変よね。ほんと、よく
気が利くじゃん」
「パリじゃあ、ずい分世話になったからなあ」と、つぶやいている。
私はお互い様と思っているけど……
今じゃあ子供1人のパパさんなのに、気取りのない適量のおみやげ。
こんなつき合いできる私って、すごく幸せ……

＊

　反対に大嫌いな日本のシステム？　常識なの？　品物のやり取り。
例えば年越しそばをプレゼントしようと思ったら、まずデパート、
有名メーカーを探す。見た目のいい物、大きい箱でドカーンと送る。
開ければ包装だらけ。食べ物にたどり着くまでに紙あり、
プラスチックあり、金属あり、分別しなきゃならないゴミばかり。
口に入れるまでに9回包みを開けた事がある。
　ある時大きな新巻鮭が届き、
宅急便が置いて行ったまま玄関先に2〜3週間置きっぱなし。

誰かさばける人がまたぐまで……またぐは冗談だけど、
見つかるまで……頂いて腹立てて申し訳ない。
牡蠣が石油の1斗缶？　昔の言い方だけど……あれで届いた事もある。
ひとりでどうしろと言うの？　とずっと思っていたので、
ナベちゃんの適量のプレゼントは本当にうれしかった。
パリには“そばつゆ"なんて売ってなかった。
その前に“そば"なんてなかったよ。
数の子は肥料にするものを洗って、バケツに入れて売りに来た。
素人には食べるまでにはどうしたらいいのか、無理！
日本に戻って見た数の子は、
綺麗に並んだ目の飛び出る値段のものばかりだったから、フン。
ラインダンスみたいに同じに揃えなくてもいいのに、と見て見ぬふり。

＊

　ナベちゃん、この人パリで何してたかと言うと、
「今、美術学校へ通っているんです」
とスケッチブックを持ってやって来た。
「絵描きになろうと思うんだけど、見てよ」
「どれ……？」
「……」
「なにこれ？　やめな！　今いくつ？　25でこんな下手だったら苦
労するわよ。それよりあなたの文章うまいじゃない。手紙もらった
の面白かったわよ……何か文章を書く仕事でもしたら？」
本当にこれだけ。絵に関しては本当にほんと、これだけ……
そして、そばつゆ下げて入って来た彼は、
今はコピーライターの会社の社長さん。
「カトーさんに言われたからさ。絵を止めて新聞の公募に応募して、
コピーで賞取ったんだ」
「あれーッ、良かったじゃん。私も良い事言うじゃんねえ。アハハ」

Kさん

　K（Kiyoshi）さんとはミャーコの家の集まりで出会った。
初対面から会話の歯車が合って楽しく、
何か集まりがあると、おいでよ、おいでよ、と呼んで
彼の集まりがある時はおいでよ、おいでよと呼んでくれる。
だから、両方の、友達の輪が広がっていく。
　私がめちゃくちゃ言っても、いつもニコニコなので
Kiyoshiさんの運転だけは、安心していられた。
日本から私の知人やKiyoshiさんの後輩や、誰か来ると
「ロワールに連れてってよ」とお城巡り。
私が助手席に乗り、地図を見るのだけれど、
「右、右」と言いながら、手は、左を指している。アハハ。
「どっちなんだよーッ」と言うから、
「だから、指さしてるじゃない！」と威張って左を指す。
「やだなあーッ、もーッ」と笑ってる。牛か？
普通の人は怒るのに、私が先に笑っちゃう。アハハ
徐々に、彼は大使付きのコックさんで、
お金持ちの社長の息子さんとわかってきた。
プライドある立場なのに．そういう事を気付かせないで、
庶民の私達と、何変わることなく同じ。
彼を慕って日本からワンサカ、ワンサカ後輩がやって来て、
それを、一人ひとり面倒を見て、皆パリに落ち着いていった。
　私と言えば、年上の偉そうな人間で、何かあると
Kiyoshiさん、Kiyoshiさんと頼っていた。
だって10個位年上と思っていたもの。それが、最近、
「えッ、もう年金もらえるの？」という話になり、
何十年もたった今頃、5個しか違わないのを知って、びっくり。

パリでは楽しい事いっぱいあるので、個人情報など聞く暇ないのだ。
長い間大変失礼いたしました。これからも変わらず、よろしく。
　この本を書くにあたり、
周りの人達がそれぞれ来た年によって乗り物が違うので
「どういう方法でパリにたどり着いたの？（と聞きながら）
やだ、大使つきの人が、船や列車で来ないよねーッ」と気付く。
「うん、JLだった」そうだろ、そうだろ。
「何を聞いてるんだか……アハハ」
JL は目の飛び出る値段だった。私には手が出ない。
アエロフロートで39万円だった。

　そして、大使が変わる時、その当時フランスで超最高級の
レストラン“マキシム”にコックさんとして入社。パリに残った。
マキシムで、外国人にはあまり取らない労働許可証を取ってもらう。
それだけでも偉そうにしていてもいいのに、普通！！
そして、メニューを個人個人に手書きしたテーブルセットの
高級マキシム料理を自宅で再現し、皆を招待してくれた。
あの時のメニュー、大事にしすぎて必要な時に見つからない。
また、大使に頼まれ、長谷川潔さんという
世界的エッチング版画家のお食事の面倒を長い間みていた。
ご高齢で、誰も寄せ付けない芸術家のおもり、大変だったと思う。
Kiyoshiさんだから、安心して任せていたのだろう。
長谷川潔氏の気持ち、よく分かる。
　その後、森英恵さんにみそめられ、
ハナエ・モリビルのレストランで、シェフをする為に、
パリを引き上げ帰国したよう。いつ帰国したか知らなかった。
私はその頃、旅行会社勤務や個展の準備やらで仲間が変わって
会う機会なく、帰国時にレストランへ食事に行って会うぐらい。

その後、成城にオーナーシェフ・レストランをオープン。

チョイチョイ、テレビの料理番組で見かけるようになった。

有名な料理のバトル番組にも出たけど……

私のような素人でも分かる、ヤラセの番組で、びっくり。

後々、女性の審査員が「あの時はしょうがなかったのよ」と言う。

何言っているんだか。

しょうがない偽バトルするな！　と言いたい。

NHKでも、討論会で台本を読まされたと音楽の友人が言うから

民放などは、なおさらなのだろうな。

　　TVと言えば、グッチ裕三が、おもしろいお料理番組をしていて、

画面に出ると、Kiyoshiさんに似ているな、と見ていた。

「似てるのがTVに出てるな」とお兄さん。身内が言う位似ている。

その頃、仲間達も次々帰国、皆高級レストランで働きだしたけど、

フランス料理の特に高級となると、高くてあちこち行かれない。

日本にフランス料理はKiyoshiさんの所だけ、と紹介すると

結構友達が行ったようで、

「美味しかった、紹介してくれてありがとう」

と、皆に喜ばれた。

いつのレストランでも満席状態、だった。

「電話予約入れたら満席だった」とある時、言ったら、

「いつ？　知らなかった。Kiyoshiさんって言ったの？」

「言わなかった。だって大きなレストランで日本だし……」

「言ってよ、いつも言うじゃないよ」と、以後はいつも席があった。

　　そのあと、軽井沢に予約制のレストランを開店。

今は経営から引退、名門ゴルフ場付ホテルの料理顧問をしている。

「用はないんだけど、元気？」お互いに電話。

沢山いる共通の友人の話やパリの昔話などで、
用がなくても1時間位はすぐに経つ。
お料理関係の事、作り方や道具やら何でも聞いちゃう。
以前、立ち寄った時など、私なりに奥様に遠慮して帰ろうとすると、
「せっかく、カトーさん来ると言って、楽しみにしていたのに、
もう帰っちゃうの?」と言ってくれて、
奥さん共々お友達でいられて、うれしい。

＊

　今回、kiyoshiさんに、こういうの書いたけど大丈夫?
と問い合わせした。
「訂正箇所がある」と返事がきた。
お父さん、大金持ちじゃなくて、お金持ちなんだって。
「どっちだって同じよ」と言うと、
「ちがう、ちがう」と言うので、"お"をひとつ減らしました。
私はいい加減でkiyoshiさんをkyoshi、kyoshiと書いていた。
「"i"が抜けてるョ」と言われたので
「あれ、3つも!　愛がないもんでごめんネ」と言うと、
「やだな〜、俺はあるよ〜」と大笑い。
奥様に
「私とお友達でいいの?」と聞くと
「いい人みたいで、うれしい」と可愛い返事。
ほんとにおもしろい、仲良しご夫婦。

 湯浅 年子さん
（コレージュ ド フランス 原子核化学研究所・物理学者）

　その時も友人が遊びに来ていた。
突然、親しくしているコンシエルジュのおばちゃんが
女性を連れてきた。ポカーンとしていると、
「おばさまからお手紙をいただいて、一度お目にかかりたいと思っ
て訪ねて参りました。湯浅です」と。
ヒエーーーッ。
キュリー夫人の化学研究所のトップで物理学者の湯浅さん……
「伯母からお訪ねするよう言われておりましたけれど、ご迷惑をお
かけしてはいけないと、そのままに……申し訳ございません。そち
らに伯母がお便りしてるとは……わざわざ……」
緊張で口が回りません。
台所にしている屋根裏に世界の科学者が　　とんでもない事。
その日もパリの親しい友人Oさんが子連れで遊びに来ていた。
ご主人がフリーのライターで
日本にニュースを送っている人だったので、彼女はびっくり仰天!!
私より、どういう方か知っている。
いまだにあの時は……と話題になる出来事。
私と言えば、おバカだから伯母のお友達と話している感覚で、
普通に会話。
恐縮はしてるのよ、本当だって。
湯浅さんは、色々と私の近況を尋ねられ、絵を描いている事、午後
から働いて生活分の収入がある事。午前中は絵の学校、夜はフラン
ス語の学校に通っている事…etc etc. 尋ねられるままお答えすると、
「ダリとかアイズビリーetc（その他、世界的に有名な名前を連ね）
と親しくしていて、彼らのパーテイによく行くので、今度、紹介し

ましょう」などとおっしゃって帰られました。
何よりも来ていた友人がOさんでホッとする。
いつものワイワイ・ガヤガヤ・シッチャカ・メッチャカ、
訳の分からない人達じゃなくて良かった〜。

＊

　そして連絡せず、連絡も来ず、忘れた頃、電話が鳴った。
「へーへ」とベッドに横になったまま、ふざけて受話器をとる。
「湯浅年子です」と聞こえる。
「？？？」
シャーッ！　何で？？？
「ハッ、ハイッ」　ベッドから下りて直立！不動！
　友達しかかかってこない電話のはずが、
以前訪ねてくださった時に番号をお知らせしたのか？
「実は……」と話しだす。
「大使館のお偉い○○夫人がお産するので、そのしばらくの間手伝っ
てほしい」でした。
お忙しいのに頼まれ事も引き受けられるのだ、と驚きました。
「ごめんなさい。今、頼まれて仕事をしていますので私はできませ
んが、友人をご紹介しましょう」
と頭の中で、あの人？　この人？　と探しながら話をしていると、
「紹介はいりません。信用の問題ですから、あなたができないのなら」
「はあ」
伯母の姪で信用してるけれど、という事は、私が信用している方を
紹介しようとしてるのに信用できない？　まあいっか。
「一度、○○夫人を訪ねていって欲しい」と言われ、
「はあ……」とか返事をにごしていると、

「私がお手伝いしたいのですが、体を壊して……」とおっしゃる。
色々伺っているうちに、ガンになられているようなので、
「先ほどのお話のお手伝いはできませんが、湯浅さんのお手伝いで
したら何でもいたしますので　おっしゃってください」と言うも、
「私は姪が来てくれて大丈夫。……うんぬん……」
というような話で終わり。
「どうぞ、お大事に……」で、電話を切ろうとすると
「こうなってから大事にしてもダメなのよ！！」と　きついお言葉。
　　ヒヤァー、何だ、なんだ……それからが長い……
「……？」どうしたら良いのでしょうか？
「そうですか」「そうですか」聞くだけで、どんな言葉を言えば気に
さわらないのか？　どんな言葉で終わったらいいのか？
話している内容よりもそれが気になって
「ハア」とか、「そうですか」と言ってはいたけれど、
トンチンカンじゃなければ良かったが……
どういう状態で電話を切ったのか……終わったのか……迷宮。
　とにかく16区（高級住宅地、パリの芦屋の様な所）の
お偉いさん宅をお訪ねしました。
そして、結局はお断りしました。
帰ろうとして、ドア付近でご主人から無表情にポチ袋を渡される。
「ハア？　とんでもない！」とお返しする。
お偉いさんって、こんな習慣なの？　驚き！
　　　　　　　　　　　　＊
　そして1980年2月1日。
湯浅さんは、その後、お目にかかる事もなく亡くなられた。
私は、その頃一時帰国していて、

湯浅さんの葬儀の連絡が伯母に届いて知った。

伯母は体調を崩していたので、代わりに出席。

そーっと行って、そーっと帰ってこようと出かけたのに……

湯浅さんと伯母が一緒だった東京女子高等師範学校（現御茶の水女子大学）時代の輪の中に席が決まっていて、

私にとっては時代を超えた友達の輪に入ってしまい、

矢継ぎ早に質問される。

パリではどんな……と聞かれても……

これこれと説明して、深く聞きとられ、

理解する聞き方をしてくださる方が何人いるのか……の様な場で、

何を話したらいいのやら。

＜私が湯浅さんを訪ねず、ご心配してお訪ねくださり、お世話になりました＞とも、

＜○○夫人の件はお役に立てず、電話の話し相手をしました＞とも言えず、結局、お答えしたのは、

「大変お世話になりました」

🐱 アネモネ

「デンマークの、知人宅のクリスマスに呼ばれているけど、一緒に行かない？」
と誘われ、70年代のある年の12月に、連れていってもらった。
真っ白な所に着陸したまでは記憶があるけれど、
あとはどうやってその家にたどり着いたか記憶がない。
多分、Airportまで車でお迎えが来ていたのだと思う。
「ここ」と、たどり着いたのは門。
そこから家は、一直線に続く道の先だった。
遠くの家はマッチ箱より小さく見え、大きな農家の館にたどり着く。
　その時、自分が小人になったような気がした。
天井は高く、大きな窓が沢山あるとても明るいお屋敷だった。
他にも何人かお客様がいたようだ。
でも、その家族と行動を共にしていたのは友人と私、
朝食もそのお家のお嬢さんと3人だったような気がする。
その家と友達との関係はともかく、深く印象に残ってる事は、
クリスマスツリーを切り出しに連れて行ってくださった事。
いったいどこへ？
　ジープに乗ってモミの木の林の中に……お父さんだったのかなあ
……夢のようではっきりしないけれど、どんな景色か、どんな話を
したかはっきり覚えている。
日本語のできる人はいなかった、片言の英語で。
「勝手に切っていいんですか？」
「ここは、今見える地平線まで自分の土地だから、いいんだ」
「地平線？」ドヒャーッ！！
「そう。あれはウサギの足跡、鹿、キツネ、テンの足跡……この辺
は春になると、地平線までアネモネが咲くのよ」とお嬢さん。

頭の中はアネモネでいっぱい。

綺麗だろうなぁ……パリでアネモネがお花屋さんに出回ると

1束買ってテーブルに飾るけれど……そんな比ではない!

もう一面の雪がアネモネに見えた。

　5mくらいのモミの木の樹形を見て回ったあげく、

「ここには、ない。別の所に行こう」と、動き出す。

「別の所?　何がいけないの?」

「枝が四方八方に均等なのがない」だって。

少しばかりいいじゃないと思っていると、

しばらく走った所にまた大きなモミの木の林……南側の枝が長いに

決まっていると思っていたけど、均等な、それも5mくらいのを見つけ、

チェーンソーで切り倒す。もったいない切っちゃう……

聞けば、自宅のクリスマスだけのために

モミの木の林があるのだそうだ。売るでもなく……

　そしてサロンの真ん中に立て、取り付ける。寝かせるのじゃない、

5mを立てるんだよーッ。天井の高いサロンがある。

ここはガリバーの国?

そういえばデンマークは北欧で、冬は夜ばかりと思っていたけど、

あれッ?　明るかった。

＊

　飾り付けを家族とお客様全員でする。

5mだから、5mに近い脚立がモミの木と並んで立つ。

子供の絵本のよう。

根元には沢山のプレゼントが置かれた。

子供はいなかったような気がするけれど、

冬の長い地方では大人の楽しみでもあるようだ。

長い時間をかけての飾り付けが印象的だったので、

その日イヴの夕食はどんなだったか思い出せない。

翌日はプレゼント交換で、1日楽しんだ。

時間の流れがゆっくりゆっくりと……そして毎日が始まっていく……

家の中の工芸品の数々、銀製品、陶器、木製品、毛糸や布製品など、

彫り物、編み物、刺繍etc.　小さな博物館だ。

地下に連れて行ってくれて、ここには食べものの保存室と、

大きな部屋に約1m×4mの上から取り出せる冷蔵庫や冷凍庫が

3つ並んでいた。開けて中を見せてくれて、

「好きなものを食べてください」と言われる。

覗いて見て見たけれど、何が入っているのかさっぱり分からない。

「これは何？」

ブツ切りにした直径10cmくらいのお魚らしきものが沢山あったので

聞くと、ナマズだと言う。

ナマズがポピュラーな魚との事。

野菜はあまりなかったが、白菜は日本の白菜そのままの太さ大きさ

のものだった。日本のものかと思ったけど、畑で採れるそう。

冷凍食品が現在のように豊富ではないので、食生活は大変だと思った。

食べものの楽しみもなく、雪で外に出られず、

景色は窓から見るだけ。する事がなくなって、帰りたい。

「バスは通っているの？」と聞くと

「向こうの方」地平線の方を指さして言う。

「敷地内にはないの？」

「ない」地平線の向こうまで行かなければいけないようだ。

一人ひとりの車があるから、移動は自分の車だそうで……

私はひとりでは帰れない。4日間くらい、ボーッと過ごしてパリへ。

大金持ちも大変だな、と負け惜しみ旅でした。

でもクリスマスの体験は宝物になりました。

春にもう一度行けたら……自転車で走りたいなぁー。

一面のアネモネの中を。

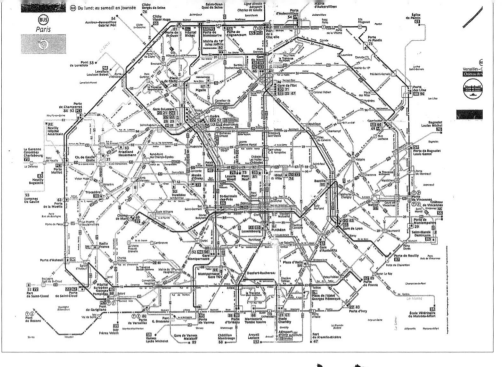

第3章 Pαℝℯⅈℴの街角

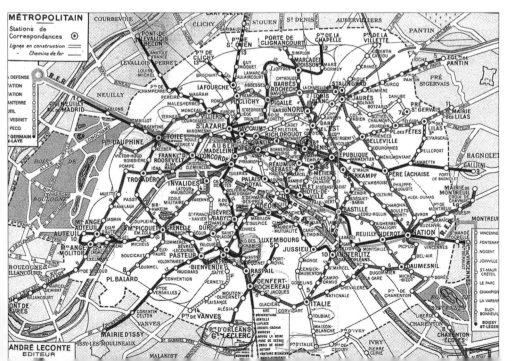

🐱 何時ですか？

　時計を忘れて出かけてしまい、誰か急いでいない人に聞こうと、
杖をついた散歩の紳士に、習いたてのフランス語で声をかけた。
「すみません。今、何時ですか？」
「ん？」
ムッシュは立ち止まり、目を大きく見開いて戸惑った顔をした。
何度聞いても返事がなく、照れた様な顔をしてニコニコしてる。
変だなあ、私は自分の手首を指差してもう一度聞こうとして
気付く。
「ああッ、ごめんなさい、何時ですか？」と笑いながら言い直す。
「あ、あー、あ」と、ホッとした様にニコニコと教えてくださった。
そのムッシュと「アハハアハハ」と笑ってしまった。
「ケラージ　エティル？」（何歳ですか？）と私はしつこく聞いてい
たのだ。
「ケラー　エティル？」（何時ですか？）です。本当は。
違いが分かりますか？
　こうやってカタカナだと1字の違いと分かるけれど、
1字で全然意味が違ってしまう。
だからフランス人にヴジュヴジュ言われたり、へたな発音でフラン
ス語をしゃべっても、アクセントの違い、などなどで通じない訳よ。
その時は、自分で言って自分でこけた。
素敵なムッシュだったけど……
おじいちゃんの年齢を聞いてどうすんだ？
と、思い出してはしばらく笑えた。
私30歳！

● おめでとう。

　そして別の日。

切符を買うのだったか駅で並んでいたら、

ロマンスグレーの紳士に、

「この列車はココでいいのか」と聞かれた。

「ウイッ」と答える。そうしたら、そのお方……

「O　ME　DE　TO」と言うの。

フランス語なのか？

日本語なのか？

キョトンとして考えていると、また言う。

「お　め　で　と」

あれ日本語だ！

一瞬、何の事と？　と思ったが、ああそうか。

「ありがと」ですよ！　気が付きました。

「と」しか合ってないじゃん。

その方は私の後ろに並んでいたので、

ゆっくり教えてさしあげたら、

恥ずかしい……という様な表情で、

「ありがとう」と言い直し、一緒に笑えた。

ウイッだけで、結構楽しい時間がもてるの。

私は1字しか合ってないのに理解してあげて

フランス人は1字まちがえただけで全然理解しないから、

タクシーなどは全然違う所へ行ってしまうので気をつけてね。

🐱 お嬢ちゃん！

　道を歩いていたら、
「お嬢ちゃん！　お嬢ちゃん！」
と、結構長い間、繰り返し後ろで声がする。
こんな所で日本語が……
そしてどんなお嬢ちゃんが？　と振り返ると
声の主は、ニッポンのロマンスグレーの紳士。
私との間にお嬢ちゃんはいない、
紳士はどうやら私を見ている。
私は、自分の鼻に人差し指を当て、
黙ってそのジャポン・ムッシュの目を見ると、
「そっそっお嬢ちゃん！」と。
　お嬢ちゃんという言葉の似合う、上品を絵に描いた様な紳士。
俳優で言うと笠智衆さんの様な。
「アハハ、お嬢ちゃんっていうことはないですけど……何か御用で
しょうか？」と言ったものの、
オホホと笑えなくてトホホ。
道を尋ねられ、お教えできましたが、照れくさいのなんの。
　お嬢ちゃんという言葉は、私にとって死語に近い。
パリで懐かしい言葉に出会うとは……
そう、麹町で生まれた頃はお嬢ちゃんだったんだなあ。
小学校に入学する前に引っ越すまでは。

🐱 車でお食事

　家に友人が来ていた。
「どこかに夕食を食べに行こうか？」
「うん」
「Kさんにテレしてみるヮ」
「もしもし、Kさん？　何してるの？　何もしてないの？　なら、郊外へ食事に行かない？」
「うん、行く行く。だけど今日は車は貸しちゃってないよ」
「エエッ、ないの？　そんじゃいいや。アハハ」
「なに？　それーーッ」
「アハハ、行きたい？」
「行きたいようーーッ」
「それじゃあ家まで来てて！　別の車誘っとく。アッハッハ」
「もしもし、Qさん？　郊外に食事に行かない？」
「行く行く」
「家まで来て。Kさんと美人2人！！？？　待ってるから」
「わかった！」
　冗談を言い合える友達だから笑えるけれど、失礼な話よね。
パリは中心部から30分くらいで、
郊外のお庭の綺麗な一軒家のレストランや
あちこちに行けるので、
結構、優雅な食事ができる。

住民の英語力

　現在はどうか知りません。

きちんとした所では違うでしょうが、一般の話。

特に英語のできる日本人旅行者が、道行く人なり、駅員なり、

銀行だってそう、買い物をするお店などで英語で話しかけ、

「フランス語で返事が返ってくる」と言って怒る人が多い。

しゃべれるのに、意地悪でわざと、という話をよく聞く。

肩をもつ訳ではありませんが、生活してみて分かりました。

日本人だって、英語を聞いて何を言っているかだいたい分かっても、

英語で答えられない。

それです。

　まず純粋なフランス人は、パリに少ない。

そのことを、住んだことない人は知らないと思う。

エトランジェ（外国人）、近隣諸国からの出稼ぎや旧植民地からの移

住者が多く、語学教育が行き届いてないようだ。

英語、フランス語、スペイン語、イタリア語、だいたい似ているので、

言っている事は理解できる、でも返事ができない。

日本でフランス語の教育を受けて、フランスの学生と同じ筆記試験

をパリですると、日本人の方が成績が良いという。

フランス語での返事は全然意地悪ではなく、そういう事のようです。

住民は意地悪なんて考えつかないと思う。

大学を休学してフランスに語学留学している人が

フランス語の新聞を読んでいて、

「あの人しゃべれないのに、なんで新聞読めるの？」

とフランスの友人が驚いていた。

日本の教育はそういう事でした。

今は、違うと思いますけど……昔ばなし。

座席を譲る事

　もうひとつ日本人の勘違い？
パリの人は地下鉄の座席を譲ってくれる、親切だ。
もちろん親切！
でも日本と違って運行距離が短い、すぐ終点になるし、
多くはパリ市内に住んでいる。
それに引きかえ日本は、終点までどれだけの時間がかかるだろう。
それも始発に並んでやっと座席を確保、通勤時間が長い。
親切とか言うレベルではなく、
体力の保持、次の日のため、譲る訳にいかないだろう。
そういう事。

🐱 日本人が住みづらかった時期

　2012年9月3日。夜中、午前2時頃、目が覚めてテレビをつける。
重信房子という名前が耳に入ったが、すぐ番組は終わった。
ああ、変な時期があったなぁ。
テルアビブ、銃乱射、岡本コウゾウ、赤軍派……
今は頭の中に、単語でしか出て来ないけれど。
その頃、岡本さんと言うお友達はホテルの予約がとれなくて、
しばらくの間、旅行ができなかった。
3億円強奪の犯人が、赤軍派の人間でパリに住んでいるとか、
そんなうわさも飛び交っていた。
信じる事はできなかったけれど。
　その頃だ。
モンマルトル近くの衣料店の試着室に入った女性が出て来ない。
人が消えるという噂があった。
あの北朝鮮の誘拐、拉致の時期に一致する。
北朝鮮へとは聞こえて来なかったけど、
東南アジアへ連れて行かれる、と言われていた。

　　　＊人食い人種
　住みづらい時期が、もう一度あった。
パリで日本人の学生が、
女性を殺してその肉を食べた事件の時。
何人かで街を歩いていると……
「人食い人種だ」と声が聞こえる。
そうだよね。
言いたくなっちゃうよねーッ。
食べちゃったんだもの……

● ラッタッタ

　原付自転車に乗っているＡ氏に道端で会ったので、立ち話。
「免許いるの？」
「いらない」
「ちょっと貸して」と乗ってみる。
ウワーッと言う間にシャンゼリゼ通りを登っていき、
周りの車について行くとスムースに凱旋門にたどり着いた。
ところが戻ろうとすると、
車の流れが速くて動きの輪に入れない。途切れないのだ。
縄跳びの輪に飛び込む様に
「いち、にの、いち、にの」
とすれども、"さん"にいかない。
やっとの思いで車の流れに飛び込んだけれど……
グルグル何回りしても凱旋門の周りから抜けられない。
車間がないので怖いし、あせるし、目が回るし、
どうやってその輪から抜け出たか、記憶にない。
　凱旋門の周囲はロータリーになっていて、
その周りに地下へ降りる階段がある。
その階段のそばにラッタッタ（原付）・自転車・オートバイを置いて、
徒歩で階段を下りトンネルを抜け、地上に上ると凱旋門。
歩き以外では行かないそうだ。
「チョット」
と言われ、その場に立たされたままのＡ氏は心配するし……
ほんとに私はクルクルパー。

カジノ

　パリ市内のカジノへ行くナベちゃんに、
「連れてって」とついて行った。
「パスポートが必要なんだよ」と言うので、市内の持ち歩きはコピー
だけど、パスポートを持って出る。オペラ通りだった。
ナベちゃんは受付でパスポートを見せ、
私がついて来るものと思って、さっさと前の階段を上がっていく。
私もパスポートを見せ、続いて行こうとすると、受付の男性が
「あなたは何しに来たのですか？」と言う。
「カジノ」と言うと、
「女性は入れません。あなたはあちらのレストランへ」
と、手で方向を指したのでそこまでは分かったけれど、
なんせフランス語をしゃべるからワカラン。
ナベちゃんは振り返ると私がいないので、
「どうしたの？」と下りてきた。
「女性はだめなんだって」
「なんだあ……」２人でポカン。
「私、帰るね」

＊

　Ｎちゃんにその話をすると
「女性も入れる所があるよ。今度連れてくよ」
と郊外のカジノへ連れてってくれた。
話の種にカジノの部屋や雰囲気を見たり感じたり、
一度体験してみたかっただけ……
営業の用事、書類をチョット手伝ったら、結構な額のお金が手に入っ
たので、そのあぶく銭を持って行き、中に入って驚いた。
豪華、豪華……お呼びでない世界。

周りを見るとセーター姿のラフな格好で入っていたのは、
私達のグループのみ。男性は皆ネクタイ、女性は大きな宝石を
体中につけている大金持ばかり。

すべてに負けた！

一度だけのつもりが、それでは今度正装して行こうと、
次回はダイヤはないけれど、ベッチンスーツに
可愛いサンローランのネクタイを締めて連れて行ってもらった。

全部すった。残念！

　その2回だけだけど、大枚預けてある気持ち。
機会があったら返してもらいに行きたい。

＊

　オペラ通りのカジノは（多分どこもそうなのかもしれないけれ
ど、他は知らない）、女性はレストランまで入れて、男性がカジノを
している間、いつまでもいてよくて、どれだけ食べてもいい。

高級料理が、何人連れて行ってもタダ！

ひとり、男性が犠牲になってカジノをする。

勝っても負けても自己責任。アハハ。ご馳走様。

　旅行会社の仕事の時、日本からのお客の接待で、私が
「豪華な食事に行こうか」と言うと、暗黙の了解でカジノご飯になる。

キャビアが美味しかった。あふあふ食べた。

6、7年前にナベちゃんと行って、受付で言われたのはこれだな。

知っていたら……豪華な食事？

いつも犠牲はEだ。

Eはカジノの大お得意様だったから、
それこそ皆でジーパンで行ってキャーキャー騒いでいたけど、
サービスの人は、いつもニコニコしていてくれた。

　後で聞いた事。そこは、昔、美しく着飾った娼婦を連れて行く所
なんだって……つうか……だったんだって……あらマ。

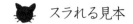 スラれる見本

＊狙われて

　日本から1年パリに行き、友人所有のシェアハウスに1部屋借りた。
ある日、レストランで誰かと食事をし、
帰宅してパスポート等が入ったセカンドバッグがないのに気付く。
鳥肌が立ち、どうしようと悩みながら、
その日の動きを順に思い返してみた。
狭いテーブルの隣との境目に、ファスナーもなく
大口を開けた大きなトートバッグを置いて食事してたな。
「あそこだ、隣の人だ」と決めつけ、それでどうしよう？
そのシェアハウスに、もうひとり、女性登山家今井通子さんと一緒
にエベレストに登った登山家タミキさんが部屋を借りていた。
時々その家のサロン（共同台所）で会った時、
お互いに作ったものを
「食べる？」と、分けっこする程度の仲だったけど、
と言ってもあっちは山に持ってくお湯かけるだけの宇宙食、
私の作る美味しいもの？　を食べない訳がない。アハハ。
居るかなぁとノックした。
いたいた。これこれしかじかと話すと、
取り返しにレストランに行こうと言ってくれて、即座に出たが……
もう隣のテーブルの彼らはいなかった。
　スゴスゴ戻ると、電話が鳴っている。
出るとフランス語で女性の声。
ゴミ箱に捨ててあったバッグを拾ってくれて、
手元にあるので渡したい、と言ってくれている。
中に重要なもの全部入っているという。
ともかくホッとして、お互いに仕事をしているので日曜日に訪ねる

約束をする。

タミキさんと一緒に訪ねると、

彼女の仲間も一緒に楽しいお食事会をしてくださった。

わずかな現金はなくなっていたけれど、

手続きなどのややこしい物が全部戻ってきて、

こんな事があるんだ〜世の中悪い人ばかりじゃないとつくづく感謝。

　話の状況では、私が乗ったメトロのどこかのホームのゴミ箱に

誰かが捨てたのを目にして、拾ってくださったとの事。

……という事は、レストランの隣の人を疑って申し訳なかった。

そうだ！！　メトロの車内で日本の男性に道を聞かれ、

大口開けたバッグを後ろに回し、

前に地図を開いて知ってるぶって説明していた時だ。

親切してたんだよう……その日本人がぐるだった訳ではないけれど、

全くもってスられる見本。

　　　＊花屋の店先

　後日。買い物てんこ盛りの大きな大口トートバッグを抱え、

その上に財布をどうぞと言わんばかりに、ふわっと

あごの位置に乗せ、押さえてもいず

横を向いてお花屋さんの花をジーと見ながら、

その辺で買い物している友達が来るのを待っていた。

財布がない事に家で気がつく。遅い！

その時は大金が入っていたの……

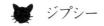 ジプシー

＊メトロの車内

　ルーマニアやユーゴスラビアなど東欧の国内政治が落ち着かず、
戸籍のない人々が故国をせきたてられる様に難民になり、
国境の山や海を越えてイタリアへやって来る。
食べる手段として、親が子供にスリの仕方を教えるから、
子供達は悪い事をしてると思ってない。
見ていると、4、5人の子供達はゲーム感覚でスリをする。
そのうち、歩く速度で移動して、
イタリアの国境を越え、フランスに入って来る。
　そしてパリへ。
メトロの車内の出入り口にある折りたたみ椅子に座っている時、
その椅子に座るのは車内が空いている時なのだが、
座った目の位置でスリの手が動き、
映画でも見ている様に50センチ先で財布が抜き取られていく。
唖然として声も出ず、
抜かれている人の足をチョンチョンと靴でつつく。
（日本人ではない）彼は気付いて、私の顔とスリの方向を見て、
私がうんうんと首を縦にすると、次の駅で降りるスリを追いかけた。
だが見てしまったのだ。
スリは横にいた相棒に財布をすでに渡してしまって一緒に降り、
抜いた子供と相棒は逆方向に歩いて行った……
ドアが閉まる、一瞬の出来事。
追いかけた人に伝えるすべもなく、私はどうしたらよかったのか？
心が傷む。

＊ルーブルのアーケード
　通勤の時に通るルーブルの短いアーケードにも、
ジプシーのスリグループが毎日、待ち受けていて、
日本人も大勢被害を受けている。
私が目撃した時は、
「あの人あの人」とすられた人に犯人を教えていた。
スカートの中に隠したスッた財布を、
取られた人が追い詰めて取り返した時もあった。
本当に毎日目撃するので、パリに住んでる友人に
「番してようか」と話すと、
「だめだめ、逆に目をつけられて殺される。通らない方がいいよ」
と真顔。
翌日からコースを変えた。
パリ市や国の対策はないようだ。

　　＊メトロのホーム
　待ってる乗客がチラホラ。
私は長いホームのベンチに座っていて、
気付くと４、５人の子供に囲まれていた。
メトロが来た。パッと乗る。子供全員もパッと乗る。
私はパッと降りる。全員もパッ。
ホームに私とジプシー。一人ひとり顔を見て笑いながら
「お金ないよ」と言った。
会話はなく、子供達は顔を見合わせて、
どうしようか考えているようだ、それでも囲んで動かない。
「本当にないよ、本当よ」と笑って言った。
皆、苦笑いして、しょうがないな、という顔でどこかへ。

＊そしてスペイン
　何年か時間をかけて、ジプシーがスペインに入って行く。
万博やオリンピックなど、
何かイベントがあると、
スリ達はドドッとヨーロッパ中をどこにでも移動する。
　年配の友人の、バルセロナ観光中の話。
ジプシーに囲まれ倒され、
バッグをお腹に抱えて丸くなって一生懸命押さえたけれど、
「わっしょわっしょ」
というかけ声と共に何人かでバッグを引っ張り、
持って行かれてしまった……と嘆いていた。
「2人でいたのよ。もうひと
りは何もできず、たたたた見
ているだけだった」という。

何もできないし、
何かしてもいけないのかも。
言葉ができない限り。

バルセロナにかなりな回数
行ったけど、行くたびに形
の変わるガウディの塔。

♥ メトロでの話

＊階段

アフリカから来たのだろう。30代の女性。
尋常ではない大きなトランク2つを、1つずつ、持ち上げ持ち上げ、
行ったり来たり、上っていた。手伝おうとトランクに手を添えた時、
彼女はものすごい顔で、にらみ、トランクを抱え込んだ。
とっさに、何故怒っているのか分からなかった。
そうか。荷物を持っていかれると思ったんだなぁ。と気づく。
そう、日本ではありえない、
手を貸すのも、借りるのも気を付けなければならない、所なのだ。

＊キップ

「キップを両面挟めば2度メトロに入れる」と教えてもらった。
悪い事とは知りながら、やってみようと2回目を挟んで入場。
ひと気のない階段を下りて、ホームに入る角を曲がった瞬間！
パッと人が動いて、その人達に囲まれる。
何が起きたのか？　と目を白黒させていると、
「キップを見せて！」と言う。
もうッ！　見せる前に、
「プッファッ」と噴き出してしまって、
「罰金、30フラン」（1フラン以下の切符、30倍以上）
「はいはい」と素直に支払う。何だよ。初めてやってみたのに。
するとすぐ後ろから下りてきた人も後ろで捕まっている。
何やら、ごねている声がする。振り返ると
「あの人は、笑って、ちゃんと支払ったよ」と言っていた。
良い見本なんだか？　悪い見本なんだか？
アハハのハ、ネズミ捕りの話。

ガレ

　パリに着いた年、高級ブティック街とも知らず、
サントノレ通りをウィンドウショッピングしていた。
ガラスの花瓶を売っているお店があって、長い事お店から出られず
眺めていた。
美しいなあ、ほしいなあ。
いくらだろう……値段は１ヵ月のお給料くらいだった。
パリを引き上げる時に買おう、と自分に言い聞かせてお店を出た。
　そして何年か経ち、日本からの買い付けの人について行く。
ガレを買いに来たと言う。
ガレとは何ぞや……と、ついて回っていると、
「ああッ！　サントノレのお店にあったアレ？　ガレ？」
そのお店に行って見た。
ありガラスの花瓶は１個も置いていなかった。
アレは間違いなく全部ガレだったのに……
その時には、骨董品店にチラホラ置いてある程度。
見ると、１ヵ月どころか１年働いても買えない値段になっている。
クリニャンクールの蚤の市に行けば、やたらあったものが消えて行く。
　そして、一時帰国。
表参道を散歩しながらウィンドウショッピング。
森英恵ビルの地下に入った時、驚き桃の木よ。
パリのパレ・ロワイヤルにある高級骨董店にあったものが、
平行移動した様にそこにある。
日本人が値をつり上げてパリから消えていき、日本にガレの美術館が
いくつもできて……パリでは見られなくなっていった。
ガレの工場があった遠く、ナンシーまで行かないと見る事ができない。
あの時　私に知識があったなら……大金持ち？

鳩が……

「私の部屋、どうもハトが出入りしてるみたい」
と、私より後からパリに来て、
私と違う地区の屋根裏部屋に住んでる女性が言う。
私の部屋は屋根裏でもベランダが付いているけれど、
彼女の部屋は斜めの屋根に沿った天井に、
90cm四方の斜めの天窓があるだけの
典型的な屋根裏部屋だと言う。
「どこから入るのか見に来て」と言うので、行って部屋中を見た。
「入りようがないんじゃないの？　なんでそう思うの？」
「毎日、羽が……」
「どんな羽なの？」
「コレコレッ」
と、小さなふわふわとして半分グレイ半分白い、それを手にのせた。
「エッ？！　何言ってんの？　これ枕からよ。羽毛の枕を使ってい
るんでしょ？」
「うん、そうかぁ。長い事悩んでた……」
笑うに笑えない。

🐱 一番安い＆一番高い

＊缶詰

　若いご夫婦がパリに来て、ギリギリの生活をしていた。
街角の何でも売っているお店で、
一番安い缶詰を、行くたびに買っていた。
何ヵ月も……。
小さなお店だから、だんだんお店の人と仲良くなって、
会話をするようになったある日、
「猫、何匹飼っているの？」と聞かれたそうな。
彼女達ご夫婦は、まさか自分達が食べているとは言えず、
ゴニョゴニョと誤魔化したらしいが。
だってだって、猫の写真が巻いてあるじゃんよ。
ずーーーと"猫印の缶詰"と思ってたんだって。
思うに、大きなスーパーで買ってたら、誰も教えてくれないもん。
いまだに猫缶を食べているかもね。
パリに来てすぐは言葉ができたとしても、ニコニコはするけど、
なかなかお店の人と会話しないもの。
言葉ができたら、
読む事ができてからしゃべれるようになるのだから、
結構、長期間、猫化していたと推測する。
でも、美味しかったみたいよ。

＊ニンジンの葉

　同じ事をウィーンの友人から聞いた。
朝市に行くと八百屋さんの横にニンジンの葉が置いてある。
「うさぎにもらっていい？」と聞いて、
行くたびにもらっておかずにしていたら、
「うさぎ何匹かっているの？」と聞かれたらしい。
2匹だよネーッ、アハハ。
私もニンジンの葉を油で炒めるとおいしいから好きだけど
日本では葉付きのニンジン、あまり売ってないのネ。
うさぎなんて言わないで
「もらっていい？」だけでよかったのに。

＊お金持ち

　四角いプラスチックに入った1番高いお水、ヴォルヴィック。
私は美味しいと思って飲んでいる。
高いと言っても、他との差はたかが知れてるけど。
そのボトルでコンシェルジュ（管理人）のおばちゃんが、
お花にお水をあげていたそう。
それを見た "鳩が……" の彼女、
ヴォルヴィックはお花にあげる水と思い込んで、
スーパーで探してお花にあげていたんだって。
ながーーい事。
金持ち……
おばちゃんが空きボトルを使っていた、とは気付かなかったと。
どうも分からん。

🐱 パリで会った著名人

＊元ドリフターズの注さん

カフェでコーヒーを飲んでいたら、
目の前に観光バスが止まって、ぞろぞろと日本人が降りてきた。
そのなかのひとりのおじさんを見て、あれ？　と思ったので、
2、3歩先を行くおじさんの背中に向かって、
「あれぇ？」っと聞こえるように言った。
すると振り向いて、ニーッと笑う。
ドリフターズにいた注さん。
それだけだったけれど……注さんの顔は忘れない。

＊小泉今日子さん

ルーブルのそばのカフェで、待ち合わせしていた人が座る時に、
小さな声で言う。
「きょんきょんだ」
振り向くと横のテーブルの、体がくっ付くくらいの所に、
きょんきょん！！
「あーらこんにちは。ぜんぜん分からないものなのね」と言うと、
彼女はニコニコと笑顔で応えてくれた。
日本に引き上げて部屋にエアコンを付ける時、
沢山のメーカーの多様な機種・機能に迷った。
で、最終は……
「きょんきょんが好きだから」と、コマーシャルしているメーカーに。

＊岸恵子さん

友人が働いている焼き鳥屋さんはカウンターなので、ひとりの時、
簡単に食事を済ませられるから、よく行った。

ある日、お嬢さんとご一緒の岸恵子さんが、
あとから入って来られて隣に座られた。目が合ったので、
「こんにちは」と挨拶すると、
ニコニコと話しかけてくださり、世間話をしながら食事をした。
とても気さくな方でした。

　　　＊カルーセル マキさん
　彼女（？）はパリで親しくしていた友人の友人で、
何故彼女なのかは「美人だからしょうがない」とご本人。ごもっとも。
食事に行く車の中で、楽しい会話なのだけど……なんだかんだ下ネタ。
「もう少し上品になさい」と冗談半分に言うと
「なあーに言ってんのよー。40のおじさん捕まえて」と答えがくる。
皆で、アハハ　アハハ。
男女両方の気持ちが分かるから面白い！
モロッコ通いの頃だったか、あちこちいろんな人に
「おっぱい見たい？」と言っていた。美しい人です。

　　　＊渡辺篤史さん
　友人が買い物の案内を頼まれて、一緒にお店に来られた。
「ウワーッ！　ファンなんですゥ。
母の時代から……」と言うと、
母の……にキョトン？
「おらー三太だ、の時代から。妹の子、
男の子だったら篤史にすると言ってい
て、女の子だったので篤子にしたの」
と説明すると、ニコニコしてサインを
くださった。
大事に飾ってあります。宝物！

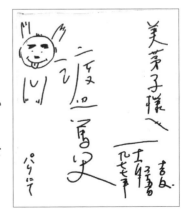

＊萩本欽一さん

　グランドホテルの前のカフェで友人とアンドゥミ（プレッション
のビール）を飲んでいた。

通り過ぎる人を眺めるともなく眺め、とりとめのないおしゃべり。

すると……目の前を萩本欽一さんが……通り過ぎ……。

「あれ、欽ちゃん！」と、瞬間的に声が出てしまった。

その声を聞いて、欽ちゃんがニコニコと立ち止まって、

話しかけてくださる。

「ねえ、ぼく。有名だよねぇ……ッ」

「えっ？　有名よ！」

「ほら……ね。有名でしょ……」と一緒にいる人に言っている。

「この人、ガイドさんなんだけど、ぼくが有名なの知らないのよ。

10年くらい日本に帰国してないんだって、有名だよね……ッ」

と私に笑顔で訴える。

「有名よ！　有名よ！　すごーく有名よ」

とガイドさんに言ってあげると

「ほーらネ。有名でしょう……」

とうれしそうに、ガイドさんに説明していた。

「欽ちゃん、サインください！」

と持っていたアドちゃんの名刺用の小さい紙を出すと

「いいよ。キャーーとかキーとか言ってくれる？　そしたらサイン
あげるーー」とふざけて言うので

「欽チャーーン。キャーー！　欽ちゃーん！！」

と一緒にいた友達とパリの街で叫ぶ。

若かったなあーー。

周りのフランス人達は何だろうと、皆、欽ちゃんの方を見ていた。

「パリ製って、書いとくね」と言ってサインをくださり、

「ご旅行ですか？」とたずねると、

「うん、そうね。チャップリンに会いに来たの」と立ち去った。

その時チャップリンは、スイス在住だったかなぁ。

私達はその場で、まだおしゃべりしていると、

向かいのグランドホテルの窓が開き、

偶然にも欽ちゃんの部屋がこのカフェの正面だったようで、

私達に向かって面白い顔やパントマイムをしたりしているの。

私達も見つけて、手を振ったり、

「欽ちゃん!!　キンチャーン」とキャーキャー喜んでいると、

窓が閉まったので自分達の話に戻った。

するとまた窓が開き、おどけて出て来る。

「キャーキャー！」

そして窓が閉まり、窓が開く。

そのたびにキャーキャー言っていたが、エンドレスなので、

だんだん声を出さなくなり、

手を振るだけになると、とうとう出てこなくなった。

ちょっとかわいそうかなと思ったけれど、いつかは終わらないとね。

それにしても、500近い客室がある大きなホテルの、

見上げるでもなく、

日本の2階のちょうどいい高さの位置だった。

私達2人だけのスペシャルシート。

贅沢な気分と共に

サインは大切な宝物。

お守りとして、

うれしく額入りで飾ってあります。

繰り返し遊ぶ赤ちゃんの様な、

可愛い欽ちゃんの1973年頃のお話。

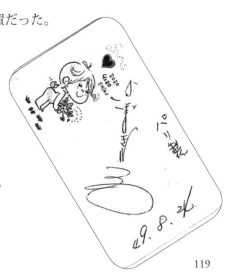

＊欧陽菲菲さん

　Ｎちゃんが森繁久彌さんのファンで、カラオケになると必ず森繁さんの歌を歌う。うまいだろう！　という顔でいるので
じっと聞いていなければならなかった。
下手ではないけれど、
毎回、上手ねえという顔をしてなきゃならないのがめんどくさい。
別の時、皆の前で、何の話からか、
「頭がいいからね」と自分の事言うので、
「へ。いいのは顔だけじゃないの？」と言うと、
照れちゃってかわいい。

　その彼が、パリでは大きい規模の免税店を開いて、社長になった。
その時、森繁さんへ、昔からのファンである事、
そしてパリに来たら是非と、案内状に手紙を添えてダメ元で送ったら、
立ち寄ってくださり、それ以来、奥様が毎年立ち寄るようになって
家族付き合いする事になる。
そして、Ｎちゃんの誕生パーティを、
「日本で森繁さんの息子さんの船を貸切にしてするので、おいでよ」
と言ってくれて、その時、私は日本をベースにしていて、なんだか
体調が悪かったけれど、出かけてみた。
東京湾を回っていた甲板に出て、
そこにいらした森繁さんの息子さんと立ち話。
レインボーブリッジとか風景の名前を私は知らないので、
息子さんに聞くと、彼は冗談で、私が何かしゃべるたびに
「日本人ですよね？」「日本人ですよね？」と言われ、大笑い。
兼高かおるさんや欧陽菲菲さんもいらしてた。
兼高さんは目が合う機会がなく、無理に話しかけなかったけれど、
菲菲さんとは楽しく長話。気さくな方だった。
目の前で、沢山歌も歌ってくださった。

＊松本弘子さん

　昔の色々なファッション誌にいつも出ていた、清楚で素敵なモデルさん。

東京バンクで長椅子に座ろうとしたら、そこに座っていらした。

ええッあのモデルさん？……焼き鳥やのカウンターではなし、声を

かけていいのかどうか……と思ったけれど。

「いつも『流行通信』の記事を拝見しております」

と声をかけて、ひとり分の間を開けて隣に座ると、にこやかに上品に

挨拶してくださって、ちょっと会話。日本では考えられない事。

　『流行通信』が発刊になって間もない頃、日本のナベちゃんから、

どこどこの写真を送って欲しいと、連絡があった。

それは指定されたのですぐに写真を送った。

その後も何か気が付いた事を書いて送ってほしいと漠然と言われ、

本が毎月送られてきたけれど、忙しかったり、思うような文章にならず、

私がレポートを日本に送る事はなかった。

「長い間本を送ってくださって有り難う。記事を送れなくてごめん

なさい」と、流行通信の担当の方に伝えたい。

私は毎回、松本弘子さんの書かれた記事で、パリの話は満足していた。

　　＊ダニエル・ビダルさん

　あとあと旅行会社の時に、お昼ご飯を食べにくる仲間のひとりが、

『夢見るフランス人形』を歌って日本で一躍有名になったダニエル・

ビダルさんと結婚するという。時々、彼女も遊びに来ていた。

昼間、仲間と一緒に来ていたのと、小柄で可愛いので20歳位と思い、

あまり会話はしなかった。

ところが、ある時、話し込んだら考えのしっかりしている大人だ。

「フランスより日本の方で名が売れてるのに、なんで日本にいない

の？」と聞くと、

「私30歳よ。それなのに可愛い可愛いと言われて、気持ちが悪い」
と言う。
「へーっ！　そうなの……」
だって、本当にかわいいもの。言われたってしょうがないなぁ。
　そのすぐ後に、教会で結婚式を挙げた。
仲間全員で色々お手伝をいして参加、お祝いした。

　　　＊沢田研二さん
　パリに住んでた頃、
オペラ通り、カフェ・ピラミッドのテラスにジュリー！
着飾ってないのに、さすが一瞬の通過で分かる光。
絵になっていた。
沢田研二氏が、ひとり座っていた。
パリでは誰にも追いかけられず、のんびりできる。

　　　＊紅白歌合戦
　1973年末のNHK紅白歌合戦を映画化したものを、
1月に入って日本大使館で観る機会があり、
大きな広間（？）にびっしり日本人が集まった。
日本では毎年見ていた。
見ていたと言うより、家の中を動きながら聞いているという感じ。
椅子に座ってゆっくり紅白だけを観る事はまずなかった。
　映画の画面を見ていると、ジュリーが
真珠のネックレスをしているではないか！　それも大写しで……
その頃男の人は首飾りなどしないという概念、
ネックレスをつける人は、純金の重たそうな太いものだった。
　今こうやって書いていて気付いたのだが、
＜真珠のネックレス＞という歌だったのだ。

とにかく歌詞を聴いてる場合ではなかった。

画面を追いかけるので、いっぱいいっぱい。

そして、都はるみが出場して歌い出したとたん、

「はるみっちゃーーん！」と歌舞伎のかけ声ごときおじさんの声。

とても楽しい思い出に残る紅白だった。

その年1度で他の年には行かなかったけれど。

　　日本を離れて長くなると、知らない歌や歌手になってしまう。

実際、亡くなった歌手がテレビで歌っているのを見て、

「上手ねェー。誰が歌っているの？」と聞いた事もある。

テレサ・テンを知らなかったのです。

　　　　＊和田アキ子さん

　　ブティックの中ですれ違った、和田アキ子さん。

彼女が、首を下げて、ショーケースの中を見ている肩は、

10cm のヒールで底上げした、170cm の私の身長と同じ高さ。

テレビで感じるよりも、背の高い方だった。

ミンクのコートを着ていた。

冬だった。

　　　　＊村上龍氏

　　私はウィンドウショッピングはしない。

特にオペラ通りは人通りが多く、すれ違う人の顔も見ずに歩いてる。

とはいえ、下を向いている訳ではない。

その時は、すれ違う直前、彼だ！　と分かった。

光っていた、かどうかは、定かではない。

あの、その、あの人。

オペラ通りを抜けるまでに、彼の名前を思い出した。

私としては、早い、優秀な方。

 八甲田山

　パ　レ　ド　トウキョウだったか、よく日本の映画をやっていた。
『八甲田山』が上映されるというので観に行った。
満席に近く、かなりフランス人達が座っている。
へー、日本語なのに……こんなに興味をもつフランス人がいるんだ。
映画が始まり行軍シーン。
あまり会話がなく、黙々と歩き、そしてまた黙々と……歩き続ける。
もくもくと。
そういう画面が多かったが、私はストーリーにのめり込み、
ハラハラしながら、そして感動しつつ観ていた。
するとそのうち、パラパラとフランス人達が立ち上がり、
パラパラと出て行く。パラ　パラ　パラ　パラ」
ああ……この言葉のない、内面的な戦いはフランス人には通じないな。
なんで上官の命令を死んでまで守るのかは、
私にも理解できないけれど……団体行動から抜ける難しさ、
上からの命令に背く難しさ。
時代だなあ、と思いながらも辛い映画でした。

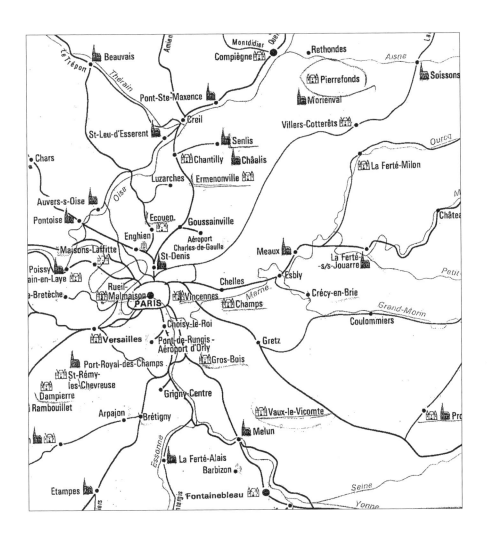

第4章　交通事故

ピエルフォンへ

　1974年12月8日。のちに気が付く誕生日。
あとから入って働きだしたNちゃんに、
「お店の休みの時、ピエルフォンに行こうよ」と言ってあった。
その頃、日本から来たばかりで働きだした人達は
観光をしてない人が多く、
「どこかへ行こう」と言うと、誰かが連れてってくれた。
今回も、急にお店が休みになって誰かを誘って行く事となり、
一番仲良くしている
「ミャーコ誘って行く」と言うと、
「ミャーコはいやだ」とNちゃんは言う。
それもよく分かる。
面白いくらいしっちゃかめっちゃか。
わがままなので、若い男の子には手に負えない。
しょうがないので、Hちゃんとお店一番の重たい女性を誘い
（重いから誘った訳ではない、行けそうな人が彼女だったという事）、
男2人女2人の4人で出発！
車の中で
「幾つなの？」と聞かれ、
「18！」
「それはないな！」
「じゃあ幾つと思うの？」
「23か4だな」
「すごーい。何で分かるのーッ。そんなところよ！」
その時、気付いてなかったけれど、32歳になった日だった。

フランスの冬空は低く、灰色の雲が見えるものすべてをモノトーンにしている。

パリを出る時には雨は降ってなかったけど、

お昼過ぎには霧雨でワイパーを動かしていた。

雨が、霧が、灰色が、何？……それはそれで美しい。

ところが、行けども行けども目的のお城にたどり着かない。

「こっちは方向が違うみたい。戻ろうよ」と言う私を無視して、

「どこかに着くやろ」と走り続ける。

他の人はお城なんて興味ないらしい。

4人共パリに来て、あまり観光をしていないので、

どこに行っても珍しく、

特にドライバーとしては、日本のノロノロ運転に比べ時速120キロで

飛ばせる公道は魅力的、走っているだけで満足そうだった。

窓の外は360度さえぎるものがない地平線。

それに冬の4時には太陽が沈む。

まして朝から夕方の様な1日。

「ピエルフォンに行ってくれないなら寝ちゃおう……」

と何か予感があったのか、足もシートに乗せておけば、追突の時の

障害が少ないと聞いた事がある、との記憶が頭をよぎり、

ぽんこつライトバンの後方のシートで横たわって眠ってしまった。

　しばらくして……

「あ・ぶ・なーィ！！」という声が夢うつつに聞こえて、体が重い。

「どうしたの？　重たいから早くどいてよーッ」

と周りを見ると、シートとシートの間に下向きにたたきつけられ、

脂肪の塊の彼女が私の首に乗っている。

外に出て道路に立つと、車は車の形通りに停車していて、

顔に生ぬるい物がタラタラとたれてきた。

雨にしては暖かい。

「たいへんだーーッ　血が出てるーーッ」

他の３人が私の顔を見て叫ぶ。

まさか……現実？

事故の時、起きてたら、ショックで心臓が止っていたと思う。

痛くはなかった。

意識もあった。

ああ、生ぬるいって血かあ……自分では見えないお岩さん！

「みんな大丈夫なの？」

と確認すると、へたへたと座り込んだまま動けなくなる。

　　その頃は、スマホはおろか大きな携帯さえ

影も形も世間に存在しない時代だった。

「早く救急車呼んでよ……」

と頼むまでどのくらい経っただろう……空白状態……

　「通りがかりの車が呼んでくれた」との返事。

他の車？　記憶にない。

それにしても遅い。

血がトクトクと流れていた。

長い時間に感じ、やっと来た救急車が

私の考えていた方向にある近い町からではなく、

逆の遠い町から来たような気がして、時間がかかったのだと思った。

　　ポリスの救急車だった。

私と彼女とポリスが一人乗って動き出す。

黒いレザーの角も丸くつるんつるんで、

幅40cmくらいの台に乗せられ、ベルトもせず、

毛布もかけずに動き出し、振動で、つるつる落ちそうになる。

しかたなくレザーにつかまるのだが、手もつるつるすべってしまう。

幸いに痛い所はなかったけれど、力が出ないのに、

つるつる、つるつる。何だったのか、あのベッドは……？

田舎の病院

　男性2人はポリスで調書、大分たって病院に来たのに、
私達は何の検査も、治療もしてない。
田舎町の病院で、寒さに震えていた。
しばらくしてレントゲン。
歯がガチガチなっていた。
「ジッとして！　動かないデッ！」と看護婦さんが怒っている。
そうしたいのだけど、寒い！　止められるものなら止めてるワイ！
答えられない、無言で震える。
　あとで思うに、(部屋は暖かかったのだろうけれど) 異常な寒気は、
熱が出ていたようだ。
あっち向け、こっち向け……レントゲンの後、
頭の傷を縫い合わせたのは夜9時だったそう。
8針縫った。
　命に別状ないとの判断だろうが、あまりのノンビリさに呆れた。
男性2人はひと段落したのを見届けて、車がないので、
パリに戻る終電に間に合うよう帰って行った。
女性2人はそのまま田舎の病院に入院。
私は絶対安静、点滴を打たれて激痛！　身動きもできない。
何度看護婦さんを呼んだか……そのたびに、
「も少し、も少し」と。
やっと点滴液がなくなって喜んで呼ぶと、もう1瓶持って来て
交換して行ってしまう……その情けなさと痛さに、とうとう2本目の
半分くらいで、涙を流してしまい、それを見てやっと
「もういいでしょう」と外してくれたのだ。
注射にしろ点滴にしろ、今に至るもあんなに痛かった経験は他にない。
針を刺す位置が悪かった、下手だったのだと思う。

🐱 パリ市内の国立病院へ

　翌日、遠いのにミャーコは真っ先にＮちゃんと来てくれた。
一緒に営業のシェフや何人か他にも来てくれて、必ず、
ベッドの足方向で立ち止まり手すりの１点をジーッと見つめるのだ。
「みんな、足元で立ち止まるけど、なんで？」
と、皆が帰った後に一緒に入院している彼女に聞くと、
「ヒャーッ大変よ！！　生年月日が書いてある！」だって。
　アハハ　アハハ
「バレたか……アハハ」２人で大笑い。
結構長く見つめているから、計算していたんだな。
あまりにもパリから遠く、入院するならパリ市内じゃないと、
面倒見れないと、ミャーコが知人の有名な画家のお嬢さんにお願いし、
市内の国立病院を手配してくれて転院。
　今度は、私設救急車との事でシトロエンだった。
普通の座席がベッドになっていたので、乗り心地バツグンだけど、
首がグニャグニャで動けない姿勢、横になっていたのに疲れたこと！
「まだか？　まだか？」何度も聞いた。
「も少し、も少し」
音もなく、揺れもない、地面を浮いている様な、すべっている様な
……フランスだから　シトロエンは当たり前なのだそうだ。

＊

　皆様のおかげで、パリ市内の病院で私も徐々に落ち着いてくる。
　　　・いったい何が起きたのか？
　　　・なんで遠い町から救急車が来たのか？
　　　・なんで他の人はなんともなかったのか？
不思議に思っていた事を少しずつ聞き出した。
何が起きたのか？　は、記憶がない訳ではなく、

ぐっすり眠っていたもので知らない。アハハ。

今は制限がどうなのか分からないが、その時の話では、フランスは
普通の国道でも時速120キロ出していいとの事。

薄暗く雨が降り出した夕刻、冬なので見渡す限り何も植わってない
国道を120キロで走っていて、他に車も少なかった。

すると、センターラインが畑からのぬかるみでズーと隠れて
見えなくなっていたそうだ。

それを避けるためか、道が狭くなったと思ったか、
反対車線に120キロで入った途端、対向車が120キロで迫って来た。

危ない！　と思ってぬかるみの方へ戻ればいいものを、
反対車線の向こう側の畑に飛び込んだ。

ところが道路と畑に30センチの段差があって、速度120キロで回転
しているタイヤ4つのうちの1つが接触し、
それを軸にして1回転して向きが変わった、という事なのだそうだ。

　まさか車の向きが変わっている、とは思わなかったので、
救急車が逆から？　と思ったのだ。

しかし、速度120キロじゃなかったら車が逆さまになって、
火を噴き炎上……だったとか。

火だるま！？

これを「不幸中の幸い」というのかしら？　ねぇ……コワ！！

*

　私の首に乗った人は私がクッションで大丈夫、
Nちゃんはハンドルを握っていたから大丈夫。

「フーンそんなものなの？」

Hちゃんはエイキュウライセンスを持っているから
「フーン（永久の免許持っているんだー）」
と意味も分からず、なぜか納得（書き換えしないでいい免許証があ
るんだ。それいいな）くらいに思っていた。

しかし待てよ。

それと怪我をしないのと、どういう関係……？

と気付くまでに何日もかかった。

「永久に免許証書き換えしないでいいの？　それがどうして怪我しないの？」

と、大分経って、Ｈちゃんの顔を見ながら聞くと、噴き出されて、

カーレースのＡ級ライセンスなのだそう、

助手席で見ていたので瞬時に対応ができた、という事のようだ。

凄いもの持っていても、興味のない人には何の事やら。

　怪我は私だけ。

左頭部の打撲、おでこから頭にかけてパックリ割れ８針縫う。

（これも運がいいと言えばいいらしい）

傷口が開かずに内出血だったら、ややこしい事になっていた。

首はぐにゃぐにゃなのに、治療のない入院生活。

亀の様に腹這いになって両手をついて、やっと体が浮き上る。

なにしろ首のすわらない赤ん坊の様に、ぐにゃぐにゃなのだ。

軟骨がへこんだらしい。

どうにもこうにも動けない。

首にコルセットもせず、絶対安静でオマルを手の届くベッドの下の棚に入れたけど、人目を盗んで病室のトイレに……首をぐにゃぐにゃしながら急いで行く。

急ぐから余計首に悪い。

　そして社会保険を持っているのも私だけ。

これも幸いと言えば幸いなんだけど。

他の人はもぐり。滞在許可証も労働許可証も持ってない。

よく大丈夫だったなあ。

警察は何していたんだろう？　気が付かなかったのか？

他の３人は、本当は強制送還！

神様、仏様。どういう事なの？

幸いに幸いに幸いに幸いにって、何なの？

幸いに生きていた。

まあ私が誘ったので、他の人が怪我するより良しとするけれど。

　いまだに具合が悪く、まだまだ続く一生の問題になるとは、

その時は思わなかった。

Ｎちゃんは責任を感じて、車も入院費も全部支払うと言っている。

入院費は社会保険がきくので、

保険がない私以外の人だったら莫大な請求がきたと思う。

比べればズート安いらしいが、どのくらいだったのか……

その時の田舎とパリの病院、それと私設救急車は

全部Ｎちゃんが支払いをしてくれた。

そうとう高かったと思う。

いくらかかったか知らない。

でも、その後の後遺症の治療費が馬鹿にならない事！

Ｎちゃんに請求もできず、入退院しながら働いて、

よく自力で支払ってきたなあと思う。

＊

「車は？」

「スクラップ行き」

「ちゃんとした形していたけど……」

「対向車がいなくて宙で1回転したから、見た目はいいけど廃車だ」

「どうするの？　保険きくの？」

「仕事外の事故だから、全面個人負担。僕が悪いんだから弁償するよ」

「ええっ　あのポンコツ車でも支払うの？」

会社の車だったので弁償しなければならなかった。

「でも良かったよ。120キロのスピードだったから1回転したけど、

日本の速度で60キロ、80キロだったら、半回転の逆さまで、あのポンコツでは、なおさら火を噴いてたと思うよ。4人共全滅だったよ」
と深く思い込む様に言う。
「あらぁ……そんなに大変だったの……？　動けないけど、生きていただけで、喜ばなければいけないのかぁ……すごい事故だったのね。私、車から出た時、車はちゃんとしていると思ったけど、1回転後の形だったの……？」
「Nちゃんはバカラに強いから、バカラで返すよ」とのんきに皆が言う。
「バカラって何？」
カジノでトランプを使うとばくの一種、と。
「そんなので返せるの？」本人もニコニコとのんきに笑ってる。
車の弁償はどうにも助けられないけれど。

＊

　退院して家で安静にしていた時、Nちゃんがお見舞いに来てくれた。
「箪笥の上に10万円あるから持って行って」と言うと、
「いいよいらないよ。いいよ」
「いつ急に帰国する事になるかも分からないので、それだけは使わずに置いてあったから……それだけしかないけど、車の足しにもならないけど……」と無理矢理に持たせた。
「じゃあ……」
と洋服箪笥の上から持って帰った。
中古の車だった、いくら支払ったのかなぁ？
知らない。
15年位あとに私の体調が悪くて入院していたら、
その頃10万円以上したであろう、光線療法の機器を送ってくれた。
その頃は使いこなせなくて宝の持ちぐされだったけど、
今頃、時々、使っている。

昼夜日本食

　１日３回の毎食時、
ベッド用のテーブルの上にお盆もお皿も紙もなくダイレクトに、
まず小さなコッペパンを高い所からコロンと落として配って歩く。
さすがに素手ではなくトングだったと思うけど、
その置き方が強烈で、おかずが何だったのか？
そのパンを食べたのか食べなかったのかさえ、記憶にない。
それはそれはビックリし、さすがに嫌だった。
友達に甘えることができなければ、そのコロンをずーと食べる事に
なったのだろう。でも、そのパンを食べようとは一度も考えなかった。
　その時から、お見舞い客で大変な事になる。
毎日誰か来てくれるので、
「あれ食べたい、これ食べたい。あれもこれも……」
あしたはお寿司ね。おにぎり食べたいな。
どこそこの大福（日本の和菓子店だから高い）。
自分では買えないものをがんがん言葉にすると、
誰かが翌日、持って来てくれる。
毎日、昼夜日本食！　今考えると何やってたんだろう？
反省！……ワッハッハ　全然反省していない！
　今では珍しくないけれど、マンゴーとかキウイを初めて見たな。
Ｎちゃんが持って来てくれて、食べ方を教えてくれた。
「こうやって食べるんだよ」と。
「何じゃこれ……」
マンゴーのオレンジ色の碁盤の目がひっくり返った時にはびっくり。
味は、旧植民地のアフリカからの直送で熟したもの。
今まで口にした事のない味、　凄い！
それから20年くらい経って日本のスーパーにも出回りだしたけど、

マンゴーと言う名で売るのは、マンゴーに失礼！

キュウイも２つに割ってスプーンで食べた。

凄く甘い。今、日本で売っている味はキュウイではない。

アボカ、アボカド？　もその頃知った。

果物類が新鮮で、退院してからあらゆる種類を食べた。

　よく次から次に、友人達が来てくれたなぁ。

体は動かなかったけれど口だけはよく動いて、

来てくれた人達はワハハ、ワハハと笑って、

「カトーちゃん健在！」と言って帰っていった。

「病院のインフォメーションに向かっただけで、マドモワゼルカトー
は何号室と教えてくれたよ。名前も言ってないのにだよーッ」

と驚いている人もいて、私の方がもっとビックリよ。

要するに、日本人の入院は私だけという事もあったのかな？

　ある日一人の日本人男性が病室をのぞく。

「あれぇマドモワゼルカトーっ、カトーちゃんの事かぁ」という声。

「あらっ、○○さん。お見舞いに来てくれたの？」

あまり話した事のない、支店の営業シェフ。

「ううん、違う。隣の部屋に知人のフランス人が入院してるので、
受付に行ったら、聞く前にmlleカトーは、ここ……と教えてくれた
訳。なんだカトーちゃん、どうしたの？」

「ごめんなさい、これこれしかじかで、沢山呼び寄せてるから。アハハ」

それにしても多いよね。受付もてんてこ舞いだったんじゃないの。

お礼をしなければ、と来てくれた方達の名前を控えていたら、

入院期間10日くらいで、延べ75名。

退院して屋根裏部屋に来てくれた人を数えると90人。

もちろん同じ人が何度も来てくれたけれど……。

これじゃあ受付もねえ……。

あれ？　今思うに食事代、誰が払ったんだろう？

ウサギの首（クードゥラパン）

　ところで、ムチ打ち（仏語ではウサギの首と言う）の治療は、
70年代のフランスの医療は進んでいなかった事が後で分かる。
早く分かっていれば、コルセットをしたり、
もう少し後遺症が残らない治療法があったはず。
何の治療もせず、寝たきりなので
「家で寝てるから、退院させて」と言ったのだが、
「微熱が取れるまでダメ」と。
体温計を口に入れられて、時間がくると口から抜いて持って行くので
自分では見る事ができなかった。
38度近くあった様。

　職場ではあしたは誰が何を持って行く、と
毎日嫌でも話題になっていたと思う。
知らぬが仏は私だけ。
あまりにも私が、ちやほやされているからだろう。
「私だって被害者よ！」と、首に乗った彼女が言ってるらしい。
彼女は幸いに体の障害はなかったものの、事故を目の当たりに見て、
精神的なショックは大きかったに違いない。
「Nちゃん、悪いけど彼女に花束持ってってあげてぇー」
と、ベッドの上でも神経を使う。

　そして、無理矢理退院して、屋根裏部屋で安静生活。
またこれも、千客万来。
夕飯作ったからとか何とか、色々な人が色々な食事を階段を上って
6階まで運んで来てくださり、とてもありがたかった。
そして、とても恐縮！！

　病院ではお風呂には入る事ができず、

看護婦さんが毎日体を拭いてくれた。

それも気持ちがいいのか？　悪いのか？

それに毎日濡れタオル（暖かかったかどうか？）を配ってくれる。

顔を拭けという事だろう。

頭を洗う事もできなかったので、

顔を拭いて頭も髪もそのタオルで拭いた。

そのタオルが毎日真っ黒くなる。

それがなぜなのか分からなかった。

枕を見ると黒い細かい粉がいっぱい！　ミクロの粉！

何だろうと思いつつ、気になりながらどうする事もできずにいる時、

手鏡を持ってきてもらって、おでこの傷を初めて見た。

傷に黒い物が刺さっている！

つんつんと引っ張って取ろうとするけど、取れない！

無理すると皮膚も付いてくる！

待てよ。

刺さっているのではなく、縫合の白糸が血で黒くなったのか！

まだ抜糸してない！！

ああ……そうか！

黒いミクロの粉は血液の粉！！　と気付く。

凄い！　こうなるのか！！

科学の実験！！

家族

　その時、初めて身内がいたらなぁと感じる。
友達に何でも頼めると思っていたけれど、汚い髪の毛を洗ってとか、
枕カバーを替えてとか、汚い事は頼めなかった。
身内が日本から来ても私が動けないのだから、
周りの人に迷惑がかかる。
別に心細い訳ではなかったので、連絡しなかった。
というより思い出さなかった。
今考えると、変。
1回も家族の事を考えなかった。
私が気付かないのだから周りの人も気が付かないのか。
「家族に連絡は？」と言う人は誰もいなかった。
今頃、気付く。
　3ヵ月ほど経った頃、首が落ち着かないまま出勤していると、
職場に日本の実家から電話が入った（まだ部屋に電話を引く前）。
「事故の事、何で知ったの？」
と逆に聞くと、いつの間にか帰国したTさんが心配して、
「経過はどうですか？」と、姉に電話してくれたので知ったと言う。
＊

　無理を押しながら、
「忙しいから出勤して」と言われるままに仕事をしていたけれど、
体も心も以前の様にはいかない。
免税店の売り場は女性が多く、男性もいたが、
往々にして女性っぽい。その女の園でどのグループにも入らず、
あっちの話こっちの話を聞かされていた。
フーンこんな事がこんな大げさに伝わるのか……こっちはこっちで
同じ事がこんな話に……など、面白おかしく聞いていた頃と違って、

個々の噂話についていけず、

なんでそんな事が大きくなるの？　なんでそんな考え方するの？

と以前は笑っていたのに腹が立つようになっていく。

（ああッ、辞めて日本に引き上げよう）と思うようになった時、

「今度、大手の免税店がパリに支店を出すので手伝ってくれないか？」と友人に頼まれ、

「体調が悪いので日本に引き上げるつもりだったけど、戻って来るわ。半日勤務だったら」と約束して、

その時に働いていたお店に辞める事を告げた。

「どのくらい日本に行っているの？」

「6ヵ月くらい……」

「じゃあ　休みにしておくから……」とT子さんに言われ、

「ありがたいけど……前例を作ると他の人に示しがつかないでしょう？　気になってゆっくり治療できないので、一応辞めて帰りたい」

と半ば強引に退職。

労働許可書を取ってくれた恩はあるけれど、

その店も次の店も、どちらも日本採用は

日本からのAIR代が支払われていた。

私は自腹だから、自由でいいよね。

もちろん、半日勤務。

収入は生活分あれば良しとし、時間が欲しい。

大手の支店は同じ条件を呑むと思うけれど、

交渉はできるだけ避けて、流れのままに……。

そして長期帰国

　日本に帰り、治療を受ける。
Ｎちゃんが心配して探してきてくれた治療院、
「あっち行ってみな」「こっち行ってみな」
と簡単に言うので、行かない訳にいかず廻った。
言われた所へ行くけれど、東京都内あり、京都府内あり。
遠くや、不便な所。
京都からバスだったりすると交通費も馬鹿にならない。
治療費は保険がきかないし、入会金の要るところばかり。
高い！
1日では済まず、最低3日、何日も続いた日にはお手上げ……
治療中はよく効いている。
でも、遠いので家にたどり着くまでにぐったりと疲れてしまう。
どこも、しっくりいかない……
　そんな時、伯母の通っているカイロプラクチックが
近所にあると教えてもらい行ってみた。
近いので1週間毎日。
2週目から1日おきを7日間。
3日おき7日間。
4日おき……5日おき……と、ゆっくり治療ができ、2ヵ月3ヵ月か
けて少しずつ直していき、どうにか具合が良くなっていった。
　その治療とは、怖いよーーーッ。
肩を固定しておいて180度はオーバーだけど、それくらいに感じる
ほど瞬時に首を回す。
あれ？　何があったの？　右！　左！
「首を付けて家に帰してくださいよーー」
と言いながら毎日通った。

どうにか支払いはしたけれど……。

金持ちと思ってたのかしら？？

本当に自分を誉めてあげたいよ。

＊

　そして、パリに戻る期日が来る。

パリに戻って、体の調子は一年もたない。

首が回らなくなって、横断歩道で呼び止められ、交差点の真ん中で

あっても立ち止まり、回れ右をしないと後ろを向けなかった。

「何してんのよう」

と言われても……ねえ……そんな体。

それで治療をするために、毎年２〜３ヵ月間は帰国する事になる。

そして毎回、アッと言う間に滞在期間は過ぎてしまう。

　ある年、体調が戻らず、こんな状態なら、もうパリを引き上げよう、

と覚悟してパリに戻った。

でも、引き上げるにはまだパリを見ていない。

しばらく市内の美術館などぶらぶらしていたら、

なんと、体調が良くなっていく。

パリは乾燥しているので体にいいらしい。

あんなに苦しかった首は、日本の湿気がこたえていたようだ。

もう少し居てみようか……そうして、滞在が長くなっていく。

＊

　パリに戻って、妹の娘、３歳の姪が

「みっちゃん、パリに行っちゃって、つまっちゃう」と言っている。

と、とても心情の分かる手紙がきた。かわいい！

その子が今、大きくなりすぎちゃって、知らない人は知らない、

知る人ぞ知るミュージカル女優、河合篤子です。

ピアニストのモモちゃんの伴奏で、Liveもしてます。

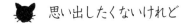 思い出したくないけれど

　思い出すと大変だったなぁ……
誰に話しても治るわけじゃなし。病院に行っても、
「それが正常と思いなさい」……ヨッ！
37度の微熱があっても動いていなければならなった。
泣いても、笑っても、治らないから泣きはしないけど……
「歳のせいです」とも言われた。40歳。
「分かりました。30の時から歳です！」
ムカッとして、減らず口をたたいて帰ろうとしたら、その言葉、
病院の電子カルテに打ち込んでる。

　それから何年か後、同じ病院の別の科に行った時も
その記録を見て話している会話だった。
以後、気を付けているけれど、
一度電子カルテに入力されたら一生消えない恐ろしいことになる。
カルテにマーカー付けられてしまったみたい。
そうそう。「病院に行っても歳のせいにするから行かない」
と言う方が沢山いる。
「そんなことないわよ。どこも具合が悪くなくて、元気なお年寄り
が沢山いるんだから……歳という病気はないのよ！　医者は知識の
ない事を認めたくないから歳のせいにするの。トータルではなく分
業化で、何科の病気かも分からないの。病院変えて、原因が何なの
かを突き止めれば、治す方法はあるはず」
専門の箇所だけを治す事で一生懸命、他の部分は眼中にない。
医者は言う。「そこが具合悪くなったのは私の治療と関係ありません」
しかし、医師たる者、まずは患者の話を聞くのが治療の第一歩でしょ。
そのうえで、次の指示を出さなきゃ、ダメ！

＊

　その後、副作用や後遺症の治療を転々とつなげ、

５年近くも前から、具合の悪さが次々と体の別の場所へ移動。

心臓バクバク、息切れ、小刻みに手が震え、体重40kg切れになる。

スーパーにも行かれなくなっていた。

その頃、姉と友人が別々に、同じ症状の友人がいて、

専門医を紹介され、診察に行った。

そのまま即、入院！

　バセドー氏病だと診断された時、

病名がわかって治す方法があるんだなと、

こんなに嬉しかった事はない！

甲状腺の病気は歳をとると、橋本病になる。

バセドー氏病は思春期に多い、と書いてある。

遅い思春期なのか？　ワハハ。

考えると思い当たることがある。確実に、ある治療の後遺症。

自分や周りの人が医学の知識がないと、生きるのは難しい。

病気を自分で見つけてから病院に行かないと、

時間がかかり、手遅れになる……と分かった。

極端に言えば、自分が自分自身の体を診る医者になること。

『なんだそれ？』と言いたい。

あの時、2人が知人の症状と同じと言ってくれなかったら、

孤独死？　笑い死だった。

がんばろーッ!

　首に障害を受けると、一生ものだという事。
知り合いのおじさんが、追突事故で首をやられて、
その後、会社を休むようになった。
私は自分がこういう状態になるまで、後遺症が残るものとは知らず、
私はそのおじさんを怠け者だとズーッと思っていた。
私が事故に遭い、しばらく経ち、そのおじさんいまだにグズグズ、
車椅子生活になっていて、具合が悪いんだなぁーッと気付いた。
怠け者と思っていて、本当に申し訳ない。

　家にかかってくる電話は、だいたい「集まりに出て来い」だ。
しつこい。
「カトーさんが具合悪いなんて。アハハハハ」
ひとりだけではない。何人もの人が耳元で、ガンガン馬鹿笑い!
私の声が元気なので、仮病と思っている。
たとえ出かけて皆に会って、苦しさを説明しても、
体格がいいので理解されない。
説明の暇なく、無理に人の荷物を運ぶ手伝いをしてしまうことも、
しばしば……
それでも、若い時は翌日1日寝ていたらどうにかなっていた。
今はもう無理!
ただ、私が説明して理解してくれる人は、同じように具合の悪い人。
そういう人が、私の荷物を持とうとする。
「ヒャアーッやめて!　あなたの方がもっと具合悪いのだから……」
ひとりの生活だから生きてこれた。
トータルすると、年間半分以上は家で横になっていて、
怠け者になったのかなぁ、と思う時が多々あるけれど、

具合のいい時はフルに動けるから、怠け者じゃあないんだな、と
気が付いた時があって、それから自分に言い聞かせながら生きている。

　何年か前に、パリ時代からズーと姉妹、家族、
というようなお付き合いしていた友人と、
「今日は具合が悪いから……」と言っていた時の話を、
「あの時、機嫌が悪かった」と言われ、再度、説明しても
「そんな事ない！　機嫌悪かった」と、理解されなかった。
これだけ身近にいて、私の状況をよく知っている一番近くの友人さえ、
想像できず理解してもらえない体調なので、
もう具合が悪い時は人と会わない、こちらから連絡しない事にした。
友だち、知人、ご近所さんなど、周りの人、家族にも
具合のいい時しか会わないので、元気だと思っているかも……

　笑い話だけど、
「みっちゃん、どこに行くの？」
「今日は具合がいいので病院へ」という生活、体調です。

事故直後何年かは、具合が良くなると
「治った、治った」と言ってしまい、その後すぐに具合悪くなり、
「治ったって言ってたじゃないのよォ」言われてしまう。
「治ったと思ったんだものォ」と、治るケガだと思っていた。
ここまで来て、治らない障害なんだなぁ……と分かってきた。
分かるまで、結構、年月がかかったなぁ。アハハ。
もう少しだッ！
がんばろーッ！

第5章 次の免税店

中央の低い建物が、伯母 山崎春枝が住んでいたところ。

🐱 頼まれて

　前の職場を辞め、日本で長期治療をしてパリに戻り、
頼まれていたお店に半日通いだす。
帰国する時にはなかったから、まだオープンして何ヵ月かの、
ほやほやのお店。
いつも通るオペラ通りに面した建物なのに、前は何だったか
思い出せない。日本で言う1階にあり、高級ブティック風の店舗だった。
お店に入ると天井の高い大きなサロンになっていて、
周囲のガラスケースのカウンターには商品が入っていた。
その広いサロンをどんどん奥へ行き裏口を出ると、
ルーブル通りの方から斜めに入った道に出る。
　働き出して、おどろいた！！　売り場の人達は、お客様が
ガラスケースをのぞいていても、お高くとまって突っ立っている。
『いかがですか？』
の声もかけなければ品物を見せようともせず、遠目で見ていて、
「これください」と言われて、初めてケースを開ける。
まあ日本のデパートの売り方と言っちゃえばそうだけど……
お客様は、お土産を買いに来て、どういうものがあるかも分からず、
うろうろ。
前のお店と違って椅子がないので、買い物に興味のない人は、
サロン中心の空間にたたずんで時間を持て余していた。
要するに、売り場に責任者がいない。
英語やフランス語ができるプライドもった人達を集めてきたから、
日本人の店員同士で聞こえよがしにフランス語で会話をしていたり、
皆つんつん、バラバラ。
教える人がいないし、また教えたところで、
言う事聞きそうな人もいなかった。

パリ採用は私ひとり。
それも私は、パリの免税店で
一番教育の厳しいお店から移ってきたので、あきれた状態！
笑っちゃうけど午後から出勤なんちゅうふざけた事しているのは
私ひとりだから、偉そうにできない！
私なりに小さくなって、目立たない様にしていたつもり。アハハ。
他のスタッフとお友達になりたいとも思わず、
時間通りに帰れて、朝は絵の、夜は語学学校へ通えた。
　私はバッグ売り場に配置され、面白いように売るは売るはで、
大評判！！　いつの間にか私の知らないところで、
お店で一番売ると有名になっていたらしく、
「あなた何よ！　なんでうちでは売らなかったのに、移ってから売
り上げが評判になるの？」
と、久し振りに会った前のお店のシェフのＴ子さんに言われ、その事
を知った。
「分かるでしょう？　他の人が売らないという事よ。バッグ売り場
にはバッグが欲しいとか、興味があるから来る。そのカウンターの
前に立ったお客様のほぼ全員に、バッグを持たせて帰す。当たり前
でしょう？　それだけの事」と笑う。
その代わり、商品のほとんどのバッグを
カウンターや後ろの棚から出して、
「どんなものお探しですか？　こんなもの？　あんな感じですか？
これはここがこうで、こっちはここがこうで……」と説明。
お客様が帰られた後、元に戻すのが大変なのだ。
オペラ通りに面しているから、一般客も入っていいはずだけれど、
ほとんど入らない。
お客のいないところで、
以前からバッグ売り場にいたマリさんが手伝って片付けてくれた。

🐱 フランスの結婚式

　マリさんは声の小さい、ほろほろとした優しい声の人で、
嫌な顔もせず、私が散らかしたバッグを毎回一緒に片付けてくれていた。
お客のいない時は、色々マリさんの恋愛話を聞かされた。
言うなれば、おのろけ……なれそめは、
「パリに来てノートルダムの教会へ行ったら、彼に会って、話かけ
られた」だったと思う。人の恋愛だからどうでもよかった。
「そしてその日は別れて、またノートルダムへ行ったら、偶然、彼
にまた会った」と。ばかばかしくない？
偶然だって……アハハと笑う訳にいかない、純粋で可愛い人。
それって、待ってたのよ。とも言えず、いつもへーと聞いていた。
そして、その人とお付き合いして、結婚する事になったんだとさ。
インド人もびっくり！
お相手はインド人なんだけど、そんな簡単に国際結婚していいの？
結婚できる人は疑うという事を知らず、
信じる事ができるんだなぁー。どうも私には考えられない！
そして、そしてだ。
まだ、マリさんに会って1ヵ月なったか、ならないかなのに
「結婚式に出席して」と言う。
「まだ会って1ヵ月そこらなのに、結婚式に出席？」
「いいでしょう？　いや？」
「いやじゃないけど……あまりにも短期間だから」
と言いつつも、出席！
　フランスの結婚式は市役所に2人で行って、書類にサインするだけ。
それから景色のいい公園へ行き、記念写真を撮る。
その後、レストランを借り切って夜通しパーティ。
とても思い出に残る経験だった。

「できれば民族衣装を着て来て」と言うので、
日本を出る時に持ってきた着物を着た。
そうそう。着物はすごいパワーがあって、
いつもは無視して通り過ぎるタクシーが1台目で停まった。

＊

　話は変わって、お店はパリで一番条件のいい職場だったので、
「ミャーコが働きたいと言っている」と、
私をこの店に誘った友人に言うと、
「ミャーコはだめ！」ひと言で終わり。
ミャーコには「だめだって」と言えなかった。
　Ｎちゃんは労働許可証が取れなくて困っていたので、
新しいお店だからまだ許可書が取れる枠があるだろうと、
日本人を通すと全員知っている人達で感情が入るので、
フランス人のトップにツタないフランス語で直接声をかけた。
営業がうまいから、許可証を取るとの条件で。
　そうして入社したＮちゃんは、他の免税店と競争してお客さんを
沢山連れて来る。しかし、
「一生懸命お客を連れて来ても、誰も売ろうとしない！」
と私の所に来て怒る。
大きなお店で、皆、私より早く入っているのだから、指図する訳に
もいかず、苦笑するしかない。
Ｎちゃんはやる気充分なのに、つまらないと言い出し、1年も経たな
いうちに、他のお店から許可書を取ってあげると誘われて、
「ここで申請しているんだから取ってから辞めな」
と言ったけど、辞めていった。
まあ、移ったお店では何年も許可証が取れなかったようだけど、
その後どうなったか……

🐱　囲んでくださーィ

　その頃、土地を売ったり、その他お金が余ってきた人達が、
わんさかわんさかパリにやって来た。
ヨーロッパのルールを身につけずに、ツアーで来る。
日本に中国の方がいらした、いわゆる爆買いと言われた頃は
私は日本にいて、約40年前のパリと「同じ同じ」とテレビを見ていた。
けれど、日本人の場合、単独で動けないので、入ってはいけないとか、
ゴミを捨てないとか、ちゃんと並ぶ、などはできていた。
要するに、人に迷惑をかけない人種である事は確かだ。
しかし、おフランスの方々には陰でnorkyor（ノーキョー）と、
馬鹿にされて呼ばれていた人々。
　ある日お店で大きな声……
「わーッ　困ったわーッ。皆さん集まって囲んでくださーーィ」と
ガイドさんが、サロンの中央で叫んでいる。
見ると、おじいさんがステテコで立っているではないか……
両足の靴の上には輪になったズボン。どないしたん？？？
それを人柱で隠そうと、人を集めたという訳。
日本にだっていないけど、フランスには人前でズボンの前ファスナー
を開ける人はいません。
人垣を作る前に、集める叫び声で店中の人間が集中して見てしまった！
ステテコはいていたから、まだ良しとしよう。
お金をお腹から出そうと思って、ベルトを外して
ファスナーを開けたら、ズボンが落っこっちゃったんだって。
　別ケースの話。
同様に腹巻から……濡れたお札を出した人もいた、だって。
ドヒャーよね。これは他人に迷惑！

マナー

　お風呂に入る前に、お湯を体にかけて洗ってから風呂桶に入る。
それが日本の、きちんとしたマナー。
間違ってないよね。
ただ、フランスの、そこは団体だから泊る事ができた高級ホテル。
寝て入るバスタブの下には、高級ジュウタンが敷きつめてあった。
そのジュウタンの上で、体にお湯をかけ……
百万円単位だろうか？　千万円単位？
額は知らないけど、弁償したんだって。
金持ちーッ！

＊

　レストランで、パンをフォークに刺してナイフで切って……食べ
ていた。
それだって、別に人に迷惑かけないんだからいいじゃない。
手も汚れないし……
しかし、添乗員さんもガイドさんも　どこまで教えたらいいのか？
注意すべきか？　どこまでが常識か非常識か、分からないものね。
今はもう観光客もあまり買い物はしないし、マナーも落ち着いたと
思うけど。

🐱 キノコ

　キノコ狩りに連れてってもらい、見た事もないキノコを沢山採って
「美味しいよ。持って帰って食べな」と半分渡された。

でもォー、見た事もないキノコ……翌日、持たせてくれた人に聞く。

「キノコ食べた？」「食べたよ」「美味しかった？」「美味しかったよ」

食べた人が"生きてる"それだけで充分だけど……

それでも信じられず、薬局で見てくれるというので、持って行った。

「食べられます」と言われ、そのまま職場のロッカーに入れた。

帰りに持ち帰ろうと、中の1つを手に取った。

すると手がムズムズ……なんで？　何も見えないようだけど……

ゾクゾクする。ジーッと見つめる……

やっと見えるくらいの小さな白いものが……

指先から手首にゾロゾロと上がってくる。

「きゃーッ」「どうしたの？」「む、むしーッ」

よーく見るとキノコの茎に、1mmほどのウジ虫がいっぱい。

せっかく分けてもらって申し訳ないと思ったけど、もうダメ、捨てた。

きっと暖房のきいた建物の中に長時間置いといたせい。

「食べた？」と翌日、聞かれ、「これこれしかじか……」と話すと、
「もったいない」と言われた。

今でも思い出すと左手首がゾクゾクするのに……

どうしたら良かったのか分からない。

　何日かしてKさんに「中に虫が入っていたら、どうするの？」と聞
くと、「そういう時もある。卵がいっぱい詰まってたり。だけど、そ
のまま料理しちゃうよ」

「食べちゃうの？」「そうだよ」だって。

職場の冷蔵庫に入れていたら、虫の卵、食べてたね。

どうなの？　これ？

🐾 Ｙ子さんの事

「今日、泊めてくれない？」と、突然言われた。
「いいけど……どうしたの？」
「家に帰ると殺される……」
「なあに？　それ？」
　会話もろくにした事ない人だから普段の表情を知らないけれど、
真剣に見えた。
職場でゆっくり聞いている暇がないので、家に連れて帰る。すると、
「これを見て……」
首に４本と１本の指のあざ、対になって10本！
「どうしたの？」
ベビーシッター先の主人と仲良くなって、
「別れ話をしたら首を絞められたの。逃げたいのだけど……」と言う。
唖然！
「そりゃあ逃げなきゃあ」
初めて挨拶以外の言葉を交わした、親しくもない人の悩みを、
聞いてあげるだけのつもりが……　ただごとではなくなり、
帰す訳にいかず、『ええッ、今日だけじゃないの？』と思ったけど、
しばらく泊めざるを得ない。
家から出ないように言って、私だけ職場に行く。後から分かったけど、
アフリカ系の男の人が２人、お店の入口を見張っていたそうだ。
　どうしたら良いのか？　どうしたいのか？　分からなく、決まら
ないまま、しばらく泊めていた。ある日、
「荷物を取りに行きたい、」と言い出す。
今考えれば､荷物なんて捨てても帰国するべきなのに……
その時は全然思いつかず、相談されれば嫌とも言えず、
解決しなければ、となる。

さて？　はて？　どうやって……？　どうしたら……？
などと考えた末、Ｎちゃんに訳を言って車を出してもらい、
荷物のある家に向かう。
19区にあるゴミゴミした街並みを通り、しばらく走ると
「ココで車を止めて」と。
この先は一人がやっと歩ける、暗いビルの谷間になる。
「一緒に行ってあげてよ」とＮちゃんに言うと
「やだよ、怖いもん。あんた行っといでよ」
「ええッ？　私が？　もうしょうがないわねえ……」
怖いという言葉に、びっくりした。
男でしょ！　と思いつつ、怖さに気付いていない。
「しょうがないな、私が一緒に行くから……」
と恐怖感もなくＹ子さんと２人で細い道に入って行くと、突き当りに
小さな二階建ての家があり、中で何人かの黒人が
テーブルに向かってトランプをしながら話をしていた。
人種は違うけど、あのセザンヌのトランプの図だ。
「荷物を取りに来たの」と、彼女が蚊の泣く様な声で言って入ると、
会話も手もピタッと止り、私達の動きをジッと皆が見ている。
彼女が荷物をまとめている結構長い間、私は部屋の入り口に立って
彼らを見ながら、えええッ……この人達と仲良くしてたの……？
へぇーッ。彼女の神経……を考えていた。

　人種差別の意識は全然なく、
見られている異様さを、眺めたり考えたりする余裕があった。
「荷物できた？　じゃあ行くわよ」
よっこらよっこら荷物を持って、細い薄暗い道を通り抜け、
車までたどり着き、Ｎちゃんの顔を見てニッとすると、ニコリともせず、
青い顔をして、あせった声。

「早く乗れよ！　後ろの車で黒人が待ってる！」

「エエッ！？」

後ろの車を見る余裕もなく、トランクに荷物を押しこみ、

飛び乗ったと同時に発車！

「どうしたの？」乗ってから聞くと……

「後ろの車も同時発車！　つけて来る。仲間が後ろの車で、この車が

出るのを待機してた」

助手席に私、後ろのシートに2人、車の中でも振り向くのはためらった。

バッグミラーを見て、Nちゃんが中継！　他の2人はしゃべらない。

「Nちゃん、ついて来るの？」

「来るよ」

「まだ、ついて来るの？」

「来るよ」

何度聞いたか……

よくうるさがりもせず、返事してくれたなあ、と思い出す。

速く走れば速く、遅くすれば遅く、曲がれば曲がる。

Nちゃんが赤信号で、振り切ろう振り切ろうと努力し、

速さを調節していた。

それでもついて来て、まく事ができない。

　パリ中を走り回って行き先をくらまそうとして、

突然、急に人通りのない歩道に乗り上げた。

「どうしたの？」

と目を丸くしていると、キーッとバッグしてアッと言う間にUターン。

後ろの車は急に曲がれず前進、どこか前方に走っていってしまった。

すごい！！　映画みたい！

その時は目を丸くしていただけだったけれど、後でそう思った。

さすが……良く考えたわねえ。ゲームのようだった。

　私の家だと、ずーと泊まっていたから危ないという事になり、

「しばらくはいいわよ」と言ってくれた
Fさんの家に連れて行く事になった。
Uターン以降、後ろの車はまかれてしまい、ついて来てない。
やっとFさんの家に向かえる。
送り届け、私の屋根裏と比べて広い事にも、ほっとする。
Y子さんはそこから、一番早くとれた日本行きのチケットで帰国！
　　後々、3人であの時の話になる。
「あの時は怖かったなあ、足が震えてたよ」Nちゃんは言う。
「うっそう？　足が震えていたの？　こわッ」
今頃になって、私は運転を怖がっている。
Fさんは彼女が家に居る間、見つかって男どもが来たら、
どうしよう……と怖かった！　と。

　　私はそんな事を言われるまで、
Nちゃんの足の震えやFさんが怖がっていた事に気が付かなかった。
今、考えると、のほほんと彼女について行き、
のほほんと荷物を持ってその家を出た。
運転うまいな！　急に歩道に乗り上げた時は、危ないな！
何してんの？　気を付けて……と、大変な事だとは思いもしないで、
皆にあれやって、これやってと仕切っていたけど……顔が割れてる？
知られていた？　私が一番怖がらなければいけなかったみたい。
　　その後、日本に帰国したY子さんから、
Fさんと私に葉書が1枚ずつ届いたような気がする。
その後の連絡はないし、誰も連絡していない。
人助けしたのだからいいけれど、
周りの人が恐ろしい思いをした事や、
皆がどれだけの時間つぶされたか、彼女は分かっていたのだろうか？
　　本当にNちゃんやFさんに何も被害がなくて良かった。

2人に感謝！　有り難う！　良かった良かった。
じゃないの？　ひとつ事件を解決したという事か……

　なんで私に言って来たのか、いまだに分からない。
売り場の女性達は、それぞれ自分が一番で、つんつんしていて、
話かけやすい人がいなかった事は事実。
単に、話かけやすかったのだろう。
　Ｆさんは売り場の女性達と一緒に日本で面接したのに、Ｆさんだけ
営業になり、ねたまれ、いじめられていたところ、Ｎちゃんが営業に
入ってからは、一緒に食事する様になって仲良くなった。
その時も「食事しよう」と誘っていて、車に乗っていた。
それで、大変な事に巻き込まれた訳。
　Ｙ子さんは以前、お店の入り口で営業の男性３〜４人に囲まれて、
質問攻めにあっていた。
聞こえてきたのは、黒人との卑猥な話。
ええっ、そんな事、真面目に答えるの？
聞く方も真剣に聞いている。何か変、と思った事があった。
それから、１ヵ月くらい経っての出来事だ。
私の所に泊まっていた時に
「なんでまた、あんな人と住む様になったの？」と聞くと
「住み込みのベビーシッターをしていた家のご主人が気の毒で」
「何が気の毒なの？」
「奥さんとうまくいってなくて、いつも喧嘩ばかり……」
「それで一緒に住む様になったの？」
「最初は断わったんだけど……家を買ってくれると言って、本当に
あの家買ってくれたの。すごーくやさしかったし」
「家を買ってくれたって、日本に持って帰れる訳でなし」
「……」

同棲、結婚、離婚

　Y子さんも、もちろん愛情を感じたから、
ココまで一緒にいられたのだろう。
でも……Y子さんだけでなく、あまりにも簡単な結びつきで、
ひとりで解決できないような状況が起こる事や、生活習慣、言葉、
情緒、諸々の違いも考えず、同棲生活に入る人が多い。結婚もだ。
パリに着いて、タクシーに乗ったら親切にしてくれた。
ただそれだけで結婚して後々悩んでいた人も知っている。
それはそれで人の出会い。
人それぞれだから、私は何も言えない。
短期間でも幸せな期間があったなら、別れがどんなに苦しくても
良かったと思えるけれど、殺されてしまったら元も子もない。
　見ていると、色々な国際結婚をした人に巡り合う。
幸せに見えるのは、やはり知的カップルで、
物の価値観や心が一致したペアだ。
いつでも日本に帰れる財力、国際的な仕事に就いている人達。
大きな障害は食事で、いつでも和食が食べられる、食べに行けるのも、
海外生活で精神的に安定する条件のひとつ。
離婚話とともに、和食を作ってくれない、自分で作れないなどの、
食にまつわる不協和音が耳に入ってくる。
和食離婚は女性には少ないけれど、
男性の大半が食生活に関してブツブツ言う。
「自分が好きで結婚したんでしょう？　そんな事は分かりきった事
じゃない。若いときはいいけど、ズート若いわじゃあなし。金髪に
目がくらんで、しばらくは幸せだったんだから、仕方ないわね。自
分でお料理作れるように努力しなきゃあ。缶詰や即席ラーメンもあ
るし……子供が何人もできて、責任もあるんだし。一に忍耐、二に

忍耐。そんなところよ」と言えば

「そうだよなぁー」と。

しかし、日本レストランでの外食が多くなり、

日本人との接触が多くなる。

帰宅が遅くなる。奥さんはブツブツ言う。

なおさら帰りたくなくなる。

この繰り返しで、あげくの果てに離婚。

というのが、日本男子と外国人女性との結婚に多い筋書きだ！

　　以下は、どこかで聞いた事！

　　　　　判断力の欠乏＝結婚

　　　　　忍耐力の欠乏＝離婚

　　　　　記憶力の欠乏＝再婚　……とさ。

　　　　　　　　　　　　　　＊

　　そう言えば、六本木で、親しいというほどでもなく

挨拶くらいしていたパリでの知人に偶然会った。

女の子を2人連れていた。

「この人さあ面倒見がいいんだよ」

と、彼の面倒をみた事はないのに、お連れさんにそう私の説明をする。

「そうそう。面倒、見た見た。ご馳走して……」

と言ったら、一緒にいた私の友人共々、

「いいよ」と六本木でご馳走になった。

その後、会えてないので、お礼をしていない。

「離婚してさぁ、再婚したけど……同じなら離婚しなけりゃ良かっ

た」だって。

「アハハ。だって、自分が変わらないんでしょう？」

「うん、そうだよなあー」。

なんか素直……アハハのハー！

🐱 閉店、失業

　そのお店はお酒中心の世界中に支店をもつ大きな企業で、
営業の男性達はパリ現地雇いの粒揃い。
パリのあちこちのトップ営業マンを高額で引き抜いていたと思う。
どこかで見かけた顔ばかり。
だからお客はバンバン入るけれど、売り場が売ろうとしないし、
ガイドさんや添乗員さんに
「ここではお酒だけにしてください」
と言われているようで、他の免税品は売れなかった。
　それでお店では、隣の免税店のトップ販売員を引き抜いてきて、
売り場のシェフに配置した。
隣のお店は私が前に働いていた所の姉妹店で、
私は彼女を知らないでもなかった。
優しい人で、前のお店では長くシェフをして皆をまとめていたけれど、
後から来てここをまとめるには迫力に欠けていた。
できるか……疑問。まず無理だと思った。
商品を売る気にさせるところから教育しなければならない。
私はそこで1年以上になる。何かしら全員と話していた感じでは、
ほとんどの人が商品を販売する売り子としての意識で
日本から来たのではないのだ。
何に対して給料が支払われているのか？　自覚してない。
だから、会社が描いた夢は無理だった。

＊

　ある日、まったく突然に社員全員を集め、何ごとかと思ったら、
開店して2年も経たないうちに店じまい。
みんな泣き顔になっていたのに、閉めて当然と思ったらおかしくて、
前で話をしているフランス人支配人と目が合うと笑ってしまった。

なんで笑えるの？　という顔をしていた。

"笑っている人がいた"とFさんに言っていたよう。不謹慎だった。

お酒の販売は独占なので、赤字になってないと思う。2年の間に、

日本出発時やアンカレッジの給油時に、商品を予約して、帰国時に

受け取るシステムになり、パリでの予約が必要なくなったのもある。

負債にならない内に黒字倒産かな？

　退職金が皆に支払われた。

私は半日しか働いてないのに、オオッと思うほどあったから、

朝からきちんと働いていた人達や、

特に高級で引き抜かれてきた営業の男性陣はすごかっただろう。

オオッ！ オオッ！ オオッ！ぐらいあったのかな？　プライドもある

事だし、元の店に戻る訳にはいかず、自分で会社を興す人が結構いた。

　私は時間ができた！　とばかりに、美術館廻りの旅行に出る。

とにかく目的を達成して、早く帰国するつもりだった。

ところが旅行から戻ると、

「失業保険の手続きしたの？　早くしないと、条件が悪くなる」と

言われてあわてる。

何週間も旅をしてしまって、色々な学校の費用を出してもらえる条件に

間に合わなかったけど、学校嫌いだし、

早く日本に帰ろうと考えていたから、どうでもよかった。

ところが、ところが、よく調べると、その頃のフランスの失業保険

の素晴らしかった事！　パーセンテージは毎年下がるけど、

ほぼ一生というほどもらえるとの事。

もちろん、そんなに長くもらう気もないし、

もしそういう事をすれば滞在許可証が下りなくなる。

しかし……1年ぐらいは滞在しようかな。

ところが日本と同じで、時々、「職安」に行かなければならないので、

出頭日の間をぬってヨーロッパ中を廻った。

🐱 ベルギー＆オランダの旅

　ここで書く問題ではないのだけど……思い出したので。
私が海外に出る事は、小さい時から無意識に当然の事だった。
思い切った行動ではなく、タイミングがきたから出かけただけだ。
幼少の頃から、伯母が絵を描いておもりをしながら、
昭和の初期にベルギーに住んでいた話をよくしてくれた。
大使のお子様の家庭教師で、米国経由で3ヵ月かけて行ったそうだ。
　そして私が無理なく動ける時期に、伯母の教え子だった方が
これもタイミングよく、ベルギー公使をしていらした。
連絡して、昔、伯母が住んでいた場所だけ教えていただくつもりが、
喜んでくださって、お昼休みにご自分で運転して
あちこち案内してくださった。
「パリで働く日本人は沢山いるんですけど、フランス語ができると
皆パリに行ってしまって、ベルギーで働く人がいないんですよ。来
てください」と言われた。
今はベルギーでも大勢の日本人が働いていると思うけれど、
その頃、70年代はまだ日本人は少なかったようだ。
「働く心構えで日本を出てないので」
と、そこでもお断りして旅を続けた。

＊

　その頃、パリに住んでいるとイギリスやベルギー、オランダ等、
主に北の方ではレストランの食事がまずいとよく聞いていた。
それを忘れて友人と中華に入り、お腹が空いていたので、
あれもこれもオーダーした。
出てきた料理、ん？　次のお皿も、ん？　3つ目も、ん？
「タッパー持って来れば良かったね」と、
いつもはお料理が残ったら言うけれど、4つ目のお皿を眺めて、

「出ようか？」と言葉が出てしまった。

まずいのではなく、味がなかったのかな？

「みんな同じ味だったね」と言った記憶がある。

入り直しても同じだと思ったはずで、

その日のお腹をどうやって満たしたのか疑問。

　オランダ観光の途中で、チーズ屋さんのウインドウの中に

赤い大きな丸い物を見つけ、

「ウワッ！　珍しいチーズだ。買って帰ろう！　中に入っていい？」

と彼女に聞いて入り、一緒に買うものがないか他を見ているうちに

彼女は買い物を済ませていた。

そして、私が「あれ！」と指さしたものが、１個もない。

「何？　あなた。全部買ったの？」

「これだって足りないくらいだもの！」と、悪びれない返事！

普通、私だったら、「あれ！」と入ってきたのだから、

「幾つ要る？」と聞いてから買うのに、びっくり！

私は自分で食べよう、遊びに来た人と食べよう、くらいのつもりだっ

たから、いいけれど……

直径約15cm、1.7kg。10個買って計17kg。

まだ日程の半ばなのに17kg持って旅を続

けたとは……。今さらながらご苦労様。

　旅が終わって、パリの自宅で疲れを癒

していると電話が鳴る。

「あなた、何よ！　あのチーズ、パリ

にも売っているじゃない！　重かっ

たのに！」と怒っている。

「そんな事知らないわよ」

電話を切ってから笑わせてもらった。

しかし、怒られる問題？

🐱 全員失業者の草野球

　私を含め全員失業者。ある日失業者仲間で集って、
野球をするというので、見に行くと……営業のトップだった男性が
２歳位のお子さんを連れてきて、Ｆさんの所に置いて行った。
奥さんは見かけない。一日中おもり。
芝生にシートを敷いて、ピクニック気分！
可愛いい女の子！　ちょうど言葉を覚える年頃で、
面白半分にフランス語を教えようと遊ぶ。
「パパは？」
「オンショマージ」
「ママは？」
「ドド」
繰り返し、繰り返し言っていたら帰りがけには、きちんと覚えた！
「パパは？」と聞くと「オンショマージ」と答える。
「ママは？」と聞くと「ドド」と言う。
「そうそう」と誉めて、夕方、父親に返す。
何日かして、電話が鳴った。会った事もない奥様からだった。
「あなた、もう……何教えたの？」
「アハハ」
「アハハじゃないわよ。電話のたびに、オンショマージ、ドドを
繰り返しているけど……まったくゥ……アハハ」と本人も笑ってる。
電話かけてくる人達もオンショマージだからいいのだ。
「おもりに来ないからぁ……アハハ……Ｆさんと一緒にフランス語
教えた。誰が私の電話番号教えたの？　アハハ」
それから、ご家族と仲良くなって、楽しい思い出が、沢山ある。
翻訳すると、電話先で「パパは？」と聞かれると、「失業」！
「ママは？」と聞かれて、「ねんね」とちゃんと答えているようだ。

🐱 映画出演

　日本に戻って来て、ずーっと後。
失業者だった人達が、次々と貿易会社を立ち上げ、社長になっていく。
知り合いのバッグ会社の若い従業員が、パリに買付けに行った。
「ラーメン屋に入ったらさあ、パリのヤクザがカウンターにぞろっと
並んでいてサーッ、怖かった!!」と言う。
「エェッ、パリにはヤクザいないわよ、どういう人達なの？」
「誰だれ、誰だれ、それに誰だれ達……」
「なんだ、名前知っているんじゃない、ワッハッハ。
ヤクザじゃないのよ、やーだ、皆、私、と・も・だ・ち」
考えてみれば、なんかかんか自分で経営している社長。
体中、ブランドの物、スーツ、サングラス、時計、ネクタイ、指輪、
ネックレス、プレスレット …etcを競って身に着け、
日本で言う、その格好よ。
日本に住んでいる、その辺のお兄ちゃんが、
何も知らずに対面したらおどろくかも……
日本の売値と比べれば、仕入れ値やそれに近い額で買えるんだもの、
いいと思ってやっているの。
　ある時そのパリのお兄さん達に映画出演の依頼が来て、
何人か出演！　その中の一人、本人の話。
ワクワクどきどき、今までのスーツで充分なのに、高級ブランドの
白いスーツをあつらえ、新調！　映画にのぞんだそうだ。
そして、撮影の日、役も知らずにイソイソと出かけて行ったら、
乗用車の下敷きになる役で、泥だらけになってしまい。
白いスーツはいっぺんで台無し！　本人も周りも大笑い！
見た目は、ああいう人達も、笑い話しかないのよ。
そんな可愛い人達で、全然怖くないの。

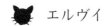 エルヴイ

　その次の免税店に移ってしばらくして、
バッグの貿易会社で働いている日本のTさんから、
「エルヴイバッグを買ってほしい」と連絡がきた。
今ではエルヴイとは何ぞや、と分かるけど……
パリに来た当時は知らず、初めて見た時は
「ビニールじゃないの」と思った。
それがなんで騒がれる品なのか？　不思議だった。
のちのち、理解できる様になった。
「ゴメン、私は今、半日勤務で生活できるし、エルヴイの店員に友
人がいて、買い付けに来る人達の態度が悪いことを聞かされている
から、私は行かれない」と断わる。
「1つでもいいから……」それでも断わり続けていた。
私としては、あんなビニールと思うけど、
超高級ブティックで、普通の格好では入店できない所なのに、
汚い格好をした人達が開店前から長い列を作っている。
私は買い付けという仕事があるとは知らず、
なんで並んでいるのか分からなかった。
「カトーちゃんが来る時は並ばないで、私の名前を言って入って来
てね」と言ってくれて、並んだ事はなかったので、
買い付けの仕事なぞ、彼女に申し訳なくてできなかった。
　年に一度くらい、身内へのお土産や、よっぽどの友人に頼まれ、
「本人が持つ」という時だけ仕方なく買いに行く。
そんな時、エルヴイの彼女は久々に会えたと喜んでくれて、
希望の品の買い物が終わっても、
「まだ、そこに座ってて。もうくたびれちゃった」
と私を餌にひと休みしていた。

「大変ねえ。日本人全部来るんでしょう？」
「日本人だけじゃなくて、東洋人を皆回されるの。態度の悪い人が
多いからいやッ」

　ある時、仲間の一人から
「エルヴイに友達いるんでしょう、ついて行ってよ」と、言われた。
「ついて行って、あげれば」
断わっているのに、私が意地悪しているかのように回りが言うので、
一緒に行って並ばずに入って紹介したら、
「カトーちゃんは友達だけど、カトーちゃんの友達は友達じゃない
から」と言われた。
ごもっとも、うん、うん。

　3つ目の希望の品を出してもらえなくて、私の陰口を言ってたと
「行ってあげれば」と言った人から後で聞いた。
1日潰して何だったんだ！　並ばずに入れたことだって特別だし、
希望の品を2つも出してもらったのに頭に来た。
「ついて行ってもらって、2つ買えた」でいいじゃないの。
普通1つだって無理なのに、2つも希望のものを出してもらって……
そういう男はいっぱいいる。
私がぷりぷり怒っていたのを伝え聞いたみたい。
ついて行ってあげた男は寄りつかなくなった。
いくつか買えたエルヴイ持って、一時帰国していたようだ。
　パリに戻って着いた飛行場で、何も知らない友人が会ったそうだ。
「カトーさんに内緒にしてね。と言ってたけど何で？」
と、その人が翌日来て、彼がパリに戻ってきたのを知った。
全然、内緒になんない。
結局、ずるずると仲間の中に戻ってきていた。

🐱 小銭入れ

　家に出入りしている「仕事がない」と言っている仲間に、
こういう買い付けの話がきてるけど、と話すと
「する」と言うので、そこから、かかわりが始まった。
「こういう人がいるから、その人に頼んだら」と、Tさんに連絡すると、
「カトーさんの口座に振り込むから買っておいてよ」
と振り込まれてきた。
その頃、買い付けのコミッションは70%。
最低でも万単位、10万円の物を買ってくると7万円手に入るという
事になる。怖い仕事。

　何の意識もなく両方が助かるなら、と、銀行に行ってお金を下ろして
渡すぐらい、なんでもないと思って口座を教えたみたい。
結局お金の管理をしなくてはならなくなる。
だって、私の口座に入ってくるのだから。
そして、少しずつ買い付けをしたい人が増えて、
買ってきた物が溜まると、日本からTさんの所の社長がやって来て、
泊まっているホテルまで私が届けることになる。
そこで数の点検、出入国のリスト、計算書類を作って、夜遅く帰宅
する。
　今、考えれば、社員の仕事を無意識に当然と思ってやっていた。
ズーと後で気付くのだけれど……
社長が来て夜遅くまで手伝って日当もなく、夕食も出ず、
思えば「ありがとう」の言葉もなかったな。
高級スーツケースまで貸して、最後にはボロボロになった。
多分社長にすれば、
70%という手数料を支払っているのだから当然だったのだろう。

私は手数料なんて気が付かないし、
エルヴィのお店の彼女が嫌がっている事で利益を得るなど、
考えた事もなかった。
Ｔさんが喜び、出入りの仲間が喜べばそれで満足だった。
とにかく生活以上の収入はいらない。
時間を潰されるのがいやだった。
それなのに、時間を潰されている事に気付かず、ばかですねぇ。
＊
　ある日、テーブルの上に置いていた三角形の小銭入れがなくなった。
見てないから疑わないけど……その日の出入りはＧだけ。
まさか、と思いたくなく、
別の所でなくしたんだろうと、自分に言い聞かせ、
別の小銭入れにして、そのままに。
　そして何週間後に、そのＧがお金を借りに来た。
パリに着いた当時、Ｂ氏に貸したのと意味が違う。
貸す義理はない。
自由に皆と一緒に部屋に出入りして、
私が買ってきたものを食べて、エルヴィの仕事を紹介して……
どこにもお金を貸す理由がないので、
「お金はお友達をなくすから、貸せない」と断わる。
そのまま帰って行った。

🐱 石ちゃん

　小銭入れの事や、お金を借りに来た話は誰にも話していないのに、
出入りしている女性が
「ひとり、目つきの悪い人がいるから気を付けて」と注意してくれた。
「あなた、目つきが悪いから出入りしないで」とは今さら言えず、
そのままに。
　時々来てはご飯を食べ、買い付けの元金を持って帰り、
数日後買ったものを持って来ていた。
「エルヴィで顔を覚えられて買いづらくなったし、他の人にも頼む
から元金を増やして」と持ち帰り、他の人も紹介してきた。

「ああ、石ちゃん！　やりたいの？」
Gが紹介してきた石ちゃんは、
最初の免税店で、少しの間一緒に働いていた事がある人だった。
私と知って、来たようだ。
　石ちゃんは20歳の男の子で、その年で、
もの凄い金額を競馬で当てたと聞いていた。
日本に帰らなければならないのに、そのお金も使ってしまったらしい。
お金がなくて、メトロで30分くらいかかるパリの外れから歩いて来
たと言う。
「ご飯食べたの？」
「食べてない……」
パパッと作って食べさせる。
食べながら石ちゃんのお涙頂戴の身の上……聞くも涙、語るも涙、
今思えば、作り話かどうか知らないけれど、その時は真剣に聞いた。
簡単に言うと、彼は在日韓国人で、小さい時いじめられた。
ゾウリを投げられたとか、下駄を投げられたとか、話していた記憶

があるけれど……私の時代で下駄を履いた記憶はある。

石ちゃんとは15歳くらい違うと思うのにゾウリ？

ゾウリはないな！

下駄？　下駄だってどうかな？

私が5、6歳の時のお正月に、桐の下駄を買ってもらった記憶がある。

着物用だ。

まあ、家庭環境や地域によっても違うから、

いじめられた事は事実としよう。

それから、在日韓国人は1年に1度日本に入国しないと

日本に戻れなくなる、住めなくなると。

日本人の事だって分からないのに、在日韓国人の事まで分からない。

だから、信じるしかない。

「いつまでに日本に入るの？」

と聞いて、とりあえず飛行機を予約した記憶がある。

とにかく、日本に入国できなくなったら大変！

　　私の周囲に韓国の方はいなかったので、知らずに生きてきた。

子供の時、なんだかんだいじめられたんだろうなあ。

とんだ差別があったんだろうなあ、と

私は馬鹿だから、日本の責任を背負ってしまった。

そして、そんなお金の使い方を知らない人に大金を渡す。

今では考えられない事。

まあ、コンスタントにちゃんと買い物をしていたから、

いいんじゃないかい？

呑気なもんよ。

🐱 トリプルパンチ

　気が付けば1万フラン渡してあるGが、しばらく来ない。
住んでいる所は知らなかったけど、目星を付けて、この辺かな？
と建物のコンシェルジュに聞くと
「ここに住んでる」
と言うので、訪ねてみたら、……居た！
「どうしたの？　具合が悪いの？　買い物は？」
「お金貸しちゃって……」
「いくら？　誰に貸したの？」
「2000フラン。チャックに」
「あとは？」
「倍にしようと思って、ゼロ……」
「それで、どうするの？」
「返すよ」
「そんな事当たり前だけど……どうやって？」
「…………」
居てもらちが明かないので帰ってくる。

　遅いのだけど、計画的だったんだなあ、と気付き出す。
ご飯も食べに来なくなって、その時以来会っていない。
時々ガイドの仕事があるようだ。
そして、時間をおかずに、チャックの所へ。
チャックという人は知っていたけど、どこに住んでいるかは知らない。
たまに女性の友達が、彼を連れて麻雀をしに来ていたから、
彼女に連れて行ってもらったような気がする。
「Gさんが2000フランを貸したって言っているけど、借りてるの？」
と聞くと、

「借りてる」と即座に言う。
「じゃあ、返す時は直接私に返してね」
事情を説明して、そう約束して帰って来た。
これで2000は良し、と。

あとは……と言っても、借用書までは気が付かない。
返ってこないと思うけど、どうしたら良いのか、思い付かない。
円と違って、フランはお金の感覚がないのだ。
その頃の為替レートで1フラン70円だったから、1万フランは70万円。
一応東京の会社には、使い込みがあった事を連絡して、
買い付けはストップ状態。

　その直後、石ちゃんが「お金を落した」とやって来た！
やって来た石ちゃんに、ダメ元で聞いてみた。
「落す訳、ないじゃん。どうしたの？　言ってごらん？」
それでも落した、の一点張り。
「カトーさんに、これだけ世話になっていて、嘘はつかない」
と涙ながらに嘘をつく、
「皆が石ちゃんの事を色々言っているの知っていて、日本に帰さな
きゃと思ってやってるのよ」
まあ、持ってないなと思いつつ言った。
「落してない！　どうしたの？　言ってごらん！」
「日本に帰って働いて帰す」
「日本に帰れないでしょう。友達の旅行会社だから予約は入れてる
けど、キャンセルする」
「部屋を引き払って帰国するから、部屋にある物を買って欲しい」
「何があるの？」
人が良すぎるにも、ほどがあるけど、家まで行って見る。

私はいつでも帰れるよう、物を増やさないで生活しているので、
何も持っていない。

使えるものがあれば買ってやってもいい。

私は必死で彼を日本に帰そうと思って、行ってみたのだ。

そして、中古品を定価の値段で計算して引き取ってあげて、
それでも飛行機代に届かなかった。

「後は日本に帰って、働いて送る」と、また言う。

日本入国期日は迫っているし、私にはどうする事もできず、
信じるしかなかった。

そして石ちゃんは日本へ飛んだ。

　そのあと……

「帰国前に私の所に2000フランを返しに来たよ」
と言う知り合いに会った。

なくしたと言ったお金は、そこに回ったのか……

まるっきり縁もゆかりもない私の所で計画的だったんだな……

あああ、どこまで人がいいのかな。

とにかく国を背負った気になっちゃったんだから。

　1、2ヵ月して北海道の馬の牧場で働いている、と
多少のお金が入った手紙を送ってきた。

「やった！　やった！」って一人で喜んだよ。

ほら国を背負ったなんて、誰にも言えないから……アハハ。

ほんとにお馬鹿！

そして、何度か送ってきてた。

あと残りが日本円で2万円という時、

「これからパリに行くので、最初にカトーさんの家に返しに行きま
す」と手紙が来た。

「ズーッと待ってるんだよ！　石ちゃん！　まだ待ってるよ」

何十年たった？　アハハ。

　パリに戻ってすぐカトーさんちじゃなくて、
ロンシャン（競馬場）に行ったんだよね。
「ロンシャンで見かけた」って、すぐ伝わってきた。
あと２万円だよーお。
馬鹿だなあー。
すっきりケリをつけちゃおうよ。待ってるよー！
多分どこかにその手紙があるはず、捨てた記憶がないもの。
40何年か前の２万円！

＊

　一方、Gは一度も返しに来ていない。
そのうち、日本の会社から「早く金を返せ」と、言葉を知らない（？）
手紙がくる。
そこだ、泣くべきところだったのに……
頭に来て、「返しゃあいいんだろー　返しゃあー」と、
心の中でタンカをきって返しちゃったのよ。
……あああ。
ちょうどその時、免税店の退職金が出て、あぶく銭と思っていて、
お金に関してはなんとも思わなかったから……あああ、なのよ。
取り立て意欲がなくなる。

🐱 そういう手

そうだ！　チャックだ！　チャックの所に行こう。

「返してもらえる？」と切り出すと、

「本当はね、借りてないのよ」と言う。

それはないな。

私は使い込みされたよりも、もっと傷ついた！

男の友情ってそんなもん？　借りてると嘘ついてどうなのよ？

犯罪の肩を持っているという事になる。

かばってどうなるのよ。

この事件に関して最高に頭にきているのは、チャックの裏切り！

チャックとすれば、とんだとばっちり、と思うでしょうが……

「知らない」でいいじゃないの。

状況説明までじっくり聞いたよね。

催促する方向がずれて、手遅れになりかねない。

どう責任取るのよ。

Gの顔も見たくないので催促に行かなかったけど、

逃げも隠れもせず、開き直っている。

私が1円でもエルヴイからコミッションを取っていたら、

私が悪いと自分を責めて、泣き寝入りしたと思う。

出入りしている人達を信じただけ。

それが悪いと言われれば、おしまい。

私は悪い事をしてないと信じていたから、いずれどうにか取り返す。

今、追いかけている暇はないから、眼中にない。

そんな時Nちゃんから連絡が入る。

「今、京都からヤクザが来てるけど、どうする？」と。

「ワハハ、やめてよ。今、ヤクザと仲良くなりたくないから、もう

少し待ってよ」
「そう、分かった！」
何が分かったんだか。（ああ、そういう手もあるか……それは最後だ
な）と思う自分がいた。
恐ろしい。アハハ。
　その後だ。
Ｔさんがバッグ会社を辞めて、パリの旅行会社勤務になる。
その時には支店長だから、きちんとした部屋を借りていたので、
屋根裏に住んでいた時のように「ただいま」と帰っては来なかった。
私も失業と共にソルボンヌに通いだして、フリーは土日だけだった
けど、外食したり、友達の家で集まって食事をしたりしていた。
その仲間達が、Ｇの所に取り立てに行ってやると言ってくれて……
「大丈夫？」などと言いながら頼む。
こちら、やさ男２、３人。
あちら、目付きの悪い柔道体型男１人。

「１００フランしか持ってなかった。持ち金は全部取ってきた」
と帰ってくる。
「じゃあそれで食べに行こう！」と、行ってくれた皆と外食。
１万フラン取り立てに行って１％回収。
それが何回かあった。
取り立てに行く……行ってくれるというだけで充分嬉しかった。
全部皆で食べた。１万フラン全部外食しても良かったんだけど……
行ってもポチポチだから、
そのうち行かなくなってどのくらい経ったか。
必死で取り立てを考えるでもなく、忘れたのでもない。
タイミングを狙っていた訳でもなかったが、何年か経って、
チャンスが来たという事だろう。

Ｇがある旅行会社とガイドの契約をしている、と耳にした。

それなら、給料を差し押さえよう。

その会社のＧの上司を直接は知らない。

でも、その上司を知っているＦさんと私は仲良し。

それで、Ｆさんに相談してみた。

当然、彼女は以前から私の事情を知っている。

そしてＧの上司に相談してくれたのだ。ところが……

「女が男に貢いだお金を？　協力する気持ちはない！！」

と女性の上司に突っ返されたらしい。

でも、Ｆさんは私の性格を充分知っている。

そういう事ではないと説明してくれた。

彼女じゃなかったら、貢いだ金で終わったと思う。

とことん説明をしてくれたのだ。

「Ｇ本人に聞いてみる」と言ってくれて、Ｇの返事は

「間違いない」と。

そこでＧが嘘をついたらお仕舞いだったけれど、

嘘をつかれなくてほっとした。

私のランク付けでは、とばっちりを受けたチャックよりもまだ良い

になる。感心している場合ではないけれど……

「きちんと返さなければうちの会社では働けない」とも言ってくれ

て、給料からの天引き何度かで、完済された。

　Ｆさんの貢ぎ金ではないという説明、Ｇの間違いないという返事、

女性上司の采配。

この３つのうち１つが欠けても、戻ってこなかったと思う。

その上司にお目にかかったのは、お礼に伺った時だけだったが、

Ｆさん共々、とても感謝している。

🐱 取り返しのつかない話

　交通事故に遭った事を知ったコンシェルジュのおばちゃんが、
親切に建物に住む大金持ちの方々にお願いしてくださって、
屋根裏の部屋だけを借りてる人は使えないエレベーターの
ドアの鍵を借りて渡してくださった。
　エレベーターから7階に降りると、目の前の廊下に大きな両開きの
ドアがあって、そこを開けるとすぐに台所兼応接間にしてた私の部屋。
だいたいの家は屋根裏を物置にしているので、
その両開きのドアが開いた音を聞いた事がなかった。
そんな大切な鍵は、私だけが使うべきだったのに、
うちに来るお友達も階段を上がるのは大変だろうと、
「ドアを叩いたら開けてあげる」
と鍵を持っている事を言ってしまった。
それから後は、この人に言って、この人に言わないという事ができず、
「たたけ、たたけ」と皆に言ってしまったのよ。
　1年も経ったか経たないかで、大金持ち達から、
「ドアを叩く音がうるさい」
とコンシェルジュのおばちゃんにクレームがきたとの事で、
「カトーだけにしないと鍵を返すよう、言われてしまったからね」
と言いに来てくれた。
おばちゃんは、全然怒っていなくて、説得するような言い方。
「分かりました。メルシー」
と、それ以降、来る人に説明して階段にしてもらった。
自分だけ楽して……と思った事が大間違いで、
おばちゃんの親切を裏切る事になり、
申し訳なくずーと忘れられない、私の心の傷です。
そこまでで終ってほしかったのに……

＊

　ある日、夕方からの学校帰りに私の所に寄りたいと言う、
以前エレベーターで来た事のある女性がいて、
「コレコレシカジカでエレベーターは使えないから階段で来てね。
ご飯を作って待っているから」
と、詳しく鍵を取り上げられる話をしたのに、
「うん、うん」と、上の空で話を聞いていなかったのか、
夜、7時か8時ごろ、エレベーターのドアを叩かれてしまって、
私は早いとこ音を鎮めようと、あわてて鍵を開けてしまった！
鍵を開けずに「エレベーターで降りて、階段で上って来て」
と言ったとしても、後の祭りだったと思う。
翌日おばちゃんが来て
「大金持ちがもうダメ、と言うから、もう鍵は返してちょうだいね」
と、気の毒そうに鍵を取りに来た。
「ごめんなさい、本当にごめんなさい」
私が悪いのだからしょうがないのだけど、
親切心を踏みにじってしまって、
謝っても謝りきれない事になってしまった。

　私はご飯を食べてる彼女に、こうなる事は分かっていたけど、
何も言わなかった。
こうなってしまった後も、何も言わなかった。
元に戻る訳ではないから……
その時から私の心は彼女とお友達ではなくなって、
後に引っ越した連絡先は伝えなかった。
　しばらくして大家さんが亡くなり、相続人に明け渡しを言われ、
その屋根裏部屋は出る事になる。

2つの部屋

　部屋をもう1つ借りる事にした。

セーヌを挟んで、モンパルナスとモンマルトル。

バス95番か68番のどちらも、道が空いていれば15分位で

職場と行き来でき、どちらの番号が来ても、

前後にもう一方のナンバーのバスが見えるほど頻繁にあった。

　モンマルトルで借りた所は、モンマルトルの山を越えた裏側で、

歌手ダリダなどの著名人が住む静かな高級住宅地だった。

　生活環境のいい地域で、その建物だけが新建築だ。

大通りに面した建物を抜け、大きな中庭を通って入る建物は

生活音のしない静かな所で、14畳位のワンルームと3畳位のお風呂、

玄関に向かう廊下を挟んで1畳位のトイレが付いていた。

太陽の入る南向きの部屋で幅の広いベランダがあった。

長い事、お友達が住んでいて、結婚して部屋を出る事になり、

その後を引き継ぎ、ただ信用だけで、地方に住んでいる大家さんに、

今までと同じ金額を振り込めばよかった。

何ひとつ申し分のない、ひとり暮らしには広いマンションだった。

　6区の屋根裏2つのうちの後から借りた方を解約し、

アトリエに使っている方は

いずれ買い取る事ができたらいいなと思い、まだ借りたままに……

その時点は何をしていたのか……失業保険で学校だったか。

それでも2つ借りていられるほど、部屋代が安かったというか、

条件良く借りられた。

その日の都合であっちとこっちと行ったり来たりしていたけど、

気分が変わって自分のしたい事がはかどった。

　新しい方の建物の前の通りは、こじんまりした商店街。

色々な専門店が並んでいた。

新鮮できれいな魚屋さん、チーズ専門店、綺麗にフルーツや野菜を
並べた八百屋さん、道まではみ出したお花屋さん……etc.
急に人が来ても、食べるものには困らなかった。
今度の部屋の電話番号は、
ほんとに親しい友達だけしか教えなかったので、静かに生活できた。

　　Fさんは店の閉鎖時から、失業保険で地方のフランス語学校に行き、
その後、あの2歳の女の子のお父さんの会社でしばらく働いて、
パリ滞在3年間で帰国した。
Fさんが帰国するまでは鍵を預かり、週に何度かお風呂を借りて、
夕飯を作って待っていて、一緒に夕飯を食べて帰宅していた。
それは、とても助かったので、今度はシャワーだけしかない部屋に
住む友人に、私の部屋のお風呂を提供したりした。
私はFさんの留守に行っていたから、独り言になるけど　　それでも
「ああ良いお湯だった！　ありがとう！」
と、お風呂から上がれば、自然と口から出たものだったけど、
ご飯付きの彼女、
「ああ、いい気持ち。ありがとう」「美味しかった。ご馳走さま」
とは、何度来ても言わないの。
そういう人もいるんだな。
それでも、閉鎖したお店の人で、お店では話した事がなかった彼女が
突然屋根裏部屋に訪ねて来て、
会話を重ねていると勉強家で知識の豊富な人なので仲良くしてた。
あの店！　自分から溶け込もうとしなかった会社、
友達になろうとも思わなかった人達！
それなのに一人ひとりバラバラに近づいてくる。
変な人種が多かった。

第6章

旅行会社

🐱 出来上るまで

　いつ、すずめ達が巣立ったのか記憶にない。

事故で入院していた頃だと思う。

いつの間にか、ナベちゃんの部屋にＡさんが住んでいた。

そしてＡさんはＴさんの紹介で、日本にある旅行会社ATEの支店を
パリに作るべくあちこち回っていた。

その動きに伴なって、日本本社から人が来るわ、来るわ。

ナベちゃんが住んでいた時も、Ａさんになっても、

部屋の中を見た事はないけれど、屋根裏と違うので、

どうにかすれば、２人くらい泊まれたのだろう。

１人ずつ日本から来て、Ａさんの部屋に泊まり、

その人達全員、Ａさんがわが家に連れて来て夕飯。

「ええっ。また来たの？」

急に２人以上が来る。

料理という料理ではないけれど、

必ず白米ご飯、味噌汁、ぬか漬けがある。

「カトーさん　料理作るの早いな！」と言われた事を思い出す。

何か名のあるお料理ではなく、

冷蔵庫の中の朝市で買った常に満杯の材料で、

「食べられるものと食べられるものを合わせてるのだから、食べら
れるでしょう。食べられなかったら、外に行って食べて！」

という夕食。

「おいしい、おいしい」と、30分くらいで作った料理を
美味しそうに食べていた。

女性には、日本では見かけない葉っぱのサラダが付く。それが好評。

もちろん、その人達と外食した時はご馳走になる。

＊

　支店の場所が決まって業務が動き出す。

その時からＡさんが任され、とりあえず支店長つぅーの？

「誰か事務をしてくれる人、いないかなあ。カトーさんやってくれ

ないかなぁ……」

「だめだめ。私はしょっちゅう日本に帰らなければならないし、半

日しか働かないし、いつ日本に引き上げるか分からない人間だから。

だめだめ。誰か紹介するから……」

という事で、なんだかんだと関わりのある会社が出来上がった。

支店だか出張所だかが動き出したら、わが家も静か。

設立に関わっていた人が日本から時々会社に用事で来て

我が家に顔を出すくらい。

それが　どのくらい続いたのだろう……

いつの間にか１年？　２年？

🐱 Ｔさんが支店長

　ある日、突然、Ｔさんが日本からやって来て、
「ATEを任される事になった」と言う。
「どしたの？」
「Ａを紹介したけど営業がうまくできない。売り上げがないから　おまえ責任とれ、と言われてさあ」
「アハハ、しょうがないよ。学者肌で遊ばないから友達あまりいないもの」
ちなみにＡさんのフランス語の発音は、目をつぶって聞いていたり、電話だとフランス人がしゃべっている、と勘違いされるほど凄い。
「日本人？」とフランス人でさえびっくりする。
でも言葉ができるからといって、
仕入れの交渉や営業ができる訳ではない。
「ところで誰か言ったの？　他の会社で働いてるＴさんにやれと……」
「○○とか、○○とか」
「社長や役員やってる人でしょう？　何で呼び捨てやオマエなの？」
「みんなパリに来た時、1週間シベリア鉄道を使って来て知り合った仲間なんだよ」
「はあーそう」
納得！　Ｔさんは皆とはパリで仲良くなったらしい。
現在、世界中に支店のある大手旅行会社の社長も、シベリア鉄道1週間のコースでヨーロッパにたどり着いた旅仲間だったそうだ。
1週間の鉄道生活で絆ができ、旅行会社を立ち上げた人が結構いて、その頃はまだドングリの背比べだった。
「それで、任されてやるの？」
「ウン。手伝ってようーッ」
「ばあーか言ってんじゃないわよ、私はいつでも日本に帰る帰ると

いう頭しかないからアテにしないでよ」と私に怒られて、
「うん」で、Ｔさん支店長の旅行会社が始まった。
「誰か紹介するわよ」と何人か紹介したけれど、
「あんな笑わない人いやだ。面接に来ているのに、怒られているみ
たいで怖い」と言われた人もいた。仕事できる人なのに……
「へ……私より怖いの？　アハハ」
そして、その紹介した中に採用はしたものの、
「大金持っているからタクシーで行って、と頼んだのに……メトロ
で行って、乗ってもいないタクシー代を請求してきた。怖いから辞
めてもらった」という人がいた。
ウッヒャー！　紹介するのも怖い。
事件や問題が起きなかったから良かったけれど。
　そう言えば、その彼女は私の移った免税店でバイトしていて、
お店が閉鎖した時、「仕事がない」と言うので紹介したのだけれど
……考えてみたら、一緒に働いていた時、
コミッションのあるネクタイ売り場を占領して離れず、
他の人がお客さんを連れてネクタイを選ぼうとすると、
「私が選んであげる」と間に入り皆のお客さんを横取りしていた。
私もそんな時が何度かあった。わずかなコミッション、
「はいはいどうぞ」とお客さんを渡してたけど……
皆に配られるコミッションを独り占め。
「よく見栄も外聞もなく、あんな事できるね」
と、他の人達から嫌われていた人だった。
お金を扱う事を考えずに、紹介してしまった。
少しでも何か「？」を感じた人を
紹介してはいけないのだなと、学習。

🐱 鉾先が……

　Tさんが支店長になってから、パリの日本人帰国者が通る
税関の様な、人知れたディスカウント会社になっていた。
「ねえ、手伝ってよ」と、鉾先が私に向いてくる。
「やだあー。朝から働かなきゃならないもの、やだやだ」
「大金を扱うので誰でもいいという訳にいかないんだ」
と情けない顔をされ、
「労働許可書も必要になってきたし、許可書を持っている人を探す
のが大変なんだよ」
などと丸め込まれ、手伝わなきゃダメか……と思っているところに、
ロンドン支店から送り込まれてきた女性がいて、助かった。
ところが、ほっとしている間もなく、すぐ辞めてしまった。
知らなくもないので、
「なんで辞めたの？」と本人に聞くと、
「私だけ働いて、皆遊んでるんだもの」と！

＊

　79年2月12日。
とうとう仕方なく働く事になって、
その日からTとE（以下、敬称略ね）、2人の社員を仕切っていた。
治療を兼ねて長い事日本に帰っていて、その月の6日にパリに戻った
途端、あれこれ懇願され、断わりきれず、すぐ勤めだしたので、
友達には会社の電話番号を教え、来てもらう事にした。
再三断った挙句、こうなったのだから……私的応接間、個人電話、
私信書きくらい当然でしょ。友達が訪ねてくればカフェに行き、
こんな事で良いのか？　と、内心思うけれど、良いらしい。
　ある日、ピンクの紙を持って、事務所を出て2階へ。
4、5分して戻ってくると、事務所の2人して

「そんなに長い事、トイレに行くな！」と言う。
「どうして？　私だってウンチくらいするワイ」と言うと……
「友達から電話があって、『1分で戻るから』と待ってもらったのに、
何分経っても戻ってこない。ウンコしたらアカン！」だって。
もうおかしくって……
その時、私が長い事パリにいない間に、仲間達はスキーへ行って、
電話をくれた彼女が足の骨を折り、ギブスが取れたから
一緒に食事をしようとやってきた。
折れた骨が治るまでパリにいなかったのだ。
様子を見に行かなければと思っていたところだったので、
ちょうどよかった。
こうやって友達が来れば、結構立派な営業になって、
TもEも喜んでいる。
　仕事の分担をはっきり決めていた訳ではないけれど、
自然とそれぞれが出来ることをした。
Tは、航空会社（エアーライン）に行ってダンピング交渉して仕入れ。
Eは営業（個人や団体組織など）、それにトータルな事務。
私は主に経理（そういう仕事はした事なかったけど、Eに教わってす
ぐバランスシートまでできる様になった）、朝カウンターや部屋中の
整理・掃除、接客、お客様からの電話対応、
その他、気の付いた事全て……のちにお昼ご飯まで作る事になる。
新聞広告のレイアウトもしたな。……etc.etc.
しかし、絶対にタイプライターとテレックスには触わらない。
でも、何かあったらTかEを呼べば良かったので、それで充分！
3人でうまく回っている会社だった。

＊

　銀行口座を開けないので（事情は察してください）、

毎晩午前様のEさんが大きな金額、

例えば70年代に1千万円位の現金を持ち、飲み歩いていたのです。

夕食の時、床に置いたアタッシュケースを

ひざに挟んで食べているのに驚いて、

飲み歩かない私がスーパーの袋に入れ、家に持って帰る事にしたのは、

わ・た・し。コワッ。

フランスフラン札だったから感覚が麻痺していて

お金と思っていなかった。

そんな感覚でいて、問題が一度もなかったのは凄い！

本当に幸い……若かった！

仕事の終りに会計を閉めて、計算が終わるまで皆が待っている。

「計算合った？」

「ウン、だいたい合った……」

「だいたいじゃダメなんだよ……」

「はいはい。終わり！」　フラン以下のサンチームはめんどう。

1日の仕事が終わる。

テレックス

　パリ市内の暇人達が、TやEを目当てに昼間から遊びに来る。
それが営業につながるので、
カフェのフリッパー（ゲーム機）で遊んでいても充分だった。
その日も仲間が集まってガヤガヤうるさい。
この事務所は声が壁に響いて、後遺症の頭が痛くなるのだ。
音響がいいって言うの……劇場じゃぁあるまいし。
「もうーッ。うるさくて仕事できないから出て行ってーッ」と言うと、
ゾロゾロ出て行った。ロンドンから来て辞めた彼女と反対に
"父さん元気で留守が良い"の調子。
いいの、いつもだから。行き先は決まったカフェ。
そこのおっちゃんと仲良し。電話をすればすぐつないでくれる。
そうだろ、そうだろ。毎日のように私に追い出されて、
そのカフェに行ってお金を落とす、大お得意様なのだから……
私としてはパリ支店の別館！　と思って重宝！

　でも、その日はチョット違った。
テレックスがチンチン　チンチンと鳴り止まない。
うるさいなあ、皆に出て行ってもらったのに……
長いテレックスと思いながら見もせず、
経理のそろばんをはじいて、ひと段落して気がついた。
大変！！
振り向いたら、呼び出しマーク。10段以上あったんじゃないかな？
とにかく大変！！　慌ててカフェに電話。
「早く来てーーーッ。ベルのマークが止まらないのーーーッ」
すっ飛んで戻ってきたEさん　あきれて声が出ない。
「なんでーーェ、もーーーッ早く言ってよーーォ」

Eが小さな声で　つぶやいている。

ここの2人は、私に怒る事は絶対しない。私は小さい声で、

「ごめん。いつも勝手に止まるもの……止まると思っていたから……」

私は仕事に支障があっても、タイプやテレックスには触わらない。

覚えてできるようになると、男共は無意識に私を当てにするから。

時には受話器を肩に挟み、

そろばんをはじきながらカウンターのお客さんと応対する。

その頃、卓上計算機は一般化していて使ってはいたけれど、

私は桁の多い数字はそろばんの方が押し間違いもなく、

正確で早かった。

「昔は4つ5つの仕事を一遍にできたけど……今は、1つがやっと」と、

後日、Tに言うと、

「それが　普通だよ」と言う。

あれは異状だったのだ。

いろいろなお客様

「Eさんいらっしゃいますか?」と、若い女性。

「今出かけてます。ご用件を伺いましょうか?」

「日本までお願いしたいのですが……以前、Eさんに安くしてもらった〇〇です」

「ハイ、分かりました。では今回、その分頂きまぁーす」

とすまして言うと、

「………」 言わなきゃよかった……という顔。

真っ青? 初対面の人に冗談言っちゃう会社。

「アハハ、大丈夫ですよ。同じようにお安くしますから……いつご出発でしょう?」

ニッと笑って言うと、お客様はほっとした顔。

びっくりしたと思う。

＊

　私がこの事務所を手伝う前は、沢山お客さんを紹介した。

「安くしてあげてね」

「オマケしてあげてね」

「安くするって言ったじゃないの」

と、いつもオマケしてもらっていた。

けれど、仕事をするようになって、

「ええっ! こんな少ない利益なの?」と、その金額に驚いた。

もともとディスカウントなので、他のエアーより安く、

薄利なのだから、それ以上の値引きは辛い。

それを知ってから、売値で売るよう努めていたら、

「会社に入って値引きしなくなったじゃん」とTが言う。

「当たり前よう。利益がないのに値引きしてどうするのよう。こんな少ない利益なの?」

「そうだよ」と、私が会社の利益を考えて売るのでTは大喜びサ。
「ちゃんと説明してくれれば良かったのに……」 かわいそう。
「カトーさんにはネット（仕入れ値）で売ってあげるつもりで言ったら、お客さんを紹介してきたから……」
私としては、利益を上げたらいいと紹介していたのに……
なんだ……そうだったの。友人は皆、仕入れ値で飛んでいってた。

*

　ある時、出入りの仲間、そのなかで一番気の小さい男の人が
「チケットお願い」と、やって来た。
「ハーイ、いつも有り難うーッ。飛ぶ飛行機ですか？　走る飛行機ですか？」と言うと
「やめてよ〜〜もう……」とびくびく。

*

　またある時は、
「AとB。どちらのAirlineが安全か？」と聞くお客様がいる。
「どっちも同じですよ。あんな大きな鉄の塊が空中に浮かぶ事が不思議ですもの……」
「…………」　ポカーン。
「どこのAIRでも、パイロットは事故ろうと思って操縦しないから全部、同じです」
「…………」
「ただ、このAの機体はBよりも古いものを使っています。
そしてBの料金は高いけれど、何かの補償問題が起きた時にこちらの方がきちんとしていると思います」
と、ちゃんとした情報もご提供。どれを選ぶかはご本人次第。

*

　まあまあ、いろんなお客さんがいた。
「儲けているんだろう……」

と、知らないおっさんが、カウンターの向こうに座り込んだ。
「ハイッ、儲けてます。慈善事業ではありませんから」
と笑って答える。
「安くしろ」「安くしろ」と言う。
「ごめんなさい。私は社長じゃないので。私が社長になったら飛行機の一機ぐらい差し上げますよ」
と言ったら、笑って定価をお支払い。
ご機嫌で帰られた。
なんでだ……？　わからん。

＊

　こんな事も。
Airlineでオーバーブック（客席以上に予約OKを出す）してしまい、
うちのお客さんが予定の便に乗れなくなった。
わが社のせいではないのだが、本人に説明しなければならない。
大体のお客さんは納得してくださる。
ところがあるおじさんがカウンターに座り込み、同じ事を繰り返す。
「なんでだ！　なんでなんだ！」
「Airlineの指示でこれこれシカジカ……」3回同じ説明。それでも
「なんでだ！」
「こちらではこれ以上の説明はできません。どうにもなりませんので、住所を差し上げますから飛行機会社にいらしてお訊ねください」と伝えても動かず、何時間も座り込んでいる。
「どうする？」
という顔で、TもEも私を見る。
本当は男どもが解決する問題なのに……
「いいわよ。ほっとけば……」
要するにAirlineに行っても言葉ができないから、
日本語の通じる所に来てごねてるだけ。

🐱 コップ酒

　ある日、Tは航空会社に行って留守。
Eは食後、奥の部屋で昼寝。
仕事で分からない事があったので、
「Eさん」と、奥に向かって呼んだが、
聞こえているのに、寝た振りして返事をしない。
「まったく！　昼間は眠ってて夜になると元気になるんだから、やんなっちゃう」と、ブツブツ言うと、
「ぷーっ」と噴き出して、
「何ブツブツ言ってんだ、眠れやしない」だって。
仕事の内容を聞いたら
「それはもう何度も言ったよ。何回言ったらわかるの？　もう！」
と怒ってる。
「だって、Tさんに話したんでしょ。私は聞いたの初めてだもん」
と言うと教えてくれて
「後はもう、Eさんは留守です。用事で出かけてます」
と自分で言って寝てしまった。
だから、ドアを閉めて奥の電気を消してあげた。

　2人連れの男性のお客様がみえる。
事務所の仲間ではないが、Eの知り合いらしい。
「Eさんいます？」
後ろの部屋にいるのだけどEが言ったように、
「今、出かけてます」
すぐお客様が帰られると思って言ってしまった。
オーバーブックのお客さん。
Eが奥の部屋にいる事を忘れ、私一人で応対する。

さすが30歳前後。

オーバーブックに対しては納得しているけれど……

「どうにか早く帰れないか」という他の方法の相談だった。

「ごめんなさい。そのチケットは航空会社指定の便しか乗れないチ
ケットなんです」

「そこを、なんとか……」

ごねている訳ではないので　私もできる方法を考える。

「高いけれど、これだけお金を出せばこういう方法とか……」

「それは……高いなぁ」

「そう、200フランでこういう方法がある……」

「そうかぁ……」とお客様が考え出した時、

リ～～～ン　リ～～～ンと電話が入る。

「ちょっと　ごめんなさい」と電話に出ると、

「僕だけどね、それはできないからね、それはダメ」と言っている。

「……？　どちら様ですか？」

僕だけど、とは誰？　何の事言っているのかなあ……

私は、カウンターのお客様と電話の僕とのつながりに
気が付いていない。トンチンカン。

「うしろ、うしろ」

……うしろ？……声を出さなくて良かった。

「ぼくぼく。後ろの部屋の電話からかけてるんだよ」

Eの声だけど……Eは後ろにいるし……

あッ　＜うしろ＞って奥の部屋かぁ。

「ハイ、分かりました」とすまして電話を切る。

ベニヤ1枚の壁を隔てた社内電話だった。そして、

「どうですか？　考えられましたか？　ややこしいでしょう……ど
うします？」

「………」

間髪を入れず！

「航空会社に行っても、ラチあかないと思うし……そうだ！　日本
酒を呑んで終りにしましょう」

と、それこそ後ろの部屋へ一升瓶とコップ2つを取りに行って、
なみなみと注ぎ、カウンターにのせる。

2人はうれしそうに飲んで、上機嫌で帰っていった。

アハハ、呑み屋みたい……

すぐに、ヌーッと後ろの部屋からEが出て来たので、
「なんで出て来てくれないのよ」と言うと
「だって、出かけてますって言うんだもん」だって。
自分で言っておきながら……

「ああ、言った？　そうだっけ」
「なんで電話くれた時、名前を言わないのよ……」
まぁ、名前を言われて＜ああEさん＞なんて、私が口に出したら
またややこしくなったし、めでたし、めでたし。だな。
Eは、私の応対の一つひとつに、かなりヒヤヒヤしたようだ。
「もう、ハラハラする事言うから寝てらんない。目が覚めちゃった」
と、ホットしてるくせに。
今度から、昼寝しそうになったら失敗しそうにしようっと。
アハハ。

🐱 携帯電話

　すぐ「男の子達」と言ってしまうけど、支店長と営業部長？
なのだが……しかし、まるで男の子！
コードレスの電話、最先端の携帯電話を手に入れて、ご満悦！
珍しい物を真っ先に持ったうれしさなのか、どこにでも持ち歩く。
大きなショルダーバッグを肩から下げて、
用もないのに歩きながら話してる。可愛い！
あんなものを抱えて歩きながらしゃべらなくたって、会社の電話で
充分なのに……初期の携帯電話は、あきれるほど大きくて、重い。
　ある日、Eが会社の2階の共同トイレに携帯を持ち込んで
用を足していた。そこへ同じビルにある別会社のフランス人男性が、
トイレに入ろうとドアの前に立ったらしい。
すると中から訳の分からない言葉が聞こえ、
それがまたEは大きな声なので、さすがに日本語と思ったのだろう。
すっ飛んで1階のわが社まで来て、
「大変！　トイレの中で誰かがしゃべってる。早く行ってみて……ッ」
と、知らせに来てくれた。
「ごめんなさい　携帯電話なの……」
フランス人はショボッと帰って行った。
戻って来たEに説明したあと。
「出るものも出なくなったんじゃないの？
　　いいかげんにしてよ」
　最近になって、いつだったかテレビで携
帯電話の歴史をやっていて、見ていたら、
あの重たい大きなショルダー型と同じもの
が映っていた。
1980年だったのだな。

これ!!　これだ!!
こんなの下げて歩き回って
いたっけ。かわいい大人達。

201

🐱 P・T・Tの小包

　ある朝、机の上に「郵便小包みが届いている」という紙が置いて
あった。Eさん宛てである。

それが、お昼を過ぎてもそのまま。

「取りに行かないの?」

「ああそうか。どこから来たんだろう……小包なんか送って来るア
テなんか全然ない。家から勘当の分配品でも送ってきたのかなあ」

なんて冗談を言いながら取りに行った。

5月15日。外は太陽がいっぱい!!

彼は出て行ったまま、テッポ玉。

いつまで経っても帰って来ない。

3時間位して

「中央郵便局から歩いて帰ってこようと思ったら、サンドニまで行っ
ちゃって……暑いからビール何杯も飲んで……」

ほろ酔いで散歩方々帰ってきた。

いい匂いの包みを下げて、女の子からの贈りものなのか

上機嫌と思っていると……

「すごく匂うんだけど何だろう?　道々プンプン匂うんだよね」

なんて、一生懸命開けている。

ひょっと見ると資生堂の箱である。

「セッケンでしょう?」

「石鹸なんか、日本から送ってくるか?」

なんて馬鹿にしている。

箱を開け、中からトニックとか何か知らないけれど、1、2本のビン。

1本割れて包み全体がビショビショにぬれて、外側から乾いた様子だ。

「何やこれ……タクシー代払って小包みの受取料払って、何やこれ
は……」と言うので大笑い。

「パリにかてカミソリあるで……トニックもあるで……キーホルダー
ないとおもてんやろか……？　こんなもん高いお金はろうて、送って
くんなよナ……もう絶交や。お礼の手紙なんか書かへんで……」
と結構、筆まめな人が言う。
また大笑い。
「送った方だって、高い送料払って、買い物に時間や気を遣って、
挙句の果てに絶交されたんじゃぁ、合わないわね」
って、マタマタ大笑い。
念のために、いくらかかったのか計算してみよう。
なんて、私も余計な事をして……

　　日本からの送料：3,600円
　　品代　　　　　：約5,000円？
　　小包受け取り料：　500円（パリは受け取る時にもお金が必要）
　　タクシー代　　：1,000円（本局に行かなければならなかった）
　　ビール代　　　：1,000円
　　　　　合計　：11,100円……絶交のお値段です。

　結局、興味もないので誰からとは聞きそびれたけれど……
親からの内容でもなし、一応モテるから女の子じゃなかったのかな？
絶交されちゃってかわいそうに……
フランスは、郵便物の受け取りだけではなく、
出すのも、手のかかる国なのよ。
　ちなみに私がスペイン旅行で会った女性から
会社に写真が送られて来た。Eに見せたら、しばらくして、
「はい、これ」と紙を渡される。
「何？これ」
「礼状出すんでしょ？」とスペイン語の礼状文。そんな筆まめな人。

🐱 払いたい病

　独身のＥは、毎晩、寄って来る友達と外食、
皆に給料全部をご馳走してしまう。
そのなかには日本から派遣され、右も左も分からず、
頼って来る日本の旅行会社の支店、代理店、出張所の人達もいる。
その集まって来る人の所に来るお客さんも、ついて来る。
本人は全然営業の意識はないのだけど……
皆、Ｅからチケットを買う事になり、
その結果パリ中の日本に帰る人を、自腹切って独占！
　ある月末、お金ないなと思い、
「今日は 割り勘にしなよ！」と小声で言うと、しょぼくれた顔。
「払いたいの？」と聞くと
「うん」と言う。
馬鹿でしょっ……！
すってんてんでも　お金払いたいだって。
Ｅのポケットに６人分位の食事代・飲み代を、
私のポケットマネー丸めて入れたら、ニコニコして支払って、
その後、どこかに飲みに行ってんの……
払いたい病！！
「行こうよ、行こうよ」と毎日誘われるけど、
私は家が好きなので、めったに付き合わない。
でも年間にしたら、それ以上ご馳走になっているから、時々はいいの。
たまには一緒に行くけど、
そうそう暇人と付き合っていられないので、食事だけで
「家で仕事があるから帰る」
誰も絵を描いている事を知らないので、
「家で仕事？」とつぶやきながら、聞きもせず、考えてる。

こんな夜遅く、何の仕事を思い描いているんだろう。
頭の中をみて見たい。
　なかには、一人残っている人がいるので
「早く行きな。皆、行っちゃうよ」と言うと
「いつもご馳走になって、お返しできないからいい」と言う学生。
その子も今はおじさん。
今、フランスのゴルフ場のオーナー。

　毎夕やって来て、話題もなく影の様にいるな、と思っていた人が、
いつの間にか来なくなって
「そういえば最近いないけど、どうしたの？」
と聞くと、皆も知らず、帰国したみたいだ。
「日本に帰って旅行会社を興して社長になった」だって、後々聞く。
そういう人もいたな。
Eさんは、ケロッとして
「何してるの？　ヘーッ」と、私に聞くまで知らない。
それはそれでいいけど、帰る時ぐらい挨拶しに来てもいいと思うの。
2年の派遣期間、夕飯や飲み代を浮かしてお金貯めたんでしょう？
帰り際に『今日は僕のおごりで……』と
一度くらい、ご馳走はできなかったのかしらね。
後ろめたいからなのかどうかは知らない。
食事仲間の誰とも連絡を取り合ってないよう。
そんな社長が成功するの？
するのかもね。
その後は知らない。

🐱 お昼ごはん

　集まって来る男どもは皆、独身。

たまに例外があって、おかしな事にその例外が、決まって（例外が
決まっているというのも変だけど）奥さんはフランス人。

ＴもＥも私も、隣が日本食レストランだから、そこで毎日毎日、
同じメニューの外食（以前あったので『にぎり、あります？』と聞
くと、『おにぎり、ありません』と返事がくる店）。

　飽きるので、事務所に炊飯器を持ち込み、
たまに簡単なお昼ご飯を３人分作るようになった。

そんな時、仲間の誰かがいたりすると、

「たべる？」とセットしてあげて一緒にご飯。

そのうちにレストランでもないのに、予約電話！

「お昼2人」とか「3人」とか、当然といった声。

なんだよと思いつつも

「いいよ〜それじゃあビール持って来て」と昼間からビール。

　ある日、Ｅが

「コロッケ食べたい、昔の安いコロッケ！　肉の代わりにジャガイ
モの皮の入ったやつ。皮が肉に見えたやつだよ……分かる？」と言う。

「えッ　皮を入れるの？」アハハ　アハハ。

まあそんなコロッケ見なかった訳ではないけれど……

変な表現をする人だなぁ、ほんとおかしいと思いながら

「わかった。じゃあ、あしたね」

翌日、挽き肉とジャガイモの皮を練り込んで、あとは形を作る状態の
大きなコロッケ３人分を事務所に持ち込む。

すると電話があって、お昼の予約。

「いいけど……何人来るの？」

「3人」

何人でもいいけれど、コロッケが小さくなっちゃう。

と思いつつ……

「じゃあビールね」。

そして3人分のコロッケが6人分になり、大きさが半分になった。

＊

　ある時、潮干狩りに行ってきたと、アサリを沢山いただいた。

その日は2人共よそを回って、午後から出社の予定だったので、

誰もいないうちにと、酒蒸しを作っていた。

当たり前なのだが、

バターやワインの美味しい香りが事務所に充満！

そこにＥが入って来て、

「もーッ」といやな顔。

「あれッ　立ち寄りじゃなかったの？　いただいたから、お昼、皆

に食べさせようと思ったのよ。ゴメンゴメン」

レストランの様になってしまった事務所。

なかなか匂いが抜けない。

ああ〜あ。

🐈 あんたが大将

　3人でうまくいってると思いきや、
男どもが口をきかなくなる時がある。
「お互いに思った事を言い合わなきゃだめ！」
私は、2人それぞれが何を考えているかが分かる。
けれど、2人は分かり合えてない。
それで時々、息が詰まってきたと思うと、2人の心を読んで、
通訳しなければならない。
「だから……Tさんは、こう思っているんでしょう」
「うん」
「Eさんは、こうなんでしょう……？」
「うん」
「言葉にしなきゃ、わからないでしょう……」
2人共私の言っている事が、自分の気持ちと合っているので溜まって
いたストレスがなくなり、会話もせずにニコニコになる。
結局、はた目には私が説教している様に見える。
　Tは20歳くらいからそばにいて真面目というか、私に一目置いて
いるからちゃんと私の名前を「さん」付けで呼んでいたけれど、
Eは私の名前を呼んだ事がなく、用事のある時はダイレクトに
「これやって」で用事はすんだ。そして呼ばなきゃならない時は
「お母さん……お母さん」だった。
甘えられるお母さんではなく、怖いお母さん。
何の違和感もなく振り向いていたから、今考えるとおかしい。
産んだ記憶ない……アハハ。

　その頃、日本で流行っていたのか、
どちらかが出張で日本に帰った時にカセットを持ち帰り、

「聞いて！聞いて！」と言うので聞くと、

「あんたが大将！　カトーが大将！　カトーが大将！　あんたが大将！」と合唱している。

「何これ？」

私は音楽関係にうといから、

偶然に私の名の入った歌があるのかとびっくりした。

カラオケがはやりだした頃で、東京本社の皆とＥさんだと思うが、

テープに上手に吹き込んできたのだ。

「ばかだねーーアハハ　アハハ」

説明を聞いてやっと理解。

はやりにうとすぎて、私はおばかだし、

こんなの大きな声で合唱して、本社の人達もほんとにおばか揃い……

＊

　後々、日本サイドに戻っても働かされて、

２人とは長い付き合いになる。

パリでの仕事仲間だった事を知らない人が沢山いて、

あまりにも息の合ったＥとの掛け合いに、たまに社内の飲み会などで、

「（もてもての）Ｅさんとはどんな関係なの……？」

と皆の前で聞く人がいる。

「Ｅさんとはね……ないえんの……」と言ったら、シィーン。

全員、私とＥの顔を見る。

Ｅはどんな顔をするのかと見ると、不安顔もなく、お任せ。

その場を上手くかわすだろうとでも考えていたのか、

平然とお箸を動かしている。

変な事言わない、という暗黙の了解だったと思う。

しかし、一同は興味シンシンの無言状態。

「な・い・え・ん・の……お母さん！」

全員、ドカーンと大笑い。

🐱 てっぺい

「ねえ、ねえ、お母さんも読んでごらんよ。面白いよ〜」と
一度だけでなく何度も何度もEが言うので、そんなに言うなら……と
読んでみた。職場でだ。
マンガというものを4コマ漫画以外見た事がない。
というか、見て読むのに時間がかかるので好きではない。
それに、読んでいいような事務所の暇な時は、
皆集まってきて溜まり場になり、うるさい。
「もう！　うるさいから出てって……ッ」と例のカフェへ、
全員平行移動してもらって、一人静かに『おれは鉄平』を読み始める。
本当に時間がかかるけれど、のめり込んでいった。
　そんな時、電話が鳴り、
チケットの卸先である旅行会社○○のZさんからだった。
しばらくしてEが戻ってきた気配に、顔も上げず、
「○○の上杉さんから電話があったわよ。電話して……」と言うと、
「ん？　○○に上杉さんっていないよ……」と言う。
「ええッ？　ほらッ、いつも電話くるじゃない。あの人」
まだ目先はマンガ。
「だって、いないよ……」と言っている。
ハッと気付き、Eを見上げて現実に戻る。
「あッ！　上杉さんは鉄平の名字だ……ごめん」
＊
　そしてその頃、パリでは鉄平という名前を
産まれた子供につけたり、犬につけたりしていた。
溜まり場のわが社に集まって来る仲間にも、
鉄平と名付けた犬を飼っている人がいた。
私はあまり夕食を付き合わないので、

たまに「家でご飯の支度しておくから家においで。ビールね」と言って、
鍋用の食材を買って帰り、皆が来る前に野菜を刻んでおく。
あとは卓上コンロを出しておけば、食べる人達が自分で料理する。
あっと言う間に宴会場になって、
多いときは10人くらい集まる時もあった。
しかし、何一つ手間をかけず、お金もかけずに楽しい夕食会になる。
　ある時、その後に呑みに行こうという事で、ぞろぞろ出て行った。
ドアでバイバイしてゆっくりしようと部屋に戻ると、
なんとなんと足元に鉄平がまとわりつく。
やられた！　二次会に連れて行かれないので置いてったな。
もうーッ。
頼んだらダメダメと言われるの決まっているので、
黙って置いて行ってしまった。
今の様に皆が携帯電話を持っている時代ではなく、
追いかけても間に合わない。
ほんとにもーッ。
犬なんて飼った事ないのに……もーッもーッと言いながら、
ほっとくしかなく急だから餌も持って来てないし、
何を食べさせたか記憶にないけど……吠えなかったのは幸い。
　朝になった。
もーッもーッもーッ！　部屋いっぱいに敷いた畳のカーペットに、
ピッピ、カッカ！（おしっこ・うんちの事。可愛いでしょう？）を
手当たり次第！
「いいかげんにして。もーッ！　ピッピ、カッカの掃除、大変だっ
たんだから……」と言っても、
「テッペイ連れて行くと飲めないしー……そこなら大丈夫と思っ
て。エヘヘ」だって。
迎えに来て笑ってるだけ。ダメだ、こりゃ。

🐱 それから30年

　30年振りに偶然会ったお友達。なつかしいわね……とテラスでお茶？　本当はビール。

「そういえば、あなたのお子さん"てっぺいちゃんだったわよね"。あの頃『俺は鉄平』がはやってて、あちこち犬にも鉄平って名前つけていたわね」

と返事を期待せず、あのチワワを置いてかれたなと、

ピッピ・カッカの始末を思い浮かべながら話をしていた。

すると……

「元気にしてるわよ」と言う。

「ひぇーッ？　まだ　生きてるの？」

……30年も生きてる犬？　驚きの声は半端じゃなかった。

「やあだぁ、日本で仕事しているわよ。33歳よ。漢字は違うけどね」

ニコニコと。

「ひゃ……ごめん。犬の事を思い出していたから……びっくりしちゃった。ごめんなさーい」

ワッハッハ。

彼女もチワワのテッペイを知っていたから、2人で大笑い！！

＊

　30年で思い出した。

旅行もてっぺいも関係ないのだけれど、

子育ての悩みをもっている方がいて……私は子供はいないし、

独身だから答える資格があるのかも考えず、よろず相談員だわね。

すべて適当。無責任。

パリに行くと、必ず会う友人がいる。そのたびに

「助かった、助かった」と言う。

「何が？」

「カトーちゃま、覚えてる？　オシメ取れない悩みの事……子供が、もうじき3歳になるのにオシメが取れない……と悩んでいた時に、『30歳になってオシメしてる人いないから……大丈夫よ』と言われて、それから悩まなくなったのよ」と言う。

「うん　覚えてる覚えてる。30年たったけど……オシメしてないでしょう？　アハハ」

「アハハ。してない、してない。でもあの時、もの凄く心が安まって助かったの……それでね、悩んでいる人が沢山いたので、皆に教えてあげたの……」

なあーに教えてるんだか……アハハ。

30年は時間がかかり過ぎ……

彼女は早産で赤ちゃんが3ヵ月もガラスケースに入っていた。

ガラスケースから出て自宅に受け入れても、

子供の育て方が分からず、ベビーシッターに任せていて、

仕事に出ている方が楽だと言っていた。

おしめを1日中取り替えなかったりしてると言うので、

「ひんぱんに取り替えないと、本人、汚れに慣れて、おしめがなかなか取れなくなるわよ」と教える。

仕事しながらの子育てで、手が回っていないようだった。

　未熟児だったけど、立派に育つのだから、人それぞれ……

フランス人より成績が良くて、小学校か中学校で飛び級になり、

学力はついて行けるけれど、体育が無理と言ってた。

大学も早く卒業し、早く社会人になった。

フランスに住んでる日本人の子供は、飛び級の子が多かった。

🐾 言葉の問題

　カフェに座っていたら、知っているけど挨拶程度の女性が、
隣のテーブルで、友達と話をしている。
聞くともなく聞いていると、
「うちの子はすごいの！　フランス語ペラペラ」
私の顔を見ていたから、私にも話しかけてご自慢のようだったので
「ヘーッ　日本語は？」と、私はバカにして聞いたんだけど
「あまり、しゃべれない」……なぜか自慢顔。
「教えてないの？」
「教えてない。」
「あなたはフランス語しゃべるの？」
「しゃべらない」
「ご主人も日本人なんでしょう？」
「そう」
「バイリンガルになるんだから、教えておいたら得よ」
本当は、馬っ鹿じゃないの！　と言いたかったけど、
友達でもないし、自慢げだったから、それ以上は黙っていた。
まあ、年上のような感じだった事もあったけど……
そして10年後くらいに、その子供さん。
親と会話ができなくて家に寄り付かずに家を出た。
といううわさを聞いた。

＊

　他にも聞く。
親しくはないけれど仕事仲間だった人も、彼女はフランス語片言、
ご主人、日本語片言。
子供はフランス語で父親と会話、日本語しゃべれないので母親とは
片言と片言。

大きくなって意思の疎通がむずかしくなり、
この場合は父親が思春期の娘を連れて別居。
彼女は働いて働いて、たんまりお金はあるけれど……ひとり。
せっかく子供を産んだのに……おバカな親が結構いたな。

＊

　こんなのも。
日本人の奥さんと子供さんがいるフランス人の男性と
長い事付き合っている友人、日本人女性。
おもしろい人で幸せそうだから、相談でも悩みでもないので、
私も一緒にばか話しながら食事をしたりしている。
「彼は奥さんとうまくいってない」んだそう。
「なんで？」
「言葉が通じない」そう。
最初の頃は片言でよかったけれど、
その後、勉強もしないでフランス語が上達せず、
世間話や夫婦の複雑な会話が楽しくないんだって。
日本語だってスムーズにいかないのに、他国語で日常は大変、大変。
友人の彼女はしゃべれても、もっともっと勉強してる。
冗談のわかるおもしろい人。
多分、奥さん、冗談通じないんじゃないの？
ご主人と仲良しの事、奥さんも知っていると言っていたけど。
なんだか淋しい話よね。
でも、勉強、努力、やだもんね。
どうしたらよいやら……

🐱 博多の女

　ある日、あんまりしゃべらないEが言う。
「知らない人から手紙がきて、あした日本から来るって言うんだよ」
「知らない人は、ないでしょう……」
「ほんとほんと」　ふーんくらいでその日は終わった。
と、翌日。
いつもは気にもしない髪なのに、Eは床屋さんでビシッと決めてきた。
「Eさん！　どうしたの？　手紙は女の人？」
「何かさあー。前にマドリッドからパリまで一緒に来たって書いて
あるんだけど、記憶にないんだよなあー」　ご機嫌うるわしく……
（彼は以前、マドリッドに住んでいてスペイン語ができる）
ほんとに記憶にないのか、照れなのか知らないけど、
1日中そわそわしていた。
信じられない初めて見るEの状態、症状？
仕事が終わって、事務所で待ち合わせと言うので
「私達いつもの所に行ってるね。来ても来なくても。ご自由に
……」と先に出た。
すると、後からやって来て、ニコニコと会話をしている。
Eも結構歳だから、年貢の納め時と思い、
「あしたパリを案内してあげれば……」と2人にさせた。
TとEは2人共翌々日、仕事で日本に行く予定になっていて、それを
知らず博多から来たようなので、同じ便で帰れるようAirlineに頼み込
んで手配した（その頃は多少の融通がきき、やっと変更ができた）。
ところが、ところがだ。
この1日2日でなんとなく2人の様子がよそよそしい。
「どうしたの？」と両方に別々に聞いたけど
「どうにも……」なんて返事。

2日目の夕食も皆で外食。

私はいつも通り、先に帰ったので2人の事は気にもしていない。

あしたは、同じ便で帰る事になっているのでAirportそばのホテルに予約を入れておいたから、余計なお世話はコレまでよ、と思っていた。

　翌日、TもEも日本に発ったので、誰もいない事務所へ出勤！

と、2人の乗った飛行機が飛んだかな……くらいの時間に電話が入る。

泣いてる、女の声……ゲーッ。

「何してんの？」

「シクシク……」

「どこにいるの？」

「ホ.テ.ル……」

「何してんの？　一緒に乗らなかったの？」

「ウン、シクシク」

「そんなとこにいてもしょうがないから、ここにおいでよ」

しばらくして、やって来た彼女。会社でも泣いて、止まらない。

「どうしたの？　どしたらいいの？　私には訳が分からない。仕事がひと段落するまで奥で待ってて」と奥の部屋に入れる。

ひと息ついたので、奥に入って行くとまだ泣いている。

「さてッと、話を聞いてあげるし、力になれるなら協力してあげるから……泣いてても分からないし……Eさんは飛行機乗って行っちゃったんでしょう？　チケットの日にちを変更しておくから（本当は全額買い直ししなければいけないチケット！　それも2度も変更して、すごい無理を通す）、あした、日本に帰ったらいいと思う。泣いてないで何があったか話してごらんよ」

「……シクシク……」

「Eさんに落ち度があったなら、慰謝料請求してあげるから言ってごらん……」と言うと、やっと泣き止んだ。

大変な事になると思ったみたい。

シメシメ……もうめんどくさい！

「何もないです……」と言う。

「じゃあ帰国したら、自分の納得のするまで追いかけるのね。今日は夕食一緒に皆として、あした帰国！　さあっ！　せっかくパリなんだから観光してきたら……」と、送り出してひと段落。

そして、翌日の飛行機に乗ったようだ。

ほんと、女は嫌いだ……アハハ。

　さてさて日本。

東京の本社に通勤しているEへ、電話攻撃！　今で言うストーカー

　（最近、同僚だった友人に昔話を聞くと、毎日お昼に来てた、だって）。

私はそうは言ったものの、ほんとに追いかけるとは思わなかった。

毎日毎日長い間、納得のいくまで追いかけたようだ。

Eが大阪支店に行けば、大阪に行ったんだって。

話を後で聞いただけでも、よくそんな根気があるわ、と感心するくらい追いかけ回ったらしい。

そんな事を日本からの電話でチラッと聞いたから、Eに言った。

「伝さんに頼んで、付き合ってると言ってもらいな」

結局、締めくくりは、Eの友人の伝さん（おカマちゃん）のひと言。

「僕と付き合っているから手を引いてくれ」だった。

ピタッとストーカーは止まったとさ。アハハ。

とうとうEはおかまちゃん。

　……その後、

「鼻の下をのばすから、こっちがいい迷惑！　大変だったんだから」

と言っても、ニタニタ、ニヤニヤ。

「バカモン！　誰でもいいから早く結婚しな！　Eのどこがいいんだかと言っといたわよ」

……でも、彼女は気取らず、感じよく、ちょうどいいと思ったけど……

「誰でもいい、という訳にはいかない」と、Eは生意気な事言っていた。

🐱 人生相談

　もめごと解決は、社内だけではなかった。

スキーで仲良くなった仲間のＳ君、

大手の会社からパリに派遣されて、何年か滞在したあとに帰国。

その後、パリ在住のＳ君経由の仲間がやって来て、

「Ｓがパリで付き合っていたフランス人女性が来て、泣いているんだけど、どうしよう」と言う。

「そんな男女の仲なんか、他人は入っていかれない。そんなの解決できないよ。チケット予約してあげるから、日本に行かせれば？」

とチケット商売！　アハハ。

「だって、Ｓは日本に婚約者がいるんです……」

「そんな事知らないわよ！　帰国する時に自分で解決しなかったのがいけないんだから……私達に何ができるの？　何かできる？

今、初めて聞いて、私が彼女に会って、話を聞いてあげたとしても、

気休めにしかならないのよ……わかります？」

　納得して私の言う通りにしたけれど、

この男の友情関係の２人、東大の次に有名な国立大学の部活の仲間。

そんな事相談にくるな……！

大学で人間の生き方も教えてくれ！

その後、彼女は東京に行って戻ってきたようだ。

どうなったか知らない。

そんな事、自分で理解、解決しなければいけないの。

　旅行会社なのに次から次へと人生相談。色々あった。

これまた、フランス人女性と同棲しているスキー仲間がいて、

以前から別れたがっていた、

「別れたいんだけど……」と言うので

「家を出ればいいじゃない」

「別れ話をすると、自殺すると言うんだよ」

「死ぬ訳ないわよ！　まず別居！　部屋を別にしてんでしょう？」

「してない……」

「えっ！　してないの？　同じベッドで寝てるの？」

「うん……」

「ばっかじゃないの？　ほんとに別れる気があるの？　信じられない」

という状態の時に、別のスキー仲間のお姉さんがパリにやって来た。

　日本の有名画家じいさんが亡くなって、その『愛人だった』と自

分で言っていたので、そんな事言っちゃうんだ、と驚いた。

女丸出しの画家愛人は、別れ話をしていた彼に近付き、ストーカー。

彼は、初めは、まさか？　ふざけているんだろうと苦笑していたけど、

彼女の方は恥も外聞もなく人前で女をぶちまける。

「あそこまで女を出されたら気持ち悪いよなあ……」と他の男性も

言うほどの接近だ、ああいうのがプロの愛人かぁ〜と思える行動！！

そのうち本人はまんざらでもなくなり、傾いていった。

　そこから、私が巻き込まれて彼、彼の元彼女、画家の愛人、その３

人が毎日入れ替り立ち代わり事務所にやって来る。

一人ひとりお説教だけど……フランス人の彼女には、

裁判なら裁判で協力してあげなければならないかぁー。

……むずかしいフランス語の勉強？

やだなあ、と考えていたら、何の連絡もなくパタッと３人来なくなった。

いまだ会っていない。どうなったんだろう？

あんなに私の時間をつぶしておいて、そういうのありなんだ！

「Ｅさん！　女性関係はお金で解決してきてよ」と、ひと言。

しっかり聞いていたと思う。

ところがだ……ある朝、会社に行くと、

「病院に行って来る」と、Ｅが言う。

「ええッ？　珍しいじゃない、自分から病院に行くって言うなんて、

どうしたの？」と聞くと、

「男の勲章！」と、ニコッとして顎を突き出してななめ上を向き、

横目で自慢げに言う。

「ばっかか？　何やってんの？　ああ、やだやだ。早く行ってよ！

もーーッ」

＊

　Ｔと言えば、支店長になって私が入る前に結婚した。

「結婚して金儲けするんだ」だって！　こっちも本当にアホ！！

しょうがないから、式をするために日本へ帰る時、

常識以上のお祝い金をフンパツした。

パリへ戻って２人で家に来たから、

有り難うの挨拶があるかと思ったが、スカ食らった。アハハ。

本気で儲けたな……嫁からひと言あるかと思えば、それもない。

嫁に言ってないようだ。

　若い、かなり年下の自然の多い東京近郊の育ち。

まだ常識が何か、挨拶が何だかが、分からない素朴な女性だった。

この人に「はじめまして」「結婚しました。よろしく」と

挨拶しろと言っても……とあきらめた。

でも素直な子で、良かった、良かった！

だから、幸いにＴさんは女性問題で手間のかかる事はなく、

母としてはほっとする。

🐱 や！ だよねーッ

　干支が同じで、ひと回り若い同じ名前の仲良しが遊びに来た。
美人！
Eが、いつもは沢さんと呼ぶのに鼻の下を伸ばして
「みっちゃん！」と呼んだ。
反射的に2人で「はい！！」と返事。私は日本でみっちゃんだった。
でも、ここではお母さんと呼ばれてたんだっけ。
「美人の方！」　あれ？　何だその言い方は……？
オー馬鹿にしたな？
「はいはい！」2人瞬時に答える。
「若い方！」
「はいはいはいはい！」やはり2人同時。
Eは困ってんの。ウフフ、お気の毒様。

＊

　Jちゃんがいつもの明るさがなく、静かに遊びに来た。
「Jちゃん、元気ないの？　生理休暇あげるよ！」と
Eが早速ご機嫌取りの冗談。
「あらぁ、ココも生理休暇取れるの？」と私は即、質問！
「お母さんは、上っちゃっているからダメ！」と即答。
Jちゃんも皆も、笑わずにはいられない。

＊

　ある日、ATEの仲間がリピーターさんにご招待された。
しかし私が行くことに対して、Eの態度に腹を立てていて
「私、行かないからね」と言うと、そこで気づき、急にご機嫌をとる。
「行こうよ行こうよ、ね、行こうよ」と言い出す。『何が、ね！　だ』
と知らん顔していると、仕方なく集合場所のカフェへ。
すると、事務所の片づけをしている私の所へ入れ替わり立ち代わり

「行こうよ」「いかない」「行こうよ」「いかない」と、何人もお使いが。
他の人に迷惑をかけては……と、怒ってもいられずカフェに行くと、
EとJちゃんの生理休暇の話を知らない違うおバカ仲間が言う。
「カトーちゃん、機嫌悪いね。生理なの?」
「上っちゃってるもん!」とすまして言うと、
「ギャハハ」と笑いこけてカフェの隅っこまで、すっ飛んで行った。
Eの顔を見たら、いやな顔している。女がそんな話、下品という顔。
「だって、Eさんが言ったモン」
「バカ!」と言われて終わる、と気を抜いていたな! 甘い!
Eの立場なし。

＊

　Eのおかしな馬鹿話、笑えて楽しいから皆に話してあげていると、
「カトーちゃん、Eさんの事好きなんじゃないの? 結婚すれば」
とたまに来る人が言う。
「やーだよ!」と言おうと、「や」と瞬時に声を出すと、
「や!」とハモる声がそばでする。
「だよねーッ」と、たまたまそこにいたJちゃんと目を合わせ合唱!
ズーと付き合っていると分かるもんだ。「いや」を2人で確認。
Eもそこにいた。
どうしたらいいのか困ってんの……アハハ。人はいいんだけど……
なんだかなあ、もちろん彼にも選ぶ権利あるのよ。
　Eは15歳くらい年下じゃなかったかなぁ。
私はパリでの生活だけでなく、誰の個人情報にも全然興味ないので
何も聞いた事がない。自分から言わない人の歳は全然知らない。
私＝お母さんから見たら、Eなんて全くの子供よ。
　ちなみにEは、「女優の三林京子さんの初恋の人としてTVに出たこ
とがあるんだよーッ」と言っていた。
結構もてると思うけど、歳だけの問題じゃなく、私は御免!

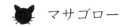 マサゴロー

「カトーさんのお尻、さわらせて」

「はいはい、2人のときにネ！」

その頃は自分で言うのも何だけど、10cmのヒールを履いた足は長く、

ジーンズのお尻がキュッと上って、振り向かなければ格好良かった。

私になついていた、マサゴローという猫でも犬でもない人間がいて、

挨拶代わりに毎回こう言うので、

男ばかりの会社では笑いにもならない。

彼は大手の会社の営業マン。

昼間からワインやビールを飲んで、運転していた。

その頃のフランスでは、酒気帯び運転は違反ではなかったから、

良しとして……仕事が終わると、我らの会社に入り浸り。

フランス人の奥さんに、子供さんもいる。

うまくいっていない訳ではない。ただ、和食を食べたい。

隣が日本レストランなのでやって来るけど、

早く帰らないと奥さんに叱られる。

フランスの習慣だから、しょうがないよ、と、

皆と夕飯に行きたいけれど、ちゃんと帰っていた。

　片や、帰らず、

一緒にE達と夕飯をしていくフランス嫁のいる人もいた。

「夕飯、帰らなくていいの？」

「ウン。帰ったって缶詰開けて食べるだけだもの……」

「ワハハ、馬鹿だねーッ。フランス嫁もらうから……」

と言われながらついて来ていた。

＊

　ある日、仕事を兼ねて一時帰国をしていて、パリに戻る時、

中学時代の友人をパリに連れて行く事になった。

パリには東京本社から連絡が行っていたのか……
　パリのシャルルドゴール空港に着いた時、びっくり！
3台の乗用車がお迎えに来ている。
Eの他、モンちゃん、Jちゃん、沢さん、マサゴロー、なぜかケンさん。
「この車、この車に乗って……」とEがマサゴローの車に私達を乗せ
ようとする。
「ええッ、マサゴローの車？　やだ！　やだよ！　私ひとりじゃな
いのよ。何かあったらどうすんの？　やだやだ！　酔っ払いの車に
乗らない！　やだよーッ！　タクシーで帰る！！」
いつもお酒を飲んでいて、いつも酔っ払い運転なの。
ひとりで酔っ払ってればいいじゃん。
「ねッ、ねッ。僕も乗るから……」
何がねッだか、何の慰めにもならない事をEが言う。
僕が乗ったらお酒が抜ける訳でなし、一緒に死にたい人でなし。
意味不明になだめられ、せっかくお迎えに来てくれたのだから……
という事だろう。その日は飲んでないと言う。
結局、仕方なく折れて、マサゴローの車に乗る事になった。
安全運転でたどり着いたけど……
乗った事もない車に、なんで大切な友達と乗らなきゃならないのか、
わからん。
有り難かったか、有り難くなかったのかも、わからん。
　　　　　　　　　　　　　　＊
　その後、私がパリを引き上げ、日本ベースの生活になって、
チラホラとパリ仲間ニュース（うわさ）が聞こえて来る。
マサゴローが離婚したそうだ。
　はあーん、やっぱりネ。原因はお酒！
　そしてまた、何年か後に、パリ仲間ニュース。
「マサゴロー、交通事故を起こして入院しているらしい……」

「えーッ、それでどうなの？　命は？」

「目をやられて、片目を取ったみたい……」

「ええーッ」……絶句。

離婚後ひとり暮らしで、酒びたり……と聞いていた。

「日本で生活できないの？　兄弟がいるって聞いてたけど……」と、

マサゴローの会社の日本支店の、親しくしている社員に電話した。

「生活の保障がフランスだから……無理みたい……」と。

先を考えずに成り行きの生活しているから……

なんともならない人生にしてしまった。

　次にパリに行った時、マサゴローに連絡をとってみた。

すぐ会いたいと言う。

けれど私はスケジュールびっしりで時間がない。

電話だけで終わらせようと思ったのに、

「帰国は何日の、どの飛行機？」と聞かれ、

答えると、Airportに行くと言う。

シャルルドゴール空港で何年か振りに会う。

見た目もしゃべり方も変わりがなくて、ホッとする。

「大変だったみたいね。今どうしてるの？」

「国の補助受けている。」

「まったく！　言ったこっちゃない！」

「日本で生活できないの？　兄弟がいるって言ってたじゃない？」

「生活の保障がフランスだから……」誰かが言ってた事だ。

同じ事しか話題がない。

でも、結構明るくしゃべっていたので、多少、気が楽になる。

「ねえ、ねえ。カトーさん！　目玉外してみようか！」笑いながら言う。

「ばかばか。やめてーッ……もーッ」

ロビーだったからではない、どこにいても見たくない。

悲し過ぎる笑いだ。

「じゃあね。またね。会えて良かった」と出発時間がきて、別れた。

マサゴローもニコニコしてた。

会えて良かったみたい。

よくAirportまで来てくれたなぁ……

ほんの短い立ち話だった。

旅行事務所の仲間も、みんな日本に引き上げちゃったから、

パリに友達いないんだろうなあ……

＊

　そして、何年後か。仲間ニュースが届く。

「マサゴロー亡くなったんだって」

「そォ……」その時は、なぜか覚悟をしてた。

今、思い出して初めて涙が出る。何もできなかった。

最後に会ったのはAirportの立ち話。

初めて２人だけだったのに……

「おしり、さわらせて」の挨拶なかったな。

思い出がおかしかったり、悲しかったり。

　そう言えば、沢山仲間がいる時、

いつものように

「お尻、さわらせて」と入って来た。

「さわっていいよ！」

と冗談で皆の前で、

ジーンズのお尻を突き出したら、

「そう言われるとナぁ」だって。

せっかくのチャンスを！　アハハ。

もう、マサゴローもいないし、

プリプリのお尻もないし……

淋しいよ。

Y女史

　私より10個くらい年上かなあ、
年に何度もAirを利用してくださるリピーターのY女史と仲良くなって、
毎回食事を誘ってくださり、よく2人だけで食事をした。
　日本でかなり流行っていたお店を経営していて、
もう少し向上しようとパリへ修行に来たけれど、
バッグの買い付けに転向し、また、それも軌道に乗っていく。

＊

　まだ私が旅行会社で働く前、突然Tが家にやって来て、
「カトーさん、Yさんって知ってる？」と
狐につままれた様な顔をして聞く。
「知らな……い。なんで……？　どうしたの？」
「お金を貸しちゃったJ
「やだ、私の名前言ったの?」
「そうじゃないけど、Tさんって名前呼ばれて……僕知らないけど、
カトーさんの知り合いかと思ってさぁ。『Tさん！　800フラン貸し
て！　そうしないと帰れないのよ』とAirportで声をかけられ、知ら
ない人だったけど、貸したんだ……」
荷物の超過料金とのことだ。
「やあーだ。知らない！　やめてよ、知らない人にお金貸すなんて、
私の知り合いだったら、前もって言うけれど……とっさだったのね」
　ATEではパリにある旅行関係の支店、出張所、あらゆる旅行会社の
お客様を集めて1つの団体ツアーにし、日本に安く送り出す。
ツアーが出る時はAirportへチェックインの手伝いに
Tが行くことになっていた。その団体のお客さまだったのだろう。
その女性にしても見ず知らずの人に、お金を借りる訳がないので、
ATEの人間と思って声をかけてきたようだ。

案内書に（係りT）とでも書いてあったんじゃないの？
彼女のあまりのせっぱ詰まった表情に、
何の保障もなく貸したようだけど……かなりな額。
しょぽんとして我が家から帰って行った。

　そして何日かして、Tがまたやって来て、
「会社の前をさあッ、ガッチリした男の人が毎日のように来てさぁ、
行ったり来たり、うろうろしてる。なんだか嫌だなぁと思っていた
ら、何日か目にやっとその人、中に入って来て、『Yさんが借りた
800 Frを返しておくよう頼まれて返しに来たんです。有難うござい
ました』と帰って行ったんだよ。ほっとしたけど、訳が分からなかっ
たから怖かった！」と言う。
ズウ体でかいのに、気が小さくて入ってこれなかったのかと、
笑っちゃった。

　そのYさんが次にパリへ来た時に挨拶にみえ、それからTの顧客に。
「いい人でよかったね、お金が返ってきて、お客が増えて」
リピーターになり、ATEの仲間になっていき、後々まで仲良くして、
彼女がフランスに来るのを待ってスキーへ行ったり、
会社の忘年会の日を決めたりをするぐらい仲良しになる。

＊

　怖いと言われた男の人は、柔道をやっていてがっちりした体格。
その後毎日集る仲間になって、草野球のメンバーになった。
そんな買い付けの仕事では、私が使い込まれた額の何桁も違う
大きなお金を持ち逃げされた事もあったので、
彼はパリの連絡先兼彼女がパリに来た時に泊まる部屋の管理など、
彼女の信用している用心棒って言うところかな。

　その買い付けの仕事もピークを過ぎて、
何か別の仕事をしたいと考えているようだ。
「旅行会社しょうかな、と思っているんだけど、どう？」

と2人で食事の時に聞かれ、

「ディスカウントの旅行会社もピークを過ぎたし、利益少ないのよ。
うーん……今ね出入りしていた仲間で、労働許可証を持った板前さんが日本に引き上げたから、その人に戻ってきてもらって和食のレストランでも開いたら？」
私はそう言ってみただけで、Y女史は日本で四方に手を回し、
パリサイドでも出入りの仲間の協力などで、
1年位で法的にもきちんとした和食レストランを開店した。

＊

　パリに住居を構え順調。
小さなカウンターだけのお店だったけれど、
きちんとしたものを出していたので、パリ？　フランス？　の新聞に、
雑誌に、色々な所にニュースや記事として載って、
広告や宣伝なしで、芸能人やら、政治家やら、有名人が
お忍びでもなく、普通に出入りするお店になっていく。
彼女は結構雑誌をよく読んでいたので、
フランスの著名人の顔を知っていた。
予約なしで来店しても、失礼のないよう挨拶し、
応対、接待、できたのだ。すばらしい！
商売するって人の顔を覚えること、これだなと思う。私には出来ない。
　そう以前、もう名前を日本で聞かなくなったモデルさんが、
大手の会社社長のパリサイド夫人として滞在していた時、
免税店でお買い物をして、私が伝票を書くことになった。
何かつんつんお高くとまった横柄な言い方で指図するので、
伝票に記入する時
「すみません、お名前を……」と聞いたら、
ぷりッとどこかに行っちゃった。営業に言いつけに行ったの。アハハ。
そんなに偉そうに、お高くとまっているのなら、

こんな店で免税額より安くおまけしてもらって買わないで、
本家のブティックに行って、定価で買って来ッ、よ。
私の店じゃないから、知らない振りして、
丁寧にだけど、お名前伺いましたけど……
自分の店だったら、名前知らなきゃいけないのだと思う。
程度の低い有名人には、長い間日本を離れていて、
日本の有名人知らない、でいいのよ。
Y女史はお高くとまった人も、お高くない人にも上手に応対していた。
自分の店だものね。
そんな何も問題なく順調に物ごとが運んでいるのに……
私は彼女の心の不安定を感じていた。

*

　離婚暦があり、成人したお嬢さんがひとりいる。
でもY女史は、幾つになっても女なのだ。
ある時、カフェのカウンターで女史と立ち話をしていると、
私の仲良し友達夫婦が
「会社へ行ったらここに居るって教えてくれたから」
と久々に訪ねてきた。
カウンターに横並びで一緒に立ち飲み、おしゃべりしていると、
「うらやましいでしょう……」と耳元で女史の声。
「えッ何が？」と顔を見ると、目と顎で友人カップルを指す。
「なんで？　私の好きな人でもないのに……？」
「……」
そんなことがあった後々。
バカボン社長が、用心棒とY女史が一緒に住んでるのを冷やかした。
「広い部屋を借りているのだからいいじゃない。そういう冷やかし
はやめてよ！」
と怒っても、いつも冷やかし……ほんと、田舎っぺなんだから。

そのうちに、女史が私にその用心棒と結婚すると言う。

「あらそう、良かったわね」としか言えない。

どうでも良いけど20歳も違うと思うよ……

お金に余裕があるので、高級な物を身に着けていたけど……

歳は歳だから……

そういう人生があってもいいけど……幸せならね……

　で、その頃に私はパリを引き上げ帰国をしてしまった。

年に1度のパリ行き時に、お店に立ち寄りはするけれど、

毎回、お互い忙しく、Y女史と2人で食事の時間がなく帰国。

＊

　年月が経ち、Eからだったと思う。電話が入った。

「Y女史が日本で、入院している」と言う。

あわてて、お嬢さんに連絡すると、面会謝絶と言う。かなりの重体。

「カトーちゃんが行っていいか聞いて」と言うと

「カトーちゃんならいい」と返事がくる。

行ってみて、彼女はというと、話すことは出来た。

しかし、やせ細って……聞きはしなかったけれど……難しいかな？

ひとり娘のMちゃんが24時間付き添っていて、疲れた顔をしていた。

「少し休んでいいよ、しばらくの間、私の時間のある日に交代して

あげるから……」と初対面のMちゃんに言って付き添うと

女史は、ぼそぼそと私の帰国後のパリでの生活を

問わず語りに話しだす。

　具合が悪くて休みがちになると、可愛がっていた年下の男性に、

怠けてるとしか思われなくて

「ババア、ババアと呼ばれるの」と。

私は、おばんとかお母さんとか言われても平気だけど、

彼女は女だからねえ、傷ついたと思う。

あ、あ、あ

「何にもいらないの……」と言い出す。
沢山稼いでいたのに……こんなになるまで働いて……
いらない物のために働いて……
お店はどうしているのかと思っていると、
板前さんが帰国して、付き添ってくれる、と言う。
ということは、お店を閉めているということなのだ。
　一番付き添わなければいけない、ババアと言ってる人は
その時日本にいない。
まあ板前さんとMちゃんでどうにかなりそうなので、
私は行かなくてすんだけれど。
　どういう生き方が幸せなのだか……
ボーっと窓の外を見ると、なんと、何十年も来た事がなかった私の
本籍地が、子供の頃よく遊んだ広い道を挟んで真下に見える。
身内は住んでいないけど……
そうか。東京第一病院だった所が建て替えられて、
国立の国際医療研究センターになったのか。
住所は近いと思ったけれど、ここの真向かいなんて……地球は狭い！
＊
　しばらくすると、亡くなったとの連絡が入り、
Mちゃんから来て欲しいと電話がくる。
Mちゃんの借りてるマンションを、探し訪ねて部屋に入った時、
部屋中いっぱいの、ブーケに使われる白い花々に囲まれて、
眠りの森のお姫様のようにY女史が眠っていた。
Y女史らしく高級な花に包まれていた。菊やカーネイションではなく、
胡蝶蘭やカサブランカ、大小各種のバラ……etc.
こんなに沢山の種類の名前の知らない白い花があるのだ。
顔に白い布はなく、紅をさした横顔はいまだ息をしているようだった。
顔に布をかけなければ、不気味さがないと思った。

　Mちゃんはパリの交友関係を知らないので、

受付をやって欲しいと頼まれ、承諾する。

そして、当日。夕方から受付が始まったけれど……雪が降り出して

交通渋滞……

パリの仲間の多くは引き上げ、帰国していて日本に住んでいた。

遅れながらも、ちらほら集って来る。

飾った献花の名前を見ると、同居男性の名前がない。本人もいない。

「どうしたの？ JとEに聞くと

「今、羽田に着いてこっちに向かっていて、渋滞にひっかかってい

る」と言う。

「何？……日本に居ないの？　付き添いもしないで……？」

意味が分らず

「とりあえず彼の名で、献花しておかなきゃおかしいでしょう

……」とEに指図。

　後で徐々に知るのだけれど……

Y女史は同居人ともめていて、

彼は来るの来ないの、やっていたらしい。

それを知らないから献花の指図だの、日本にいないで……だの、

ぶつぶつ……

遅くなったけれど、パリ時代の仲間たちはそろった。

ただその日の夜、その場から私は立ち上がれなくなってしまって、

タクシーで帰宅。

翌日の式には出られず、受付は誰がしたのだろう？

私は、何時間も雪の外気そのままのコンクリの吹きさらしに、

スカートで座り続けて、坐骨神経痛、つながって椎間板ヘルニア。

今まで入院していた神経の病院にまた長期入院！

＊

　同居人は、共同経営になっているだろう一人娘のＭちゃんと
相続問題でもめてるようだ。
それで「何もいらないの」と言っていたんだな。
実情を知らないのでどちらにもつけず、
連絡出来るのはＭちゃんの方だけど、
何も助けてあげることが出来ない。
「結果はどうあれ、ママの意思でココまで来たのだから、大変だけ
どあまりもめない方がいいよ」
としか言えなかった。
　あれからもう20年以上も経つのかなあ。
２人共、別々にパリでレストランを経営していたけれど……
私はＹ女史とのつながりだけだったので、全然うわさも入ってこない。

　ちょっと思い出した。
お通夜の時に、Ｙ女史の妹さんと初対面だったが、
私のことを聞いているようで挨拶された。
色々話がありそうなので
「かなり遠いけど動けないのでタクシーで帰るから一緒に乗っ
て、うちに泊まれば」と連れて帰る。
そこで初めて細かい状況を知った。
病気のことも、何年か前から体調が悪かった様だ。
妹さんは年相応のふくらみを持った体型だったけれど、
Ｙ女史は若い時から太るのが嫌で、下剤を毎日飲んでいたんだって。
「体に悪いよネエ」と言っていた。
それじゃあ、骨やられるっと納得した。
しあわせって、何だろうね？

🐱 名前を使われて

　詐欺。これはATEに入る前の事。立ち寄ると……

「カトーさんから、ここで借りるようにと、○○という人が来たからお金貸したけど……返してくれない？」と、私が紹介した女性。あのメトロで行ってタクシー代を請求した人。

「○○？　誰それ？　そんな人知らない。なんで貸したの？　私がもし貸してあげてとお願いする時は、私から連絡するもの。そういう時は保障するけど、それ以外は私の名前を言ったとしても、私は責任もてないし。知らないわよ！　そんな簡単にお金を貸さないで！」

「だってすぐ返すと言うし……」

「そんな事、誰だって言うでしょう。名前は？　住所は？　連絡先は？」

「……聞いてない……」

「何それ……信じられない！」

彼女を辞めさせて正解。

誰が弁償したんだろう？

それにしても、私が勤めている会社じゃないのよ。普通貸す？

本当に信じられない！

この会社と私が親しい事を知ってる人。偽名を使ったのか。

その頃の額で2、3万円。

＊

　6区に越したある日、知り合いの女性が行方不明になったんだって。

「ここにいないか？」

と、夜中1時よ。知らない男の人が家に来た。

「ええっ、いなくなったの？　知らないわよ」

「隠さないで教えてください」

「知らないわよ。なんで隠さなきゃいけないの？　どうしたの？最近会ってないし……夜遅いからあしたにしてくれる？」

とドアも開けずに帰ってもらった。

翌日、職場に出るとミャーコが何も聞いてないのに……

「カトーさんの友達だけど、泊めてくれる？　って来たから、おと
といから泊めてるよ」

「やだ！　頼まない事やめて！　お願いする時は私が先に言うか、
手紙を持たすわよ……もう泊めないで。いい年こいてるんだし、ホ
テルだってあるんだから」

本人には、その時もその後も今も会ってないけれど、

人づてに聞こえてきて、その男性から逃げてたみたい。

私の所に来ると怒られると思ったんじゃないかな。

「誰々さんちに泊めてもらった。有り難う。すみません」

だろ？　だろ？

挨拶にも来ない！　人の名前を使うなよ！

🐱 当り前のことに感心

　学生の旅行者の男の子がカウンターに来て、いきなり言う。
「お金がないので貸してください」
「ここはそういう所ではないのよ」
「ちゃんとお返ししますから……」
なんだかんだと話をしていて、飛行場まで行くお金がないだったか、
もう忘れたけど……うちのお客さんだった。
「会社のお金は貸す事はできないけれど、会社のお客様なので、ポ
ケットマネーで100フラン貸してあげるから、返してよ。私だって
お金ないんだから……」と貸した。
　すると帰国後にちゃんと手紙を添えて送ってきた。
返ってこないと思って、あげられる額を渡したので、うれしかった。
これは当たり前の事だけど……
本当に世の中、当たり前が、当たり前ではないので、
その一度しか会った事のない男の子に感心した。
そういう記憶もある。

影の応援者

　ある日、誰かの紹介で知らない女の人が屋根裏に訪ねてきた。
若い人だった。何かと思ったら、人生相談。
なんで知らない人の相談までしなきゃならないのか分からないけど、
来ちゃったものだから、とりあえず聞いた。
内容は覚えていないけれど、
結局、パリのひとり暮らしで寂しいという事だったと思う。
それなら簡単よ。
「○○宗教に入ると、毎週勉強会をしているみたいで、お友達がで
きるみたいよ。それとも、安いチケットを紹介してあげるから、日
本に帰ったらいいよ」
そう話して、帰した。
　何年かして○○宗教の知人に、
「カトーさんは影の応援者なんだってね」と言われた！

🐱 社長と思われて

　今、パリには日本語の無料新聞があって、人生相談以外は電話で
解決するけれど……その頃は、今ほど中身のあるものではなかった。
それまで家に来ていた相談事……旅行案内はもちろん、人生相談、
不動産、仕事探し等々、何でも事務所に舞い込むようになった。
日本へ引き上げ帰国した友人の知人達も、
パリに着いたらカトーさんを訪ねるように言われて来る。
それでも、私の中の情報コントロールだけでどうにかなった。
今考えると、自分でも信じられない。
仕事として手数料をとっていた訳ではないけれど、
皆、ATEのお客様になる。

　友人の昔話。
パリからずーと離れた南仏のマルセイユに住んでいた頃、
「日本へのチケットはパリのカトーさんに」と言われた人がいた。
「何て言う名前の人？」男性だったけど、思い当たらなかった。
パリの関所？（ATE）に3人しかいず、
そのうち、女1人なものだから目立っていたのでしょう。

＊

　一時帰国して、青山に本社があったので歩いていると、
前の方からヤクザ！　そういう時は、目を合わせないように
下を向いて歩く。すると、すれ違う時に
「あッ、カトーさん！　お宅からチケット買って来たからね」
と声をかけられたが、立ち止まる事なく、通り過ぎて行った。
びっくりして目で追うと、その頃、はやりのレーバンのサングラスで
気取ったつもりがヤクザに見える、大手デパートパリ支店営業部長！
「あらッ、Vさん！　ありがとう……」
背中にお礼を言う。

歩いている周りの人が振り返り、見て行く。

顔もスタイルもパリ仕込みでカッコいいのに……レーバンがねえ。

いちいち断わらなくても……

どこで買ってもいいのに、私って怖いんだなぁ……ニヤニヤ。

うちのチケットで飛行機乗らないと、パリに住めないのかも……

＊

　パリへ戻ろうと飛行機に乗り込み、

エコノミークラス大部屋の前方に座ろうとすると、

どこかで「カトーさ～ん」と声がする。

振り返ると、大部屋の乗客全員が私を見てる。

私は前列にいるから、皆は頭を上げれば私が見える。

呼んだおじさん、お得意様の社長が、後ろの方で手を振っている。

しょうがないから手を振ったけど、

「用事があったの？」と後で聞いたら、

「ただ呼んだだけ……」だと。

「あの人はカトーさんだよ」と、公衆の面前にさらされたことになる。

もう……やめてよ！

＊

　あとあと、いろんな人から。

「カトーさんが社長と思っていた。違ったの？」と言われた。

あんな安給料の社長なんていないわよ！

どこでも男の半分以下の給料で働いて、一切文句は言わない。

なぜかと言うと、いつでも辞めたいから……

スキがあったら辞める気満々！

それで辞められたら困るので、皆が言う事聞くのよ。

それで社長に見える。アハハ。

🐱 販売相談：ウナギの蒲焼

　　リピーターのお客様から、彼らも頼まれた相談事があるという。
「地中海でまぐろを獲っている船でウナギが沢山獲れて、
船上で蒲焼を作っている、どこか売る所を知らないかなぁ？」と。
その頃、和食のお店は少なく、ウナギの蒲焼なんぞ、
めったにメニューに上がらなかった。
その話もコンスタントにある訳ではなく、30〜50食分位だったので、
「私が売ってあげる。ここに持ってきて」と、知人や団体に電話して、
「10人前以上の注文だけ！」と条件を付けておくと、
1時間も経たないうちに完売！
「カトーさんって、どう言うひと……？」と、お得意様はびっくり、
大喜び！　それを繰り返しているうちに、ATEは旅行会社なのに
「ウナギ、まだぁー？」という電話が入るようになった。
これは、会社も個人も全く利益のないボランティア。
お得意様が日本へ帰国する時、
ウナギ販売のお礼と言って、高級レストランに招待していただいた。
　　ちなみに、隣の和食店にはめったにウナギは入ってこない。
たまに入ると、オーナーが言いに来てくれる。うな丼しかないけど。
どんぶりの蓋をとると、ご飯の上に開いたウナギ一筋！　大蛇？
味はパリだからパリなりに満足の味。

＊

　　ウナギの蒲焼を持って来られるお得意様が、
まぐろの皮を持って来てくださった事がある。
「ひえー！　こんなもの食べるのー？」
「酒のつまみにおいしいよ。細かく切って、フライパンで炒める」
とか言ってらしたような……
しかし、美味しかった記憶はない。上手に料理できなかったかも。

🐱 楽しかった日々

　事務所に出入りしている仲間達は、時々ゴルフに行った。
女性はJちゃんと2人、私達女性はゴルフはしない。
皆のお弁当を作って持って行く。
あの頃は、ゴルフをしない人もゴルフ場に入って
どこででもピクニックができた。
のちに行った2000年代でも大丈夫だったので、
今も大丈夫かもしれない。
Jちゃんと2人で、コース脇の茂みに囲まれた草むらに
シートを敷いて、おしゃべり。
大声で馬鹿笑いしていた。すると、
「ウルサーィ！！」
と、どなられ……初めて他のプレイヤーがいたことに気づく。
邪魔してしまった。
お互いに姿は見えず、声だけ。
そう、日本の会社が経営するゴルフ場で、日本人しかいない。
「すみませーん」と謝って、草むらの木立から透かし見ながら、
静かに息をつめてそのプレイをながめていた。
そしたら、ポチョッとその人の前にボールが落ちた。
不謹慎で申し訳ないけど、止めていいた息が一瞬に噴き出して……
「プーッファ　アッハッハ」
その人どうしたって？
知らない。
ほんとにごめんなさい。
多分商社の方達……本当に失礼な話でした。
私達はE、モンちゃん、ハルちゃん、あと誰だったかな？
ゴルフが終わった人達が集まって来て6人で宴会。

＊

　また、パリ市内の日本人グループ、草野球チームが幾つかあって、
たまに試合していた。
いつも応援に行くけれど、
その時はシャトレ劇場のバレーのお誘いを受けていて、
「応援と時間がずれていたら、行く」と返事を保留していた。
「あしたの試合は何時に始まるの？」と聞くが、返事がない。
「何時？」と、もう一度、同じ事を聞く。
Ｅと試合をするいつもの仲間が１人いたけど、返事がない。
なぜ黙っているのか分からないけれど……まあ、いつものこと。
ただあした、どっちに行くかの問題があったので、３度目……
「ねえ、何時に始まるの？」　それでも、返事がなかった。
よくまあ黙っていられるなあ……笑っちゃうくらい返事がなかった。
３度聞いて返事がないのだから、行かなくていいなと、
シャトレ劇場に行く返事をした。
　そして、翌日。お稲荷さんを沢山作って、
他の人に聞いた時間に集合場所へ届けに行った。
「えッ、カトーさん行かないの？」と、モンちゃん。
「うん。きのう、なんじに始まるの？　と３度聞いたけど……返事し
ないから、シャトレのバレーを観に行く約束しちゃった」
「えッ、それはない、カトーさんに教えないって事ない！」
Ｅは下向いちゃった。
「Ｅさんだけじゃないの。もう１人いたけど、２人共返事がなかった
から……ごめん！　今からシャトレにいくから」
「ダメだよー、カトーさんいなくちゃー」と、背中に声を聞きながら
バレーを観に……多分２人共下向いてたんじゃない？　アハハ。
仲良し友達とすてきな劇場で本場のバレーを観て、
教養を身につけました。

＊

　私が休みをとってドイツの美術館を廻っていた時、
ちょうどミュンヘンのビール祭りの最中で、土日に皆を呼び寄せた。
ドイツのでっかいおばちゃんが、
ぶ厚いガラスの1リットル入りジョッキを片手に4つ5つ、
8～10ジョッキ以上、お腹も使っていっぺんに持って来た。
でかいジョッキでビールを飲んだな。
「せっかく車でここまで来たのだから、ノインシュバンシュタイン
城を見た方がいいよ、きのう行ったけどすばらしかったから……」
と、口が回らないのにやっと言えたお城に案内したら、
「いったいこのお城のどこがいいの？」と。
「もうッ、バカバカ。最低！　私は2回も来なくてよかったのに見せ
たくて来たのに……」
ビールしか頭にない！

＊

　また、冬には車2、3台でスキーに行った。
その頃、日本に住んでいたY女史も日本からやってきて、シャモニー、
モンブラン、オリンピックの会場になった所など。
スイスやフランスの山々へ。
すごいよ、山脈が国境になっているのでパスポートを持って行く。
山で迷って、イタリアへ滑り降りてしまうこともあるみたい。

＊

　事務所を開放して、忘年会！　Y女史が日本から来るのに合わせて
日にちを決め、仕事が終わる時間に仲間が集まった。
仲間がギターを持って来て弾いてくれて、皆で歌った。
私も今は歌詞を思い出せないけれど、ギターに合わせて
『カスバの女』を歌った。それからだ！
どこへ行っても『カスバの女』を歌え歌えとうるさい！

🐱 盗難チケット

　何年かズーとATEが、あるエアー会社の仕入れを独占していて、
忙しくなり、よく事務所に来ていたモンちゃんに
社員として働いてもらう事になった。
ところが、その時期くらいから競争会社ができて、
うちは利益を乗せていないから、うちより安くすると赤字になる。
それでも安く売り、資本をかけて潰しにかかってきて、
かなりわずらわしい。
　一方、ロンドン支店。
支店だけれど会社の設立者兼出資者がいて、
東京が本社、社長も東京なのに一番権力があるのはロンドンだった。
そのロンドンの指示で格安チケットを売るよう、連絡が入った模様。
私は仕入れの事はまるっきりタッチしてないので、
すべては後で知る事になる。
東南アジアで仕入れた、とか言っていたような気がする。
「大丈夫なの？」とTが何度もロンドンに聞いていたのは知っていた。
「どうしようか？」とも聞かれなかったし、
「どうしたの？」とも疑問に思わなかった。
それをTは、得意先の旅行会社に卸売りした。
卸した会社がお客さんに売り、そのお客さんが東南アジアで捕まった。
そこで初めてTは、盗難チケットと知ったのだ。
インターポール？　がやって来る。
Tは何も詳細は知らないのだ。
ロンドンで解決すべき問題なのだから、堂々としていればよかった。
ロンドンを調べれば一目瞭然の事なのに、
面倒な事になるのが嫌で、Tは家族で引き上げる。
私の全然知らないところで動いていた様。

家族で空港にいる時に捕まったんだって……
余計に面倒になった！
何してんの？　サッパリわからん！
ロンドンや東京と連絡をとっていたようだけど、
みんなインターポールに筒抜け。
事件の確定前に国外に出られると困るので、Tはしばらく拘留され、
起訴されずに出て来たけれど……
もう、ややこしい事やめてよ！
私ひとりの時に、インターポールが来て英語で何かしゃべってた。
時々分かるような事を話すので、うっかりニッとしたら、
「この人、英語分かっている」なんて言っていた。
何か聞かれたら答えてあげようと待っていたけど、
何の質問もなく、帰って行った。
　その後しばらくして事務所を閉め、自宅待機だったので、
これで私も辞めて日本に引き上げようと、Eに伝えると、
労働許可証が必要だから会社を辞めないで欲しいと言われ……
「じゃあ、ほとぼりが冷めるまで東京にいるわ」と言って帰国。
東京本社勤務する気はなかったのに、何ヵ月か通勤させられて、
もういや！

＊

　日本にいる時に、Tが帰国した。何人かでAirport（成田？　羽田？）
まで車で迎えに行って、奥さんやお子さんが身を寄せている彼女の
実家まで皆で送って行った。
東京都に隣接する県だったけど、おかしな事に思い出すのはただ1つ。
お寿司の出前をご馳走してくださって、皆の前に寿司桶が置かれた。
それを見た時、のけぞった。
ええっ！　ひと握りの大きさが、とんでもなく大きい！
帰りの車の中でも、お寿司の話でもちきり……

「すごかったね、1個1貫でお腹いっぱいになっちゃうね」

今、私の食べる、回るお寿司の4倍ほどあった。

鮪は一匹乗っていなかったけど……

お握りの様なご飯にアナゴ1匹が乗っている。そんな感じ。

その大きさの握りが寿司桶に、種々……

＊

さて、パリからお呼びがかかって、

事務所を開けるようになったから、帰って来て！……と。

帰パリして仕事をしていると、ちょいちょい、

うちを潰そうとしてる旅行会社の男の人が出入りする。

じゃまくさい会社ができたなあ、くらいで行った事もなかったから、

どういう人達が働いていたのか知らなかったけど。

細い顔に前歯がなく、肩より長い髪の毛を真ん中から分けて、

挨拶もなく、紹介もない。

汚い笑い方するから、名前も聞かなかったけど…… Cと言うらしい。

なんで出入りするようになったのか、少しずつわかってくる。

こういう事らしい。

語学が堪能、日本の代議士の甥らしい。

そのつながりかどうか不明だけど、Tの保釈に尽力してくれた。

資本をどこからか持ってきて、Tの保釈金を出してくれた。

すべて、私の留守中の事。

＊

Tはそのまま日本勤務になったけど……パリ支店は落ち着いてきて、

結局、元の独占状態！

しかしなぜか、資金繰りが悪くなる。

経理をしていて、どうしてだったか記憶にない。

保釈金の返済だったのかも。

お給料が出なかった訳ではなかったけど……余裕はなかった。

🐱 カジノでボーナス

　そんな時、Eが自慢のポーズ、顎を上げて、横目で私を見て
「モンちゃんにカジノで勝って、ボーナスあげたんだー」と言う。
「へーッ、私には？」
言われるとは思ってなかったみたい、アハハ。
「お金ないもん！」それも顎上げてる。自慢かい？
「軍資金出すから、行って来てよ！」と言うと、
「負けたらどうするの？」
「負ける気なの？　気合が足りない！　そんなの、もちろんEさん持
ちに決まっているじゃん！」私はボーナス、なし！　アハハ。
　モンちゃんは、いつも幸せそうにニコニコしていた。
私が書き損じた紙を、後ろの遠くにあるゴミ箱に丸めて投げた。
入らなかった。
モンちゃんがゴミの落ちた所まで行ってくれたので、
私は前を向いて仕事に戻った。すると、目の前に丸めたゴミが……
顔を上げてモンちゃんを見上げると、
「やり直し」と、笑って言う。
入るまで努力したヨ～～～アハハ。

　ある時、男性フランス人のお客様数人。Eが対応。
その中の1人が見たこともない整った人で、こういう人を容姿淡麗と
言うのだなぁ、帰るまでボーッと目で追っていた。
すると、しばらくして私の机にその男性のポートレートが飾ってある。
「どうしたの？」と、モンちゃんに聞くと
「珍しくカトーさんが気に入ったみたいだから、もらってきた」だって。
ありがたい。アハハ。モデルさんだった。
あの写真、どこにいったろう……

🐱 乗っ取り

　　結局、お客様は人間のつながりで、ATEに来る。

資本をかけて、うちを潰そうとしていた旅行会社は、

お客がいなくて潰れそう。

それが……頻繁にCが出入りしていて、合併の話が出ているらしい。

そもそも、きちんとした組織で働いた事のない人達の、

旅行会社ごっこみたいな会社。

何の説明もなく、Eを何かの用事で日本に送り出したあと、

Cの会社の社員4人がドドドと、やって来た。

「ここで働く」と、Cが言う。

「働くのはいいけど、4人にお給料払えないわよ。私辞めるけど、私

の安い給料だと女の人1人くらいしか無理だと思うよ」

「カトーさんは辞めたら困る」と言う。

全部引き継いで辞めるつもりで、1人だけ残る。

モンちゃんは日本からしょっちゅう来ていた

旅行会社の社長に気に入られ、望まれて転職して日本勤務。

お坊ちゃまお坊ちゃまして、ATE東京本社で勤務できるかなぁ、と

Eと話していたところだったのでほっとした。

私はどうしたら乗っ取られないか、どうしたらC達、皆が働けるか、

などなど考えていた。

結局、Cの子分で20歳くらいの

頭の回転のいい男の子、トシと3人で会社を続ける事になった。

帯状疱疹

　Cの出入り頃から、背中にかゆみを感じ、

何かに刺されたみたいに、なかなか治らない。

蚊だと1日、蚤だと2〜3日、蟻だって1週間とか。

ところが、何日経っても痛みが加わるばかりで治らない。

だんだんと、痛かゆい筋が3cm、5cm、10cmと伸びていく。

鏡で見てみると、なにこれ？

気持ちの悪いケロイド状態。

「ちょっと、背中見て！」とJちゃんに見てもらうと

「うわッ、ヘルペス！　帯の様に身体をひと回りしたら死んじゃうっ

てよ。神経の病気だから、半周でおさまるのが多いけど」

「ええッ、ほんとなの？　なんでわかるの？」

「だってかかった事があるもの……」

「いつ？」

「小学校4年の時、親の離婚問題で……離婚しなかったけど」

「ヘェー小さいのに、神経使ったんだ……」

「看護婦さんしていた人を知っているので聞いてみる」

ヘルペスかどうか見てもらうと、間違いなく、そうだと言う。

「どうしたら治るの？」と聞くと、

「神経を使わない事」だそうで、本当に真剣に会社の事考えていたけど、

考えてみれば社長じゃないし、安給料の雇われ人。

乗っ取られても私には関係ない、と気が付いた。

本当に何も考えず、聞かれても、もうひと通り教えてあるので……

「私病気だから自分達で考えて」となるべくタッチしないようにした。

今、考えると、外見上は帯状疱疹とは分からないし、

「病気だから」しか言わなかったから……仮病と思われていたろうな。

すごいですねえー。本当に神経の病気なんですねぇ。

仕事の事、乗っ取りの事、卑猥なCの出入り……

せっかくここまで育った会社なのに、

パリ支店の評判がどうなってもしょうがない、関係ない！

何も考えずに1週間。

ケロイドが進まなくなって、かゆみがなくなり、痛みがなくなって、

いつの間にか完治した！

　　カウンターにお客がみえると、Cが出て来て、下品な笑い方で

チケット売るのに何で？　　というような卑猥な会話をするので、

ガラッと事務所の雰囲気が変わってしまい、

今までの仲間達は寄り付かなくなった。

「私が代わります」と、接客を交代していたら、

「カトーさんは出たがり屋だからね」とCに言われ、ムッ！

出たくないよ！　　と心の中。

一緒に働いている事が気持ち悪い。完全に辞める決断をする。

トシは何でも教えると覚えが早い。

トシに教えて、辞める段取りができた。

ただ、今考えると、1年も経たないうちに

トシは日本の本社で働いていたと思う。

ということは、パリのATEは1年も経たずに潰れたのだな。

　　その頃、円が強くなり、フランス・フランの価値が下がってきて、

フランの収入では日本に帰れない。

引き上げ時、日本をベースにパリにまた来ればいい……

と部屋も引き払って、帰国を決意。

辞める話をして引き上げる段取りをしていると、

日本本社から社長が来て、

「本社の経理が、Dさんが原因で5ヵ月に3人も（3ヵ月に5人だっ

たかも）辞めてしまった。カトーさん働いてくれないか？　頼む……」
と言う。
「ええッ、また働くの？　Dさんとはどうって事ないけど……」
Dさんは、パリ支店設立時に
Aの所に泊まって、事務所探しをしていた人で、
Aがしょっちゅう連れて来て、うちでご飯を食べていたから知っていた。
返事はせずに、そのまま……
＊
「会社、辞める」と言ったら
「年寄りは仕事ないよ」と周りが心配する。
40で年寄り？
「だいじょぶよ。30人友達がいれば、1ヵ月に1日くらい、誰かご
飯を食べさせてくれるでしょう」と言うと、
そのなかのひとりが
「うちは2年いいよ」と言う。
ヌヌ？？　そうだ。子ども生まれたばかりだ……子もりじゃん。

🐱 バカボン社長

その何年か前に、2階に日本人の暇な会社が引越して来て、
後で知ったのだけど、トンネルを掘っている訳でもないのに
トンネル会社と言うんだって、アハハ。
そのトンネル会社のバカボン社長Hが、すぐATEの仲間に溶け込み、
2階に上がらず、うちの事務所に入り浸り。
そして、いつの間にか私は「おばん」と呼ばれ、以前、「お嬢ちゃん！」
との呼びかけに振り向かなかった私は、自然に振り向いていた。
どこかに書いたフランス嫁がいて、早く帰らなければならない人で、
皆と夕飯には行かず、私があまり外食をしないのを知って、
自宅への帰る道筋に私を車で送ってくれていた。
私は大金を持っているので大助かり……
Hは、とにかく遊んで帰りたいのに、自宅に帰らなければならない。
「送っていくから、ちょっとだけパックマンしてっていい？」と、
カフェに寄る。何が面白いんだか……ほんとバカボン。
色々なゲーム機がパリのカフェにあった。全部日本の機械だ。
「おばんも、やってごらん」とお金を入れるから、遊んであげたけど……
黄色い丸い顔が大きな口を開けて、ぱくぱく隣を食べてくの、
パックマンという可愛いゲーム、大好き！　アハハ。
このバカボン社長、仕事上の事を何でもかんでも
「どうしたら良い？」と聞くから、
「こうしたらいいんじゃないの」と私の考えを口に出すと、
その通りにして正解で、儲けていた。
人の話を馬鹿にしないで、プライドもなく私の言う事聞いて、
良し良しと思っていた。
だから、彼自身持ってくる話も沢山あったけど、私の周りの得する
話もやってみな、と教えてあげる。

上手く行って、あれ！　そんなに儲けたの良かったね。で終り。
ずーと後になって、
それらの幾つかは公式に手数料を貰えるものだと人に教えられ、
「あれ、そうだったの？損したね」で終り。
Hが質問するから返事をする。私は口に出した事が、
正解になるのが面白くて、ああしろこうしろと言っていた。
普通、若くて社長してる人はプライドがあって嫌がるのに……

＊

　ＴとＥがまだいた頃。
ＡＴＥで借りるつもりで
「1万フラン貸して」とＨが来たから、
「貸せないよ！」と断わった。
「1日だけでいいんだ……」
「でもだめー！」
翌日、また同じ言葉を繰り返す。
「すぐ返す。1日だけ……」と。
翌々日も……
バカボンのいない時、2階に上がって、事務の女性に、
「どうしたの？　お金貸してってうるさいんだけど……」
「何か、困っているみたい。内状は分からないんだけど……」
「ふーん」と色々話し込んだ後、下に戻る。
どこからか私が戻ったのを嗅ぎつけてやって来て、繰り返しの呪文。
「か・し・てーっ」
「いつ要るのよ！」
「ブツブツ……○にち……」いつもはうるさいのに聞こえない。
口を尖らして下を向いている。
「個人的に貸してくれる人を探してみるから……1日でいいのね？」
「うん」

ATEはオペラ座の近くにあった。

その頃はオペラ通りの真ん中からチョット入った所に、

パリに来たときにはなかった日本の銀行、東京バンクができていて、

私はいつでも帰れるように飛行機代や日本滞在費など、

帰国時に必要な額を預けていた。

それを、もし貸して、返って来なかった時は、

「貸してくれた人に返すから」と言おうと、

「友達から借りた」と言って、皆の前で貸せばいいと思っていた。

でも、○にちの前日まで、返事はお預け。私が知らん顔しているので、

「どうなった？」ともバカボンは聞けず、来ても静か……

前日になって、

「貸してくれるってサッ。一日だけでしょ！」

そう言うと、やっと表情が出てきた。

それでも、受け取るまで不安だったと思う。

静かだったもの……アハハ。

「ここで待ってて。借りてくるから」

と、当日、皆のいる所に待たせて東京バンクへ。

そして、次の日。皆の前で、言葉通り返金された。

バカボンの所で働いていた事務の女性とは、今でも仲良くしている。

そして時々、私は忘れているのに、会社を助けてもらったと話に出る。

結構、大金だったから……忘れないみたい。

彼女に、私から借りた事を言ってたようだ。

彼女は日本人だけど、フランスに永住。ひとり暮らしで

一般の人が住む建物の1室がパリ市の指定の老人部屋になっていて、

そこに市からの指示で住み、普通の人と同じ生活をしている。

今、私はフランスに行くと彼女に色々面倒を見てもらっている。

彼女に感謝！

　どっちが偉いの

　そう、まだEもいて、仲間も集まり楽しかった頃。
「後ろで見ててあげるから、麻雀を覚えな！」と、
皆がマージャンをする時にHを入れた。
　屋根裏にいた頃、
Tに「セブンブリッジと同じ」と、役を2、3教えてもらっていた。
話が面白くない男どもが集まった時や、
仲良しの女性のなかで麻雀をできる人がいて、彼女が遊びに来た時に、
そのタイミングに合う暇人2人を見つける人集めに苦労しつつ、
年に1、2度くらい雀卓を囲んだかな……
　ATEに入ってからは、男の真剣勝負の麻雀で
メンツに入った事はなかったけど、
よくモンちゃんの家でやっていたので、いつも見に行っていた。
仲間のメンバーじゃない人がたまに来ていると、場が面白くないの
で自宅に帰る。
そう。自称カメラマンと言う人が入ると、
彼が勝つまでやるから終わらないと言っていた。
ということは、多少のお金をかけていたのかもしれない。
私がやっていたとしたら、
「勝っても負けても何回で終り」と仕切るけれど……
会社に出入りの仲間達は、全員、人が良くて、何も言えない。
外部がいなくてHを入れた時はバカボンの後ろについて、
よく見ていた。
「右から何番目」とか指図して、Hは上達していった。
周りの3人に馬鹿にされても、平気で私の言う事を聞いて、
面白いぐらい勝つの……
別の人で、先が見えてしまう人に

「仕事の事で、こうしたらと言われるのは嫌なんでしょう？　自分で失敗しなければわからないんでしょう？」と、気になって聞いたら、
「そう」と、やっぱりプライドがあっての返事だった。
だから、黙っていたら、案の定、失敗した。
道があったのに大損！
そんな事が何度もあるから、
あああ、あああと残念だけど……仕方ないね。
他の人でも、聞かれもしない事を気になって、「こうしたらいいよ」とついつい言ってしまっても、素直な人は失敗しない。
若い子が私の事を、
「占い師みたい」と言ってた事もあったけど……
アハハ、そうじゃないの。
沢山の失敗・成功、繰り返されるのをいっぱい見てるから。

＊

　日本をベースにしてしばらくして、
小学6年生の甥を1ヵ月パリに連れていった時、
送迎や泊まる場所など、バカボンの会社の事務の女性共々
大変お世話になり、帰国時も空港まで送ってもらった。
その時、バカボンが子供も乗っている車の中で
「○○を辞めさせてくれない？」と、ある男性社員の名前を言う。
「何言ってるのよ。なんで私が関係のない会社の人を辞めさせなきゃ
ならないのよ。Hさん社長でしょう？　自分の会社の人ぐらい自分で
辞めさせな。バカボン！」
で終わったけど……その後、甥が
「みっちゃんとHさんと、どっちが偉いの？」
とお母さんに聞いたそう。
その頃、偉かったのは、わ、た、し……アハハ。

因縁

　そして、ず－と、ずーと、後……

21世紀に入って、日本でよ。

江戸川越えて引っ越してから、テレビの国会中継を見ていたら、

Cと顔かたちの似た、同姓の代議士が出ていた。

この人、Cのおじさんかぁ……

内容は興味なく、ぼーっと、ながめていた。

その時ではない。

そのまた後、何にも考えていない時、フッと気が付いた事がある。

磁石が離れた所から、近付いて、パッと付くように、記憶の線が、

パッ！　とつながったのだ。

　あの、パリに着いて、最初に会話をした。

「どうしました？」と声をかけてくださった、"親切な男の人"。

何ヵ月後に、免税店で

「あの時は、有り難うございました」と挨拶した時に

「テメーラなんか知らねえよ！」と返事が来た、私にとっては事件？

"品のない人"。

それからズーと10年近く会った事もなく……

すっかり忘れて、脳裏から消えていた。

話だけで会ってない。

競争会社を作ってダンピングし、"会社を潰そうとした人"。

私の日本待機中、Tの面倒を見てくれ、"保釈金の手配までしてくれた人"。

そして日本に引き上げる原因の1つ、会社を辞めた事。

会社を辞める原因になった、私を出たがり、と言い、

お客様に、"汚い笑い方で卑猥な話かけをしていた人"。

これが、みんな、みーんな……Cひとり。同一人物だったのです。

男も女もCを大嫌い。

話題にするのも嫌な顔をする人が多いのに……

時々仲良くしている人がいる。

と聞こえてくるのは、その人の前では、

いくつか書いた"人"の一面だけしか出さないんだな。

……と、すべて同じ人だと分かれば理解できる。

Cの奥さんと奥さんと親しい女性に、

私は会話もした事ないのに会うとにらみつけられる。

何でかな、といまだに思うけど、

Cが陰で悪く言っていたのだろう。

まさに、奥さんの前では、卑猥な話はしないだろうから……

奥さんと仲良しは、一面しか知らないのだ。

とにかくパリの10年の、始めと、引き上げる終りの両方にいた、

良かれ悪しかれ、同じ人に接していたとは

それを、30、40年も経って気付くとは……そんな事あり？

第7章

漫話古今東南西北

🐈 許可証の書き換え

　そのお店は、日本にいったん引き上げてから
労働許可証の書き換えにパリに行き、
6ヵ月間の給料明細を作るために、半日労働の契約で働いた所だ。
オーナーもシェフのT子さんも知っている
10年前に許可証を取ったお店で、大きくなって移転していた。

　皆からは経営者の知り合いという事で一目置かれ、
その日から、昔から働いていた様にすぐなじんだ。
ただひとりだけ敵対視している女性がいて、
私はそーっとしておいたつもりが、
それが余計に腹が立ったよう。
私が、接客している時に計算機が壊れてしまい、
そばに彼女しかいなかったので、
「チョット計算機貸してくれる？」と言うと、
「計算機はバンドゥーズ（売り子）の命」と言って貸してくれないの。
お客さんの前で、よくある女の意地悪をする。
（私にそんな事して大丈夫かーッ）
私が接客しているのはお店のためであって、
個人の収入のためではないのに、
何考えてんだと無視し、
他に人がいなかったのでお客様をお待たせして
ケース（レジ）で説明をし、計算機を借りる。
その女性、後でクビになっちゃったけどね。
問題人間だったみたい。

いさおちゃん

　貴金属売り場で、定価15万円位のネックレスを眺めているお客様に、「いかがですか、奥様に。18金のネックレス」と、そばに寄る。
「もう、色々買ってきたから要らないんだよ」
「そんな事おっしゃらず、奥様には特別なものをお持ちにならなければ……」
「どれどれ、どんなものがあるのかね。見るだけ」
「これとか、これとか、素敵ですよ。このクサリにダイヤとサファイアのペンダントを付けて渡されたら、その日から待遇が変わりますよ」
「いくらかね？」
「10何万……エート、免税しますと……9万6千……」
「チョットまからないかね、全部で5万」
「何をおっしゃっていらっしゃいます。そんな事したら私がクビになりますよ」
「クビになったら、面倒見てやるからさ」
「エエッ、面倒見てくださる？　一生でしょうね。それならこんなネックレス安いものですよ。差し上げます」
「オイオイ、ちょっと待ってくれよ。その方が高くつくじゃないか」
「勿論ですよ、私は贅沢だから高くつきますよ。これをお買いになられた方がお安くつく事になります。さあどうなさいます？　私を一生面倒見るか、これをお買い上げなさるか、どちらか……」
「買うよ、買うよ。だけど9万いくらというのは、数が悪い。9は良くないから8万にしてくれたら末広がりでいいし、買う！」
「そうですか、8がお好きですか。それでは私の力でおまけしましょう、8万8,888円。これで、とてもおめでたい8ばかり」
心の中で　どうだーッ！

「アハハ、それじゃあ広がり過ぎだよ。うまいなあー」

「分かりました。それでは……8万5千という事で……」ニィーッ！

「参ったな、負けたよ。いいだろう。8万5千！」

「ありがとう、ございます」

「今度、札幌においで。本当においでよ。気に入った。負けた負けた」
と帰られた。

＊

「また買いに来たよ。あの面白い人、どこにいる？　こないだの人、
こないだの人」と団体のお客さんの声が階段を上がってきた。

入り口から遠くの方で、背を向けて座っていた私の所へ、店員が

「カトーさんがこないだオキュペしていた人」と案内してきた。

顔を見たとたん、

「あら、いさおちゃん！」と、ウッカリ声が出てしまった。

北海道にある会社の社長さん。

そのウッカリに本人以下、取り巻きでついて来た

社員や店内の従業員全員がドカーーン！！と笑った。

あれ、やらかしてしまった。

おとといのお客さん。

接客していて、教え子のいさおちゃんと同じ名前、漢字も同じだなぁ
と思いながら免税書類を書いていたので、

思い出した途端に声に出してしまった。

カップクのいい社長。私が笑う訳にいかずに困っていると、

「いさおちゃん、だって」と私の前に座って本人ニコニコ。

怒らなくて、かえって喜ばれてラッキー！

「いらっしゃいませ！　先日はお買い上げどうもありがとうござい
ました……」とにこやかに接客。

おとといも、沢山お買い上げなのに、また買うは買うは……

その店で高いもの……そうだミンク、ミンク売っちゃおう。
「いさおちゃん、ミンクなんかいかがですか？　奥様に」
「いやいや……そんな高級なもの……」うんぬん。
「やあーーだ。奥様には高級なものに決まってるじゃないの」
「どんなのがあるの？」
内心、シメタ！　それからコートのコーナーへぞろぞろ移動。
「大きさが分からない……」と言い出し、取り巻きを見まわし、
「こちらで同じくらいの体型の方はいらっしゃいませんか？」
「このくらいかな……」と、小柄な女性を選んだ。
これで買いだなと思った。一生懸命沢山ある中から選んで、
その女性に着せてみて、皆で納得したものをお買い上げ……
免税で 100 万円近く。
「あと、香水はお買いになったの？」
「そんなもの買わないよ、彼女もいないのに」
「ヤーダいないのー？　社長なのに？　それじゃあ、これ持って帰っ
て、作るのよ！　日本では 3 倍のお値段。12 個入って 1 オンス。日
本に 2 オンスまで免税で持てます。ほら、いっぺんに 24 人も彼女が
できる。アハハ」
「そんなにいらないよ」
「そんな事おっしゃるけど、免税制限があるという事は、お安く買
えるという事ですよ。香水は日本の 3 分の 1 の値段。それで 24 人
も彼女ができちゃう。すごい、すごいねッ」
「もうッ、買うよ、買うよ」
取り巻き達も、「私も、私も」と売れる売れる。
　先日は団体だったけど、今回、個人での再来なので、
お店にはそのお客様達しかおらず、
売り場の人達は私と社長の会話をそばで聞いて笑いながら、

お買い上げの品物を包んでくれたりしていたけれど、
これだけいっぺんに香水をお買い上げくださり、
その人数分の伝票を作らなきゃならないのに、
誰ひとりとして伝票書きを手伝ってくれない。
手伝ってくれてもいいと思うのに、
本当の事言うと、そのお店に入って間がないので
内情がつかめていなかった。
ひとりで 10 名ぐらいの伝票を書き上げ、ケースに行って清算し、
「ありがとうございました」と、全員楽しくお帰りになられた。
ジャンジャン！
なのだけど……
「手伝ってくれてありがとう。でも、なんで伝票を書いてくれなかったの？」と聞くと、
「香水はコミッションがあるから、手伝っちゃあ悪いと思ったから」
「あら、そうなの。知らなかった！　申し訳ない。そんなのいいのに……」
心の中で新入りに対する意地悪だと思って、
独りでやってやろうじゃないか、
と踏ん張っていた事が恥ずかしい。
皆、優しかったのだ。

お客様と世間話

　別の日。グループのバスが着き、沢山のお客様が入って来て、
その中のひとりが私の前に座り込んでいる。
30歳前後かな。
買い物に興味がなさそうなので世間話をしていた。
「お土産なんて買わなくていいんですよ。元気に帰るのが一番！」
何にも勧めないし、商品の話は全然しないのに、
しばらく話し込んでいたら、
「ところで、ハンドバッグは何がいいの？」と聞かれる。
「ハンドバッグがほしいの？　誰に？　お母さん？　今ここで一番
いいものはこれ。高いけど造りがいいのよ。日本には銀座に行けば
あると思うけど、まだ一般化してないパリの老舗のバッグ。免税し
てこのくらい」と計算機を見せる。
「それ買う」
と、お店で一番高い100万円近くもするバッグを買って帰られた。
1個よ。1個で100万円。高！
本当に良いものだったけど、勧めてもいないのに
見せただけなのに……良かったのかなあ。
その団体さんの売り上げは、もちろん私が一番だった。

🐱 いつ助けに

　シェフに重宝がられて働いていたけど、事故の後遺症がある私は、
バックミュージックが頭に響いて売り場に居られなくなる。
音を小さくしてと頼んだので小さくしてくれるのだけど、
すぐに誰かが大きくしてしまう。
我慢して、我慢して、我慢しきれなくなり、
とうとう辞めるしかなく、辞める事にした。
　オーナー室に呼ばれ、時間をかけて説得される。
「T子（オーナーの奥さん）が『やっと気の合う人ができて任せられるのに、辞めないように頼んで』と言ってる。音は小さくするから」
「小さくする、小さくするって何ヵ月も我慢したの。ダメダメ。小さくしてもすぐ大きくなっちゃうもの。私も慣れた所なので残念だけど、ごめんなさい」
とにかく辞める事を告げて部屋から出ると、
従業員全員がトビラの前で待っていてくれて
「ああ、良かった。中で手ごめにされてないか心配で……いつ助けに入ろうかと待機していたんだ」
と馬鹿な事を言い、全員でドッとお店中に響く馬鹿笑い。
　皆が大好きな冗談。
すると翌日、T子さんに呼ばれる。
「あなたねえ、いくら辞めると言ったって、ボスはボスなのだから部屋を出たとたんに馬鹿にして笑う事はないでしょう！」
「そうじゃないのよ。部屋を出たらこれこれしかじか……」
と説明すると、「馬鹿ねえ」と笑って行ってしまった。
これってT子さんが私を怒らなかったら、ズーット誤解のままよね。
オー怖！　そんな事が沢山あるのよ、被害妄想される事が……

🐱 小指の思い出

　偶然に 30 年ぶりに知人に会った。
顔は覚えているけれど、名前が出てこない。
「ああ　カトーさん」
「あらよく名前を覚えているのね」
「以前、カトーさんに助けてもらったから」と言う。
「ええッ？　どうしたの？　何を？」
「接客していて、からまれ、ごねられて困っていた時、カトーさん
が来て代わってくれたの」
「ああ、そう。からまれて困っているの見ると、そばに行って何も
聞かずに『代わります』と入れ代わって座る。そんな事よくしてた
から、それ私だわ。アハハ」……楽しく会話。
＊
「どうしました？」と偉くもないのに偉そうに行くと、だいたい収まる。
「何でもない」と返事が返って来てスムースにお買い物。
折角からんであげようと思ってるのに。アハハ。
時には、代わってあげたお客様のお買い物が終わって、
お客様が帰られてから皆がバーッと寄って来て、
「こわくなかった？」
「いいや？　なんで？」
「小指、なかったよう」
「ええっ。あら、そう。全然気付かなかったぁー。　別になくてもい
いけど……痛かったろうなぁ」
そういう問題じゃなくって……売っている商品の悪い所、良い所、
本当の事を言っていれば大丈夫。
だめならだめで、ダメだべサー。ご機嫌はとりません。
結構ごねてる人が納得すると、沢山お買い上げしてくれる。

🐱 歳とる訳

　友人がお店を開店し、パーティに招待された。
お店を利用してもらおうと、お友達を誘って何人かで行った。
会場と言っても開店したお店……
集まっていた大部分の人を知っていた。
美味しい物もあったし。
そこで……
「誕生日も一緒にしちゃおう！」と言ったら
「そういう事するから、歳取るんだよ。アハハ」と言われた。
それでかーッと、分かった。
アハハ！

夫婦の長持ち

「お父さん！　どうしたら 40 年間も別れないで生活できるの？」
これから結婚する、フランス人とのハーフの息子に聞かれたと。
「あのね。朝起きたら、ボンジュール！　と言って、下を向いて、
1 日中、目を合わせないようにしていればいいんだよ」

　その夫婦と仲のいい、彼に奥さんを紹介した H 子さんが
「いつもフランス人は、『ジュテーム』と言っているのだから、あな
たも言いなさい」
とアドバイスしたら、すぐにそうしたんだそうだ。
すると、フランス人の奥さんから
「なんでそんな事言うの？」と不思議がられ
「H 子さんに聞いてみな？」と返事したんだって……。
そして、H 子さんは奥さんに聞かれたそう。
「なんで『ジュテーム』と言うようになったの？」
いったい、どうなっているの？

🐱 メンツが足りない

　何年か前に、パリに住んでいる友人が帰国していて会った時、
「今度はパリにいつ来るの？」と聞かれて
「行く用事はあるけれどタイミングをまだつかんでない。いつにしようかなぁ」と別れた。
それから大分経って、パリの彼女から電話が入る。
「マージャンのメンツが足りないんだけど、来ない？」
「行く行く。エアが安かったらね」
と、今度は日本サイドの旅行会社の社長に電話して、
「安いの探してぇ。ダイレクト便で何日から何日までの間の一番安い日はいつでいくら？」と日時を決め、
パリから南仏へ飛び、イエールの長期滞在型ホテルでヴァカンス。
　それ以降は、パリの友達に誘われて、ヨーロッパの人達がよくヴァカンスに使う長期滞在型のホテルに泊まる旅が多くなった。
3食付はもちろん、退屈しないようにホテルの中に色々な施設がある。
ヨーロッパ人のスノッブ（プライドのある人達）はブリッジと言って、
トランプのセブンブリッジを徹夜でする。
そのための24時間開放された部屋が、
ヴァカンス用のホテルには必ずある。
そこで、夜中まで騒ぎながら麻雀をするのだ。
パイをみたことない人ばかりなので、ギャラリーに囲まれる時もある。
珍しそうに眺められて
今までのあくせくしたひとり旅と違い、会話があって楽しい。
年に1、2度、行きと帰りに何日かパリ滞在を入れて、
市内に住んでいる絵の友達に、今、何を見たらいい？　と聞いて、
企画展など一緒に行き、いくつかの美術館を廻って帰国。
1ヵ月くらい行きたいけれど、

ケガの野良猫を抱えてからは、せいぜい2週間。

猫を連れて1年くらい
行きたいよ！
だけど、野良猫だから、
抱っこができない。
今は、お猫サマサマの
生活をしている。
留守中のお猫さま
（ミャーコと言います）、
絶対に私以外の人に顔
を見せない。それでも……

「ミャーコのウンチ、コロコロ！　本当はヤギがいるンじゃないの？」
とか

「うんちを毎日拾っていたら、ミャーコが好きになっちゃった」

と、笑っておもりをしてくださる方々に甘えて……時々、旅を……

＊

　パリに行くにあたって、

週1回ある20人位の老人の集まりを急に休んだ。

「何の用事でパリへ？」　と質問されたので、

「メンツが足りない、と電話がきたから」と返事。

皆、シーンとして笑いにならない。

あとで個別に聞かれ、説明する。

そう、私がパリに住んでいた事、言う必要なかったから、皆知らない。

それにしても麻雀しに行くなんてビックリ。

用事を兼ねて行ったけど、麻雀日数の方が多かった。

アハ〜〜〜ッ。

🐱 プレッションのビール

　イビサのバカンス村の食事はバイキング、
ビールも自分で注がなければならず、
プレッションを注ぐのはとても難しかった。
グラスの中身が全部泡になってしまう。
グラスを横に置いて、どうしたらいいのか……
そのグラスを眺めていると、ムッシュが注ぎに来た。
顔を見て目で「どうぞ」と立ち位置を譲る。
ムッシュは上手にグラスの上部1センチほど泡を残して注いだ。
私はお見事！
という顔して彼の顔を見上げると、
注いであげようかといっ顔と動作をした。
にこっとしながら、
首を縦にウンウンと下ろすと、
新しいグラスを手に取って注ぎ始める。
ところが、泡はうまくいかず半分が泡になってしまった。
驚いた顔をして目を大きく見開いて彼を見上げると、
初めに自分のものとして注いだ1センチの泡のグラスを
私に持たせてくれた。
ありがとうという顔でニコッとすると、彼もニコッと。
その間、ひと言もしゃべらず、無言。
目と顔の表情、動きだけで意志が通じ、
欲しい状態のものが手に入るなんて……

キャビア

　アエロフロート（ソビエト航空）に乗ると、キャビアが出る。
隣の席の若い女性がキャビアに手を付けずに残していた。
もったいないと思った瞬間！
「キャビア食べないの？」と声が出てしまった。
「はい」
「いただいていい？」
「どうぞ……」
「ありがとう！」
パリでは、小さな容器に入ったのが 1 万円位してたので、
機内食に付いてきた小さじ 1 杯くらいの量は何千円分だと思う。
周りを見るとだいたいの日本人が残している。
ああ、ズーと機内中、食べて回りたい。
まだその頃、日本では一般化してなかった。
私もパリに住んでいなければ知らなかったから……
汚い色のぶつぶつ、残してもしょうがない。理解できる。
そして、眠る。
パリに着き、彼女との会話は始めも終わりもそれだけ……
　　そしてそして、大分、後だけど……
不景気になって、アエロフロートでは高級品を出さなくなった。
ある時から　キャビアがイクラになった。
高級品を残す人ばかりで、もったいないという事もあったのかも
……なので　以後アエロフロートに乗らない。
乗らなくなった理由です。

＊

「食べもので、何が一番好き？」と、ある時、友達が聞くから

「そうねえ、キャビア！！」と答えると

「それじゃあ　棺桶に詰めてあげるよ」と言う。

「えっ？　ほんとに……！！　高―いヨ……ッ」と言うと

「それじゃあ　顔に振りかけてあげる」

「ヒャーッ　やめて！！　きもちが悪い……」

想像してください、

顔にグレイのブツブツを……アハハ。

バケツ

　青山通りの花屋さんの前を通った。
高価なので、いただく時だけしか部屋に飾れなかった葱坊主の親分。
私の大好きな花。以前から名前を知りたいと思っていた花を、
店の外に並べた上から下まで同じ太さの、プラスチック筒に挿した
沢山の花の中に見つけて、何と言う花かな？
見ると……1 バケツ 1,000 円とカタカナの札が下がっていた。
ははあーん。バケツと言う名前なんだ……歩きながら、
バケツだったんだ……それにしても変な名前？
以前買った時は 1 本 1,500 ～ 2,000 円していたなあ、など考え、
1,000 円だと安いから 1 本買って行こう、と結構歩いたが戻り、
少し疑いも込めて聞く。
「この花、バケツと言う名前なんですか？」
「ちがいます！」と聞こえた。笑いもせず、呆れた顔をされ、
「えッ、これは……」と書いてある札を指すと、
「全部で 1,000 円です」と言う。
「？？？ぜ・ん・ぶ……？　じゃあください」「重たいですよ」
「持って歩けない？」「持って歩けないほどではないですけど」
「そう、いいわ。持って帰る……はい！ 1,000 円」受け取る。
重たい。切り口が直径 2cm 長さ 1m30 くらいで 20 本もある。
売るには花が開き過ぎたので、まとめて売ってしまいたかったよう。
竹槍の様な、太い大木の花束を抱えて電車に乗る。
目立つは、目立つは。参った、参った。
　それ以降、その花を見ると、バケツの 3 文字が頭に浮かぶけれど、
いまだはっきりと名前が分らない。ギンガジュウムみたいだったが、
ギガンジュームかな？　ギガンチューム？
どうもリガンジウムのようだ。

🐾 交通整理

　思い出した。平成のはじめ頃、青山の交差点。
そばのビルのエレベーターを降りた時、ドッスーンと大きな音。
あわてて道に出ると、
人がセンターラインに投げ出されて倒れていた。
交通事故！
二重にひかれてはいけないと……とっさに交差点へ向かい、
右折しないで直進するよう、1台1台に説明した。
曲がるつもりの車に直進のお願い。
何台も何台も同じ事を言い、
皆、「有り難う」と言って走り去った。
　そして、救急車が到着。
ほッとしたら、自分は何をしていたのだろう？
と、振り返って急に恥ずかしくなり、
とりあえず安心して地下鉄の駅にもぐった。
余計な、頼まれもしない事だったのか？
でも、何台もの車のドライバーさんが
「有り難う」と直進していったので……よかった、よかった！

ニコニコと……

＊サンゴ

　デパートの貴金属売り場をながめていて、
深い真紅の珊瑚に目を奪われていた。
ネックレス200万円。
長い事立ち止まって見ていると
「いかがですか？　きれいでしょう……」
「すばらしい赤ね。」
「割引いたしますから、いかがですか？」と、店員さんが言う。
大手のデパートなのに割引だって、びっくりした。
「割引しなくて、よろしいの。買う時はこの値でいただくわ……」
とにこやかに。
売り場の女性も、にこにこと……

＊ブラシ

　通り道に「店仕舞い」と書かれた金物屋さんがあって、
安そうだったのであれこれ見ていた。
朝早くてお客は私だけ……
金属を磨く金ブラシを買おうと、奥に声を掛けると、
割烹着姿のおばあちゃんが出てらした。
「これください」と、千円札と一緒に金属のブラシを渡す。
奥へお釣りを取りに行く背中に、
「朝、歯を磨いて来なかったの」と独り言のように言う。
ドキッとした顔が振り向いたので、ニッと笑ったら、
ホッとした顔で、おばあちゃんも笑って奥へ入って行った。
ああ。心臓麻痺を起こさせなくてよかった……

オレオレ

　とある日。
「オレオレだけど、お金振り込んでくれない。」と電話が入った。
「いいよ」と即答。
「誰だかわかるの？」
「分んない！　分らないけど、振り込めばいいんでしょ？」
「本当に分ってないの？」
「ウン、全然……」
と言いながら、お馬鹿な友達が多いので話を長引かせて、
誰か当てようと思っていた。電話先ではあまりにも簡単に
「いいよ」と言ったもので、キョトンとしている。
「特別大サービス、い、く、ら？」会話を続けるため、話かけると
「ほんとに分らないの？……（どうしようかなあ……考えてる間が
あった）ん。じゃあ、3,000円！」
「えッ！　そんな少なくていいの？」
「ほんとに、誰だかわかってないの？」
「ぜーんぜん。で、どこに振り込むの？」
「誰？」とも聞かないので、
とうとう笑い出し、自分の名前を言ってきた。
全然電話など用のない、近所の幼友達のおっさんからだった。
「な〜んだ。だいたいは声で誰だか分るんだけど……全然、分らな
いはずよね。道端で会った時の声は聞いているけど、電話は初めて
だもの。アハハ」
「びっくりしたぁ、アッハッハ。で、近所の仲間が集るから来てよ。
会費3,000円くらいでサ」だと。
「言うだけはタダだから、大きな事言ったけど……ゴメン。3,000
円ない。ワッハッハ」と言いつつも、出席した。

横綱

遠くの方から近所の幼友達、

おじさんだけど……がやって来た。

声を出さずに大きく手を振った。

近付いて来た　彼。

「なんだ。土俵入りかと思った……」

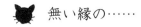 無い縁の……

　ところで、市から送られてくる検診。毎年、病院を変えて相性の
いい所を探している。しかし、なかなか見つからない。
近所の幼友達のおじさんに
「検診はどこに行くの？」と聞くと、
私の行った事のない少し遠い病院の名を言う。
車じゃないと行けないので、行く時に連れてってもらう事にした。
当日、検診は一緒に終わり、乗せてもらって帰宅。
　結果を聞きに行く予約も一緒にとったけど、
バスがある事が分かったので、用事があるからバスで先に行った。
用事をすませてから病院の予約時間に行くと、
彼は早くに来て検診は終わり、
「喫茶室で待っている」と、受付に私宛てに伝言を残していた。
「喫茶室はどこですか？」と、看護婦さんに聞くと
「案内してあげる」と動き出した。
「大丈夫。この病院内でしょう？」
「案内するから……こっちこっち」と並んで歩く。
「あの人とはどういう関係？」と聞かれる。
「黙っててね。実は……な、い、え、ん、の……」で、
顔を見られ息をつめる。
「友達！　ないえんの近所の幼友達」と言った途端に、
ワハハワハハと笑いながら戻ってしまった。
何だよぉ、案内もしないで。
それを聞きたかったんかい！
ひまな病院！

● 振り込んでやるよ！

　美人がリーチした。

唯一の男性仲間が鼻の下を伸ばして、

「振り込んでやるよ」と冗談。

「フン。いいわね美人は……」すまして牌を見ながら、ひと言。

「ン？……」

何言ったの？　とこっちを見た気配。

私は牌を見たまま知らん顔。

「ああッ、ブスにも振り込んでやるよ」

……私が笑わないので、皆困ったなという雰囲気。

「それじゃあーね。○○銀にしてもらおうかな」

手を動かし、牌を見ながら言うと……全員ドカーン！

みんな真面目だから。私がひがんで怒ったと思ったよう。

あとで彼女と２人の時、笑いながら聞いてみた。

「いつもああやって、いじめられるでしょう？　またかと思った？」

「うん」

２人でまた笑った。美人はつらいよ！

ブスはブスで辛いのよ、アハハ。

🐱 セールスのおじさん

　庭の草取りをしていたら、垣根越しに、
知らないおじさんが声をかけてきた。
「トタンの屋根は、塗り替えないとすぐだめになりますよ」
「こないだ、トタンじゃなくて、ガリュマニュウムとか言うものに
してもらったけれど……」
「ああ　それなら大丈夫。ん……ん。それなら奥さん生きている間、
だいじょぶだよ」と、上げた顔を見て言う。
「そう……。でも、私、あと 50 年生きるわよ」とすまして言うと、
結構考えて
「ん……あと 30 年だな」だって。
私は、ニッと笑っておいた。
おじさんもニッと、どこかへ行った。
その時、70 歳くらいだったから……100 歳までか。

● おばさんの目標

　近所のおばさんと道端で会った。
顔を合わせるたびに
「あと5年、あと5年」と言う。
「何があと5年なの?」と聞くと
「85まで……」
「フーン。85がどうしたの?」
「85までだ。生きるのは……」
「何言ってんのよ。今時死ぬのなんて年令じゃないのよ。私だって
いつ死ぬかわからないんだから……私も具合のいい方じゃあないし、
逝く時は一緒に行こうね」
その時、後ろを通った別ばあちゃん。
「あらいいわネ!　どこ行くの?」
「何がいいのよ、あの世に行く話。一緒にいく?　アハハ」
足が悪くていつもはゆっくりと歩く別ばあちゃん、足早に消えた。

　ちなみに、あと5年のおばあちゃん、現在86歳。
「おばさん、何してるの?」と聞くと
「早くおじさんが迎えに来てくれないかって、毎日拝んでるの」
「来られちゃあ困るんじゃないの?　おじさん向こうでモテモテ
だったりして……まだ来なくていいよって思ってるかもよ」
「……」真顔になった。
あれ?……この無言は何だ?
変な事、言っちゃった?

隣のおばさん

*猫ぎらい

ある日の事。

「私、猫、嫌いなの」

「どうして？」

「だって庭にウンコするんだもの……」

「嫌うからウンコするのよ。あっち行け、とか言わないでほっといてごらん」

別の日、庭で草むしりをしていると

「あらっ、そこに居たの？」何故かいつもより高い声。

「ええっ。見える？」

「あれっ、猫かと思った……」

「ええっ、おばさん。猫、嫌いだったんじゃあなかったの？」

「そこに来る猫、おとなしいから好きになっちゃったみたい」とさ。

*助けてね

またまた、私が庭に出ていると、

ひとり暮らしの隣のおばあちゃんから

「ああ、そこにいるの？」生垣越しに声をかけられる。

「うん」

「これからお風呂に入るから……具合悪くなった時は、お鍋たたくから助けてね」

「いいけど、たたけるくらいなら元気だよ」

「そうだね」

そのまま鍋の音も、出たよと言う声もなく日が暮れた。

生きてるのかなあ……。

怖い話 2008 暮れ

　その日は遠い身内の告別式が、
都心から離れた緑の多い郊外のお寺であった。
こう言っちゃあいけないのかな？
バチ当たりだけど、
故人とお別れの時、顔を見るのは好きではないので、
集団から離れてトイレへ……
手洗いは、本堂からちょっと離れた所に、独立して建ててあった。
雨が降りそうな雲、薄暗い建物内。
いくつかあるドアの真ん中の戸を開けると……
白い物がスーッと動いた気がした。
ゾーッとして声も出ず……
よく見ると、便座の白い蓋が自動的に上がったのだ。
こういう蓋のある事は知っていたけど……
なにも、こんな田舎……近代化しなくたって。と、外に出た。
とたん！　間をおかず、ゴォーン。大きな鐘の音が、頭上で鳴る。
ドキッとして見上げると、
目の前の石垣の上に大きな鐘のやぐらがあって、
立派な釣鐘がひと気もないのに……鳴っている。
不気味な音。
トイレを出たら、自動的に鳴るのかと思ったら、
ちょうど時間になりました、ってとこ。
自動の鐘突きという知識はなかったので、
気付くまで、少し時間がかかった。
トイレの蓋より、気持ちが悪かった。
昔だったら、お化けがトイレを開け、お化けが鐘を突くお寺。
心霊スポットになったはず……。

🐱 ノコギリを手に……

　ひとり暮らしの父親が亡くなり、
土日に家を片付けに通っていた帰り道。
なだらかな坂道を下っていると、後ろから来た小型トラックが、
ガチャンと音をたてて何かを振り落として走り去った。
対向車線から来た乗用車が急停車、何台もつまって停まった。
何が落ちたのか？
どけてあげようと道の中央まで行って見ると、
植木屋さんが使う、折りたたみのノコギリだった。
停まっている乗用車の前まで行き、拾う。
そういえば、走り去った軽トラの荷台には、植木が積んであった。
拾って道の端に置いて、駅に向かおうと思ったのに……
ノコギリを置く訳にいかず、どうしよう？
と茫然とセンターラインに立ち尽くす。
落ちた物が車に当たらなくて、良かった。
　車は流れ出す。
先頭の車は、喜んでお辞儀をして走って行った。
良い事をした事に間違いはないのだが……
かろうじて2台3台目くらいまでは、
私がそこに立っている意味が分かると思う。
でも、遠くの方から流れてくる車には、
私の立っている意味は分からない。
それも、手にノコギリ……センターライン。
あそこに、頭のおかしいおばさんが立っていた、
と通報されてもおかしくない状態にやっと気付く。
道の端に戻って、考えながら駅に向かうけど……

交番に届けるほどの物ではない。

使い古しで汚いもん……実家に戻る時間もない。

持ち主にしては使い易くなって大事かもしれないけど、

これは落とした人も交番に届けないだろう。

これから、電車で東京へ向かう。

しょうがない。自宅に持ち帰るしかない、と決めた。

折りたたみだし、大きなバッグを持っていたので、

中に入れるのは問題ないけれど……土が付いていて包むものがない。

なんで持っているか、知ってる人は誰もいないのに、

悪い事をしているかのように、キョロキョロしてしまう。

とりあえす、自宅に持ち帰り、一件落着。

　次の日曜。

またも父の家を片付けに、そのノコギリ持参で行く。

庭木の枝が上手く切れて……正解！

神様の贈り物と思う。

こういう使いやすい物があるとは知らず、

板を切るノコギリを使って両手で切っていた。

片手で使える、これは便利！　便利！

歯を変えられるのも便利！

　長い事使ってとうとう本体が壊れてしまった。

今は２代目。

でも、初代は捨てられない……

こういう物が祭られる神社ができるのかもしれない……アハハ。

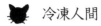 冷凍人間

2008 年 5 月。

「冷凍人間を食べて入院した」と、

TV のニュースが耳に入ってきた。

ハアッ？

びっくりして顔を上げて TV の画面を見た。

と、そこにはイ・ン・ゲ・ン・の絵が描いてある

袋が写っていた。

どちらにしても怖い話！！

「ぶっ殺してやる」と言われ

　友人に誘われて2泊3日のツアーに参加した。6月だった。
3日間ズート雨と曇りばかりで景色の見えないバスの中は、
ガイドさんが気を使ってしゃべりっぱなし。よく話題が続くなぁ、
と感心していると……斜め後ろで男の人が大きな声で騒いでいる。
「すみません。ガイドさんの声が聞こえないので静かにしてください」
と言うと、今度は私にからんできた。
そのまま前を向き知らん顔していると、わめきがエスカレート。
「ええッ私？」
「謝っちゃいなさいよ、謝っちゃいなさいよ」と隣で友人が言う。
なぜか彼女に腹が立つ。
「なんで？　何も悪い事してないのに？」と彼女に言うと、
「ごめんなさい、ごめんなさい」と、彼女が男の人に謝っている。
私は知らん顔しているので、観光下車する時になって
「出口で待って、ぶっ殺してやる！」と私の顔を見て先に降りた。
「えッ！　わ、た、し？」ぶっ殺されるのかぁ～と、後から下車すると、
仁王立ちした男が腰に手を当てて立っていた。
「あらッ待っててくれたの？　お待ちどうさま」
と、腰の手の輪にフォークダンス風に前から手を組んで笑う。
なんか調子が狂ったみたい。
一歩下がった男の引きつった顔が、崩れて終わり。
「大人だね」と、知らない女性から言われた。
からむ酔っ払い、やめて！
　旅行の終わりに、添乗員が聞きにきた。
「詳しい事は私の方が分かるから」なんちゃって、友人が説明してた。
「これからツアーに乗せません」黒幕になった。
添乗員さん！　その前に、からまれてる時に止めてください！

🐱 笑ってはいけない話だけど

＊私が死んだんでしょう？

90年代の話。渋谷区のマンションに住んでいた頃だ。

夜、Tから電話がかかってきた。

「……（ひと呼吸あって）カトーさんだよね？」

「そう。どうしたの？」

「カトーさん、死んだって言うから……生きてるよね。そうだよね。
死んだら一番最初に連絡くるはずだし」

何か独りごとのように言って切った。

そして、また電話。

「カトーさん？……」

「そうよ、誰？　ああ、キー坊？　名古屋から？」

「びっくりしたぁ！　死んだって今、聞いたから……」

「誰が何を言っているの？　具合は悪いけど、まだ死んでない。
殺さないでよ、アハハ」

「Eと一緒に仕事をしているカトーさんが交通事故にあって亡くなっ
た、って聞いたから……」

もうその時にはEとは仕事をしてなかったけれど、

皆の脳裏にはセットになっているらしい。

名古屋からの電話は終わって、

今度は神戸、昔の同業だった旅行会社の女社長から電話。

「カトーさん……？　ああ良かった。連絡が入ったから……」

誰がそんな事を言ったのか、聞いておけば良かった。

久し振りだから話をしたかったけど、夜中だし、

バセドー氏病で死にそうで、心臓バクバクしてるし、眠いし……。

これで終りかと思ったら、1時か2時。

「カトーさあん？」聞き慣れない女性の声。

「私が死んだんでしょう？　だれぇ？……うわっ！　そこまで連絡
がいったの？　大丈夫よ、生きてるよ」
眠いし、幽霊の様な声。
何が起きたのか分からず、笑うに笑えない……。
翌日よくよく聞くと、Ｅさんが社長の会社のカノーさんだそうな。
お気ので何と言ったらいいのか分からないけど、なんとまぎらわしい！

　　　　＊まだか？　まだか？
　　まだまだ続くＥとのつながり。
仕事を一緒にしてないのに、連絡だってとってないのに……
　「Ｅのお母さんが危篤状態で神戸に帰っている」と
今まで一度も話題に出てない馬鹿たれから電話。
　「あらっ、知らなかった」
心配しているのかと思ったら
　「拝みに行きたいんだけど……早く決めてくれないと予定が立たな
い、聞いてよ」
　「馬鹿たれ！　何を聞くのよ、何を早く決めるのよ」
　「葬儀はまだか？」「まだか？」と、
毎日のように電話がかかってくる。危篤だということだし、
Ｅと私は親戚でもないのに……最低！
後日、Ｅに会った時、
　「馬鹿たれが、行った？」と聞いたら……
　「祭壇もできてないのに、拝ませてくれ。急ぐから……と、Ｄと一
緒に来て一緒に帰っていった」と言う。
　「Ｄも一緒に帰ったの？」
Ｄは神戸の近くに住んでいるのに、と思って聞くと
　「うん」だって。Ｄも馬鹿たれ仲間？……ほんとに最低！！
有り難いのか、有り難くないのか……常識としたらどうなの？

＊「あなたの次です」

　これはダイレクトな話ではなく、

とある人の葬儀で、家族側に参列した友人から聞いた話。

　パリの免税店の営業トップだった男性。

有名私立大学を卒業したという事で、

その大学の卒業生、関係者等々がお客様。

どこの大学も同じような感じで、

上下のつながりは強いけれど、特にその大学は……。

すごい事よねーっ、それだけでよーっ。

人物も知らず、紹介だけで千客万来！

その人は、静かな穏やかな人だったけれど。

　その方が病気になって、余命いくばくもなく……帰国して入院！

個室で、1日3万円（90年代）を経営者に見捨てられて支払えず、

彼を長い事姉のように面倒を見てきた私の友人が、

あわてて伝手を頼って都立病院へ転院させる。

彼女は献身的に面倒を見ていた。

しかし、甲斐なく亡くなり、告別式の日。

参列者には女性がずらり……横を見ながら、

「どちらかで？」と会話。

亡くなった彼は独身で、いつも女性と住んでいた。

興味がなかったから定かではないが、3人までは知っている。

その女性達が参列。

その方達が次々に横を見て、

「どこかで……」「あなたの次です」

「どこかで……」「あなたの次です」……と伝言ゲーム。

私の友人は家族側に参列していて、あとで聞いたよう。

もめもせず、幸せな（？）旅立ちよね。

そう。一番最後に一緒に暮らしていた知人。

「しばらく泊めて」と、帰国して我が家を訪ねてきた。

「私は、彼の一番最初の人と仲良しなのよ。泊めるわけにはいかないでしょう」と、しつこく頼まれたけれど、お断り。

泊める理由は全くない人だもの。

その人、伝言ゲームの最後の人のはずだけど、葬儀にはいなかった！

パリに住んでいるという理由で、入院の付き添いもせず帰国。

それでいて、保険金は全部ひとり占め！！

籍は入ってなかったけれど、法的にはそうなった様だから。

🐱 酔っぱらい

　これは義兄に聞いた話。

ある年の暮れ。東京駅中央線に入ってきた電車に

ほろ酔い加減で乗ると、

折り返し終点なのに眠っていて降りない人がいた。

終電ラッシュで結構混み合い、全員が酔っぱらいの様な雰囲気。

そのうちのひとりが降りなかった人の前に立ち、

座りたい気持ちもあり、親切もありで、

一生懸命話しかけ起こしている。

でも起きないうちに発車してしまい、

聞くでもなく聞こえてくる。

「電車、逆に出発しちゃったよ、戻ってるんだよ。どこまで行くの！」

「うーん」

やっと声を出す。

話しかけている人も手長猿の様に、

つり革に片手をかけて顔がくっつく位にぶら下がっている。

「電車なくなって帰れなくなっちゃうよ。どこまで行くの？」

「うーん。サ・ン・フ・ラ・ン・シ・ス・コ」

「えェッ？　サンフランシスコ？　この電車サンフランシスコに行かないよ。ほら神田だよ。降りた方がいいよ」

「うーん」

「降りないの？　発車しちゃうよ。ほらっ動いちゃったーぁ。どこまで行くの？」

「よ・こ・は・ま」

「横浜？　全然違うよ。次の駅で降りなきゃぁ方向違うよ。ほらっ！御茶ノ水。降りないの？　閉まっちゃうよ」

「うーん」

「あーあ閉まっちゃった。どこまで行くの？」

「あ・お・も・り」

「青森？　そんな遠く帰れないよ。四ツ谷だよ。ああ閉まっちゃったー。本当にどこ行くの？　大丈夫かい？」

「うん」

電車の中は、皆一人ひとりなので、笑う訳にはいかずニヤニヤ。

どちらも疲れ、黙ったところで新宿駅にすべり込んだ。

「あッ新宿だ！」

酔っぱらいは、すくっと立ち上がってトコトコ降りて行った。

残された車中の人達は全員、目が点！

計算して言っていたのか？

無意識だったのか？

酔っぱらっていたのか？

演技だったのか？

本人に聞きたい。

🐱 父におみやげ

　妹に３番目の子供が産まれた。姪９歳と甥８歳の２人を連れて、病院へ赤ちゃんに会いに行く事になっていた。

　土曜のお昼、子供達は学校から帰って来た。

「ハイッ！　手を洗って！」

「ハイッ！　ご飯を食べて！」

「ハイッ！　こっちの洋服着て！」

「ああ、もうーぐずなんだから……は・や・く……はやく、早く早く」

　妹が前もって「ぐずだから、うるさく言って」と言っていた事を思い出し、子供なんてうるさく言うからしないんで、

ほっとけば仕方なくするものだと思い、

一度言っただけで様子を見ていたら、とんでもない！

どうも時間がなさすぎる。

ほっておくのは時間のある時だと気付いてからの、私のうるさい事！

それでも言葉が耳に入らず、目の前、いや頭の上を通り過ぎていく。

「そんなぐずなら置いていくよ！　先に行くからね」

と、おどしのつもりで私は靴をはく。

「行く行く」あわてて支度をして出て来た。

急ぎ足で駅に着いたが目の前で電車は出て行った。

「ホラごらん。ぐずぐずしてるから寒いのに待たなきゃならないでしょ！」

「うんうん」と納得したような顔をした。

　雨の降る、ローカル私鉄の寒ーいホーム。数少ない電車を待ってやっと乗る。その電車はお昼にしては混んでいた。

子供を連れて乗って行くと、

サッとドア側の端に座っていた男の人が立って、

「座わんなよ」と言う。

まさか、小学2、3年の子供にではないと思って、
周りを見ると該当者はいない。
「座わりなよ！」とまた言う。
優しく言っているつもりなのだろうが、怖い！
「ああッ、私達ならいいんですよ。ありがとうございます」
遠慮ではなく、当たり前の事を口にした。
「座わんなって、言ってるんだよ！」
「ハイッ、どうも……。それじゃあ座らせてもらいなさい」
私の顔を見上げてどうしたものかと戸惑っている子供達に、
耳元まで頭を下げてささやく。
「可愛い顔をしてっからよ、座わんなよ、かわいいね！」
言われた本人達はビビっちゃって硬直状態、顔に表情がない。
どうも酔っぱらいのようだ。逆らわない方がいい。
「ありがとうございます」
「いいんだよ、いいんだよ、俺はよ、すぐ降りっからよ」
と反対側のドアの方に行って外を見ていた。
　　そして次の駅。今まで通り混むではなく、すいているでもない状態。
その酔っぱらいを見ようとすれば乗客の合間にチラッと見える状況、
声は聞こえる。電車が動き出すと
「何だよう、死んでもいいようなババアがこんな所に来て……」
たたきつけるような声。
お年寄りはびっくりして別の車両に移って行く気配。
聞いていて、ハラハラ……。
しかし、おばあさんには申し訳なく本当に失礼ですが、
なんとなくおかしい表現。
　　酔っぱらいでは逆らえない。知らん顔しているのが一番！
ひと駅、ひと駅乗客は少なくなり、座席が空くようになった。
「すぐ降りっからよ」と言ったわりには、やたらのんびりしている。

向かいの空いた席に座り込み、
チビリチビリとウイスキーを飲み出した。
「あんた、飲むかよ」
心の中は引きつっていたけれど顔は笑っていた私に、
ウイスキーのフタを突き出す。
「いえ、いえ、結構です」
「そうかい。つまみもあんだよ、ホラッ」とピーナツを見せる。
しつこくないだけ助かる。子供の顔を見ながら、チビリチビリ。
「ウン可愛い顔してる、いくつだい？」と下の甥に問いかける。
聞かれた本人は、ビクビクして声も出ない。
ジーッと黙りこくっていると……
「いくつだって聞いてんだよ！」
「そんな大声を出したら、子供は声が出ないですよ」と、
笑って聞かせるように言う。
「あっそうか。悪かった、悪かった。そうかそうか」とまた１杯。
ああっこれは話し相手がほしいんだ。
そのうち、座席に片ひざ、片ひじ立てて横になって飲みだした。
　　周りを見回すと、この車両には、私達と、酔っ払いだけ……
いつの間にか皆降りたのだろう。
姪甥を守るため、周りを見ている余裕がなかった。
隣の前後の車両をつなぎのドアから見ると、
つり革をつかんでいる人が結構いる。
そうか。乗客はこの車両を避けているんだ、と今頃気付く。
ていのいい、人質じゃん。
ナイフやピストルを突きつけている訳ではない、
薬をやってる訳でもない。ウイスキーなら大丈夫だろう。
身動きすると、不機嫌になりそうなので動けない。
まあ上機嫌に話をしているのだから、車両を変える事もないか……

とその場にいると、酔っぱらいは持ってる物を何かくれたくて、
「これやろうか？　やるよ」と、脱いでいた下駄を持ち上げる。
貰わないとだめなのかなあ……。
「私、履かないからいいわよ。履く物がなくなっちゃうじゃない」
「そうか」と言って下駄を床におろす。
その頃だって、普通下駄を履いてる人はいない。
「これは？　これは？」
色々な物を持ち上げて、何かくれたいらしい。

　そろそろ降りる駅に近付いてきた。
「次の駅で降りますから」
子供達と立ち上がってドアの方に行くと、
「何してんだよ、まだ着かないんだから座ってろよ」と大声を出す。
「そうね」と私達は戻って座る。
「ちょっと待ってろよ。言って来るから」
急に下駄を履いて立ち上がり、どこに何を言いに行くのか？　と思ったら
隣の先頭車両の運転手に向かって、仕切りのガラス越しに大きな声で
「もう、どこにも止んなくていっからよーッ、終点まで早く行って
くれよ！」だって……。
そこまで停まらなかったら困るんだけど……。
「すぐ降りっからよォ」と言っていたのは何だったんだ？
果たして私達は降りる事ができるのか不安……
降りるホームに電車が入って行く。
「じゃあね。お世話さまになりました」とお礼を言うと、
「これあげるよ。持っていきなよ」
携帯用の丸く凹みのあるポケットウイスキーとピーナツをゲット！
無事に下車。
実家に寄って、父親におみやげ。

🐱 スマホで

　毎月ある、集まりに
　　　＜来月はお休みします＞　とメールが来た。
　　　＜お休みしたら、悪口言っちゃうよ＞　と返信。
　　　＜探したって悪口ないよ＞　と答えが返ってきた。
そんなやり取りの合間に、別のメール。
ご夫婦で、東北を車で旅している奥様からメールが届く。
「食べてはドライブ、そして温泉。また食べて寝て……ボケそう」
とあったので、
「どの辺に居るぐらい、書いてよ。どんな風景かなって想像するから……」と返信。
「主人に言ったら、書いてくれた」と、
1週間の日程表の様な長いメールが届いた。
ズーット廻って今この辺で、充分だったのに。
長すぎ……それでも、
「やっとイメージがわいた。あなたのメールだと、テーブルの上の豪華な食事と温泉に入っているあなたの裸しか思い浮かばなかったから……」と返信。

P.T.A

　友人が、子供の小さい時に学校の PTA の役員になり、
教壇に立って話をする事になったらしい。
子供達の後ろから出て行き、生徒の前列に来た時、
そこに綱が引いてあるとは知らず、ひっかかって転んでしまった。
「スカートだったから、下着まで見えたと思う」
アハハと笑いながら話す。
ところが翌日、息子が学校から帰って来て、
友達に母さん転んで丸見えうんぬんと、
冷かされていじめられたと訴えた。
　そこで母さん、いじめた子供に電話して、
「何か見えたの？」って聞いたんだって……すると
「ううん。何も……」と答えが返ってきて、
その後、冷やかしやいじめは一切なく
今までどうり仲良しだったと。
母さん、がんばったね。

🐱 猫と思えば……

　友達の奥様連中が集まると、旦那様の話。
定年もとっくに過ぎて、24 時間ずっと夫婦 2 人の人ばかり。
「1 日中、別の部屋にいて、ご飯の時だけ出てくる」
「いいじゃない、文句言う訳じゃないんだから。家のミャーコだっ
てそうだよ。猫と思えばいいのよ」と話したような……。
　そして、電話が鳴って。
「家の猫がさあー」
「ええっ？　お宅、ワンコじゃなかった？　猫いたっけ？」
「だから、ほら、家の猫よ、ねこ」
「……？？？　あっ！　アハハ、やめてよ〜」

　ある日、いただき物だけど……と人数分の品を渡そうとすると
「いいから、いいから。皆で分けて食べるから……」と、
遠慮してめんどくさい。
「もう。あなたにじゃなくて、猫の分」と無理矢理に持たせた。
その後、電話が……
「さっきは有り難う。今、猫と代わるね」と、
ご主人が電話に出られても、おかしくて会話にならない。
あとで聞いたら、ご主人、猫と言われているの知らないんだって。
私が何で笑っていたか、おかしいじゃない。
怒らないご主人で幸せよね、と、この話を同じ悩みの人に話したら、
「うちはオオム返しに文句が返ってくる、もーうるさい！」
「じゃあ、オオムと思えば……」と言っておいた。
楽しくない、会話は参るね。どこかに書いたけれど「ボンジュール」
と言って、目を合わさないようにして黙っていれば……？

🐱 「ち・が・う・よ」

　姪が、そう5歳位だったかなぁ、踏み切りに2人で立っていた。
遮断機が下りてきて、ちょうどバーが彼女の目のあたり。
見ると、「くぐるな！」と書いてある。
「くぐるな！　またげ！」と、声を出して言った。
姪はびっくりして、瞬時に私の顔を見上げ、
「ちがうよ！」と言う。
私はうなずいて、ニッと笑い。

　その姪に私と同じ干支の子供が産まれ、お顔拝見に病院へ。
庭の雑草クローバーの花を摘んで行った。
6月だったのだな。
赤ちゃんを抱っこしながら、すまして
「そうかぁ、12個ちがうのかぁ」と、つぶやいた。
びっくりして、ベッドから起き上がりながら
「ちがうよ！」だって。
知ってるよ！　アハハ。
その時産まれた赤ちゃんが、本が出来上がるのが延びているうちに、
今年、東大に入学したんだって！！
おめでとうの前に、びっくり。

LOVE

　ラブしてます。
との賀状が！　物静かな女性から届きました。
LOVE ？
嘘ッ？
そんなーッ。
LOVE してても、いいんです。
幸せでいいんです。
でも、本当にしていても報告するような性格の彼女ではないのです。
大丈夫かなぁ？　と思いつつ、
見直すと
ラブではなく " うつ " でした。
〈 〉とか「　」とか、あるのにねぇ。
早速、私の読み違いをお便りしましたところ、
アッハハ　アッハハ　と Tel あり。
本当に「うつ」なの？

🐾 美術館廻り

　お休みを1週間単位でもらっては、ヨーロッパ中を廻った。
イタリアを始めとしてオランダ、ベルギー、スペイン、ポルトガル、
ドイツ、スイス、オーストリア、北欧などなど。
ヨーロッパだけでなく、モロッコ、ボストン、ニューヨークも、
日本からよりパリからの方が近いし安かったので足を延ばした。
　はじめはお友達と……美術に興味のない人だったので
個別の時間差で退屈させたので、次は絵に興味のある人と廻った。
ところが興味の対象が違う。またこれも時差ができる。
美術館ではなく、風景などの観光では問題ないのだが。
とにかく自分がヨーロッパに来た目的を達成しなければ、
引き上げて帰国できない。
とうとう、ひとりで廻る決心をする。
　予約をせずに旅に出て、夜までにはホテルが見つかるだろうと、
宿泊する町には朝着くように夜行で行き、
駅の周辺の三ツ星ホテルを見つけ、荷物を預けて不安を少なくし、
美術館を廻る。
そうしてひとり旅を始めると、
人に神経を使わずに時間を好きなように使えて、楽！
　2度目のイタリア旅行に出た時。
「一人旅ですか？」
同じ世代の日本女性にベニスの舟上で声をかけられ、
「そう……」と答えると
「一緒に夕食をしませんか？」と。
そうして、一緒に食事をしたけれど、
「なんで日本人って分かったの？」と聞くと、
「日本のガイドブックを持っているじゃない」と言われ、

カタカナで「イタリア」と書いてある本を胸に抱えている姿に
2人で大笑い。今で言う客室乗務員、スチュワーデスさん。
東南アジアのフライトで　その後、会う機会はなかったけれど……
　私が日本ベースの生活になったある時、
ある雑誌の座談会でどこかで会ったような女性がいて、
その座談会が終わるまで考えていた。
「どこかで……」と話しかけると
「ヒエーッ」と、2人同時に思い出してびっくり仰天した。
10年位前のイタリア旅行で、一緒にベニスで夕食をして、
翌日もベローナ、ミラノと1日行動を共にしたあの人だった。
お互いのカメラで写真を撮っていたので、写真を送る事もなかった。
写真もなく、なんとなく会った事ある。
それだけで、思い出すものなのだなあ……
その後、お互い日本にいるので時々会っていたが、
彼女は結婚して海外に住まれ、遠のいてしまった。
ひとり旅でもお友達ができる。
結構、いろんな人に写真を送ってあげたなぁ。

＊

　ユーレイルパスというヨーロッパ全体とか1ヵ国を選ぶ
フリーパスを買って行くので、自由席ならどの列車でも乗れた。
2週間のパスを買って旅に出た時、
1週間目、ベランダの花の水やりに夜行列車で自宅に戻る。
1泊して、また旅へ。寅さん気分！
その夜も電話が入った。
「今、ヨーロッパ旅行中。花に水やりでパリに1泊。ワハハ」
と電話を切る。

なかなかパリ市内の美術館を観て廻る時間ができなくて、

１週間のお休みを旅に出ず、集中的に市内観光をした事がある。

夜、家にいると、電話がじゃんじゃんかかってくる。そのたびに

「今、パリ市内観光中なの。アハハ、電話しないで」と断わっていた。

そうでもしないと……

＊

　美術館廻りは、美術館を探し見つけるまで歩き廻り、

中で絵を見るのにまた歩く。

大きな建物が多いので、夜ホテルに戻るとくたくた。

はじめのころは、説明書きがあっても現地の言語なので分からず、

ミュゼ（美術館）と名の付くものを端から廻った。

しかし、たどり着いてみると武器の美術館や、興味のない小説家、

作曲家の家だったりする。

それで歩いて歩いて、必要以上に歩いた。

　バカボンの私も、だんだん何の美術か分かるようになり、

必要な美術館をピックアップする事ができるようになってくる。

行きたい美術館は、仕事をしながらなので 10 年かかった。

だいたい廻り、フランのレートも下がったし、

ルーブルは広大で、満足な見方ができなかったのは心残りだけど、

パリを引き上げる事にした。

　その後、生活を日本ベースにしてから、静養にパリへ行った時、

幸い美術家連盟の世界の美術館フリーパスが入手できたので、

チケットを並んで買わずにパスを見せるだけですぐ入場ができ、

ルーブルに 1 週間通った。

それでも見切れない。

パリには毎年何かと用事があるので、その都度ルーブルに寄る。

館内は、ざっと観て歩いても 20km 以上あるらしい。

おわりに

この本のどのページにも少なかれ笑いがあった。
交通事故にさえ笑いがあった。
なかには苦い思い出もあって、苦笑！！
それも笑いのうちか……
一生懸命、時間を割いて、がく然とする事多々あり。
結局、人助けをしようなどと、うぬぼれていたんだな……
自分が悪いと言い聞かせれば、涙も出ない。
なんでもかんでも乗り越えられた。
そんなパリ時代などのおかしな話をまとめました。

最近？　年とってさあ……
さすがに、自分を責める事に疲れたな……78（喜寿 +1）歳！
寿命も、もう少しだから頑張る。アハハ……

加藤 美茅子（かとう みちこ）
東京生まれ。1964 年から版画家の野間伝治氏に師事し、エッチングを学ぶ。
73 年に渡仏するまでは、児童絵画教室を主宰するかたわら日本版画協会展に
出品、入選を重ねる。69 年、銀座の銀芳堂画廊にて銅版画展。フランスでは
École des Beaux-Arts vill de Paris で Cours de Gravure 受講。交通事故の後遺症
により、版画のプレスやローラーが使用できず、エッチングを断念、長らく
慣れ親しんだ油絵に戻る。以降、油絵の個展をパリ、東京、千葉、徳島にて計
12 回開く。日本美術家連盟会員。

小葉花 千話一話
おばか

2021 年 10 月 8 日　初版第一刷発行

著　者 ……………………………………… 加藤美茅子

発行所 ………………………………… 株式会社メタ・ブレーン
東京都渋谷区恵比寿南 3-10-14-214　〒150-0022
Tel：03-5704-3919 ／ Fax：03-5704-3457
振替口座 00100-8-751102

印刷所 ………………………………… 株式会社エデュプレス
東京都千代田区岩本町 2-4-10　〒101-0032
Tel：03-3862-0155 ／ Fax：03-3862-0156

ISBN978-4-910546-92-5　C0095　　Printed in Japan

装丁・本文設計●増住一郎デザイン室
カバー写真●加藤美茅子
本文 DTP ● Afrex.Co.,Ltd.